W9-BGI-259

INVIERNO ASESINO

ASESINO

KATE A. BOORMAN

GRANTRAVESÍA

Esta es una obra de ficción. Los nombres, personajes, lugares
e incidentes son producto de la imaginación del autor, o se usan
de manera ficticia. Cualquier semejanza con personas (vivas
o muertas), acontecimientos o lugares reales es mera coincidencia.

INVIERNO ASESINO

Título original: *Winterkill*

© 2014, Kate Boorman

Traducción: Raquel Castro

Ilustración de portada: © 2014, Shane Rebenschied
Diseño de portada: Maria T. Middleton
Adaptación de portada en español: Rodrigo Morlesin

D.R. © Editorial Océano, S.L.
Milanesat 21-23, Edificio Océano
08017 Barcelona, España
www.oceano.com

D.R. © Editorial Océano de México, S.A. de C.V.
Blvd. Manuel Ávila Camacho 76, piso 10
11000 México, D.F., México
www.oceano.mx
www.grantravesia.com

Primera edición: 2015

ISBN: 978-607-735-733-9
Depósito legal: B-18555-2015

Reservados todos los derechos. Ninguna parte de esta publicación
puede ser reproducida, almacenada o transmitida por ningún medio
sin permiso del editor. Cualquier forma de reproducción, distribución,
comunicación pública o transformación de esta obra sólo puede ser
realizada con la autorización de sus titulares, salvo excepción prevista
por la ley. Diríjase a CEDRO (Centro Español de Derechos Reprográficos,
www.cedro.org) si necesita fotocopiar o escanear algún fragmento de
esta obra.

HECHO EN MÉXICO / *MADE IN MEXICO*
IMPRESO EN ESPAÑA / *PRINTED IN SPAIN*

9004104010715

1

Afuera, puedo sentir a los muertos en los árboles. La Gente Perdida hace crujir las hojas, enturbia los haces de luz a través de las ramas, susurra en mi oído. Ellos arrastran polvosos dedos por mi cuello, me jalan el cabello, tiran hebras de mi trenza para hacerme cosquillas en el rostro.

O tal vez es el viento.

No me entretengo. Meto el último puñado de raíces de Claytonia en mi morral y me levanto. Me muevo del lugar en donde estaba cavando bajo el cornejo y mi pie malo se atora en un terrón. Envía una oleada de fiero dolor por mi pierna y hasta mi cadera.

—¡Altísimo! —la maldición sale de mis labios antes de que pueda detenerla. Contengo el aliento y escucho el rechinido de los álamos. No estoy en verdadero peligro: todavía faltan como tres horas para el ocaso. Pero nada bueno puede venir de tomar Su nombre en vano, estando sola en estos bosques.

Cuando dejo atrás la maraña de escobillas y llego a la zona segura el aire es más cálido y el escalofrío desaparece de mi columna.

Las murallas de madera de la fortificación se levantan ante mis ojos. Rodeo las paredes y me dirijo a las puertas del este, donde la gente de mi barrio se reúne a trabajar: seca montones de bayas en grandes sacos de cuero. Un grupo de niños persigue grillos entre el polvo.

—¡Emmeline! —Tom deja los sacos de cuero y viene hacia mí con grandes zancadas. La suave piel de su pantalón se agita entre las hierbas silvestres.

Mis labios se estiran en una sonrisa.

Tom es de mi edad, alto y desgarbado, con manos de aspecto delicado a pesar de que las ha quemado con cera tantas veces que tienen cicatrices permanentes. Mientras se aproxima, mete los pulgares en su *ceinture* y mantiene la cabeza inclinada, como hace siempre que está pensativo.

Me va a preguntar qué haré en el tiempo libre. Con frecuencia nos aventuramos a pescar al río o a buscar vestigios de La Gente Perdida. Nadie le llama así, salvo yo. Aquí casi nadie encuentra interesante buscar puntas de flechas y huesos, pero yo los colecciono. Esos vestigios me atraen, como si tuvieran secretos cincelados.

Tom se detiene.

—No estuviste en las Pláticas de Virtud anoche —me dice.

Cambio de hombro mi morral con las raíces. Él sabe que de vez en cuando evado las actividades comunitarias. Debe estar bromeando.

—¿Me perdí un nuevo sermón? ¿Palabras maravillosas? —digo.

No se ríe.

—¿Vamos al río en un rato? —le pregunto.

—Mmm... —parece que está buscando las palabras. Él nunca tiene que buscar las palabras. Sus ojos azules se ven preocupados, como el cielo de la pradera cuando se avecina una tormenta.

Un halcón vuela sobre nosotros en círculos, en busca de una presa.

Bajo la mirada y clavo el dedo gordo de mi pie malo en el suelo; siento una especie de alivio en retroceso conforme el dolor inunda mi pierna. Un escarabajo se arrastra a través de la hierba.

—El hermano Stockham ha estado preguntando.

—¿Cómo? —mi cabeza se levanta de golpe.

—Que por qué no has asistido a las pláticas. Mi mamá llevó un cajón de velas al edificio del Concejo hoy en la mañana y él le preguntó dónde estuviste anoche.

Una piedra helada se instala en mi estómago.

—¿Y tu mamá te preguntó a ti?

Asiente con la cabeza.

—¿Y qué le dijiste?

—La verdad, que no sabía dónde estabas.

Ignoro la pregunta implícita.

—¿Por qué se fijó en mi ausencia? Seiscientas y tantas personas, ¿y él se da cuenta de que *yo* no estuve?

—No sé —Tom se pasa la mano por el cabello, suave y rubio—. Pero, Em, no faltes esta noche —en sus ojos hay preocupación, no reproche.

Asiento. No tengo opción: un acto impío se gana una advertencia. ¿Pero dos? Dos hacen que tengas que probar tus virtudes de otro modo.

Por ejemplo, haciendo guardia en las murallas.

Se me eriza la piel.

Iré hoy.

—¿Qué *trais*, Em? —me pregunta Edith, la hermana pequeña de Tom, mientras jala de mi larga camisa con una mano y brinca para arrebatarme el morral de cuero con la otra. Su intento me enternece: un ratoncito de campo molestando a un bisonte. Su bata está manchada de ceniza. Sin duda, la hermana Ann (su madre) la echó fuera, pero le dijo que no se alejara. Edith es de ese tipo de niñas, curiosas e inquietas, a las que hay que vigilar muy de cerca.

Sus ojos son demasiado grandes para su escuálida carita; a sus cuatro años es dolorosamente delgada. Algunos bebés son bendecidos con un poco de grasa en el cuerpo, pero la pierden en cuanto los destetan. Ya mayores, no muchos tenemos la oportunidad de acumular peso y los niños, que corren y se revuelcan todo el día, mucho menos.

Somos iguales en todo: en la abundancia y en la miseria. Sobrevivimos juntos, o perecemos.

El hermano Stockham nos lo recuerda en cada sermón. Pero no es del todo cierto: los miembros del Concejo parecen nunca pasar necesidad y los vigías son recompensados con raciones adicionales por el riesgo que corren cada noche.

Me sacudo a Edith.

—Raíces de Claytonia para *sœur* Manon —le digo.

—¿De abajo del conejo?

—Cornejo —la corrijo.

Ella asiente con su rubia cabecita, seria, como si estuviéramos hablando de la cosa más importante que el Altísimo hubiera creado.

—Buen trabajo —me dice.

Sonrío. Tengo una debilidad por Edith. No sólo porque es la hermanita de Tom (y Tom es mi único amigo verdadero), sino porque siempre me está preguntando por mi trabajo para *sœur* Manon, como si recolectar raíces fuera algo especial. Ella escucha cada una de mis palabras. Mis cortos viajes a las orillas de la zona segura deben parecerle muy emocionantes. Nunca ha estado fuera de las puertas, excepto *aquella* vez, pero a nadie le gusta hablar de eso y ella estaba demasiado pequeña como para recordarlo.

Una polilla pasa revoloteando y los ojos de Edith se iluminan. Se gira y la persigue, hacia la esquina del edificio que compartimos su familia y la mía.

—¡No vayas lejos! —le grito—. Tu mamá se preocupará.

Como si hubiera sido su señal, la voz de la hermana Ann sale de la casa.

—¿Edith? ¡Edith!

Antes de que la hermana Ann pueda asomar la cabeza, me doy la vuelta y me alejo hacia la Casa de Sanación. Un hilillo de humo sale de la chimenea del viejo edificio de madera. Mi llamado es respondido por un gruñido.

—*Entrez!*

Sœur Manon está inclinada sobre el fuego, dando vueltas al contenido de una olla en la que hierven raíces y hojas. Su cabello blanco como la nieve es lo único que brilla en su ennegrecida cocina.

—*La racine* —señalo mi morral y ella me indica con un gesto que lo ponga sobre la mesa.

Reúno para ella los ingredientes para sus brebajes y ungüentos: marrubio para los partos, salvia para los estómagos delicados, Claytonia para los huesos… Gracias al cielo, conserva un viejo y polvoso libro que ha guardado por años y que tiene dibujos de las raíces y hierbas que tengo que recolectar; de otro modo, tendría que traer muestras de todas las plantas de la tierra verde del Altísimo, en el intento de traer lo que ella describe en su apurado francés. A veces finjo que estoy mirando el libro de las plantas y me asomo a los otros que guarda, los que tienen imágenes de gente y animales que nunca he visto. Sospecho que algunos de esos animales viven lejos, del otro lado del mar, o habitan sólo en la imaginación de alguien. Pero sé que otros, como los caballos y los bueyes, sí existieron. Murieron junto con la mitad del asentamiento cuando llegamos aquí, hace cinco generaciones.

Saco de mi morral las raíces y las pongo en la mesa, me hago a un lado y espero sus indicaciones. Ella arroja hojas secas a la mezcla. Revuelve. Finalmente voltea y me observa con sus ojos acuosos. Su cara tiene más arrugas que peces el río y sus hombros son delgados.

—Emmeline —me dice—, *ton pied. Tu l'as blessé aujourd'hui, non?*

¿Cómo puede saber que me lastimé el pie? Me duele más de lo normal, de acuerdo, pero no estoy caminando raro. Siempre que ando por el fuerte camino normal, o lo más normal que puedo. Eso hace que suba un intenso dolor sordo por mi pierna, pero papá y yo tenemos ya una marca sobre nosotros, así que no estoy interesada en dar a la gente otro motivo para mirarme. Cojear por ahí no me haría ningún favor. Y, con todo, *sœur* Manon lo sabe.

—*Oui* —asiento.

Me indica a señas que me quite el mocasín. Cuando lo hago, deja el cucharón en la mesa, renguea hacia mí y se inclina para tomar mi pie con sus manos nudosas.

Presiona aquí y allá sobre mi media de lana, pero, gracias al Altísimo, sin quitármela. No me gusta mirar el antinatural color oscuro de esa parte de mi piel, los dedos deformes... y me gusta menos cuando otra persona mira.

—Lo hiciste a propósito —chasquea la lengua.

La miro fijamente. De nuevo tiene razón: que se me atorara el pie entre los árboles fue un error, pero apoyarme en él frente a Tom fue intencional. Sin embargo, me tomó desprevenida con lo de las Pláticas de Virtud, así que apenas se puede decir que haya sido mi culpa. Y lastimarse uno mismo no es un acto impío.

—¿Puedo ayudarla con algo más? —si no tiene más tareas que asignarme, podré irme de aquí, lejos de sus ojos que ven tan a fondo.

—*Non*, Emmeline —dice y pone mi pie en el suelo con mucha delicadeza—. Haz lo que quieras.

—Extendemos la paz del Altísimo —comienza el hermano Stockham, alto y erguido detrás del púlpito.

El aire en el salón ceremonial huele a sudor y a cabello sin lavar.

Yo estoy apretada entre dos mujeres del norte (el barrio de los vigías), escondida de los ojos tristes de papá. Cuando llegué, él me hizo señas para que me sentara a su lado, pero fingí no verlo y me interné entre la muchedumbre para alejarme. Ya tengo bastantes preocupaciones en estos momentos como para tener que aguantar su mirada ansiosa.

Volteo hacia la mujer esquelética de mi izquierda y le ofrezco la paz, poniendo una mano sobre mi pecho e inclinando la cabeza. Reconozco su cara espantada; aquí nadie es un completo extraño. Su respuesta es veloz pero mantiene la mirada baja, como si pudiera contagiarse de algo si me mira demasiado tiempo.

La mujer de mi otro lado tiene apariencia de estar hecha polvo; el vientre hinchado por un bebé cuya vida nadie celebrará mientras no cumpla un año de vida. Tantos mueren que una celebración prematura se considera poco juiciosa, y un potencial desperdicio de provisiones.

Me dan ganas de preguntarle si tiene que hacer guardias en su estado, si las raciones extra lo valen, pero por supuesto que no lo hago. No tengo el hábito de hablar con gente que no conozco bien.

—Diez de noviembre. El día que nuestro asentamiento se formó, el día que aprendimos a sobrevivir en esta tierra hostil. El mes entrante celebraremos esta fecha en la Afirmación. Por tres días daremos gracias y reafirmaremos nuestro compromiso hacia las virtudes y hacia nuestra aldea, antes de que *La Prise* caiga sobre nosotros —el hermano Stockham vuelve a atraer nuestra atención.

La mujer a mi derecha se tensa al escuchar aquellas palabras, *La Prise*, el crudo invierno. Es obvio que está pensando en el pequeño que está por nacer.

—A lo largo del año trabajamos duro para sobrevivir. Pero estas semanas antes de la Afirmación revelarán nuestro compromiso con la vida… y con la muerte.

Un suave murmullo se levanta de la multitud. *Nuestro compromiso con la muerte*. Es una expresión extraña, pero supongo que es una forma de decirnos que debemos trabajar duro y que si no defendemos nuestras virtudes estaremos invitando al desastre. Y, como si estuviera contestando a mis pensamientos, el hermano Stockham se lanza en un sermón sobre las tres virtudes: Honestidad, Valentía, Descubrimiento.

Honestidad significa decir siempre la verdad y seguir las reglas de la aldea: completar tus tareas, asistir a los actos comunitarios, permanecer dentro de los confines de la fortificación. Valentía es hacer lo que se te indica, tomar riesgos que beneficien a la comunidad y no cacarearlo cada vez que lo haces. Descubrimiento es usar los sesos que el Altísimo nos dio para encontrar formas de mejorar nuestra situación, pero sin arriesgar la seguridad de los demás.

Yo fracaso todos los días en defender la Honestidad.

Lo intento, pero algunas de las cosas en las que pienso me lo hacen difícil. Mis pensamientos vuelan de regreso al tiempo que estuve recolectando en la mañana, cuando sentí que la Gente Perdida colgaba de las ramas, vigilándome. Los bosques exteriores nos están prohibidos, pero hay días en que lo único que deseo hacer es poder caminar entre los árboles, avanzar hacia la oscuridad que cae más allá de la primera línea de arbustos, donde no existe recelo en las miradas.

Siento comezón en medio de la espalda. Doblo un brazo por detrás de mí y lo estiro tanto como puedo para alcanzar la zona que me incomoda. Después de golpear con el codo a la mujer de mi izquierda y recibir una mirada dura como reprimenda, me detengo.

—Las virtudes nos han mantenido a salvo hasta hoy —afirma el hermano Stockham en inglés y luego lo repite en francés. Su voz llena el recinto, pasea sobre la masa de cuerpos silenciosos. Incluso los niños callan cuando el hermano Stockham habla, a pesar de que todos hemos escuchado versiones de este sermón tantas veces que ya nos lo sabemos de memoria y es mortalmente aburrido.

Sé que muchas de las mujeres ni siquiera lo están escuchando: están demasiado ocupadas lanzándole miraditas. Justo acabo de descubrir a Macy Davies: sus grandes ojos cafés se abren como si estuviera bebiendo cada una de las palabras del predicador, mientras juguetea con un mechón de su brillante cabello color bronce. Quizá tiene la esperanza de que el hermano Stockham le pida ser su compañera de vida.

La posición del hermano, heredada de su padre, lo hace el miembro más respetado de la aldea. Todo mundo se pregunta por qué no tiene todavía una pareja. Es algo raro: cuenta ya con veinticinco años, quizá veintiséis, una edad muy por encima de la acostumbrada entre nuestras uniones. Quizás está demasiado ocupado defendiendo sus virtudes. La verdad es que no pienso demasiado en ello. Es guapo, sí: alto, con negro cabello brillante cortado un poco debajo de la mandíbula. Pero algo en sus ojos de halcón siempre me ha repelido. O quizá sea su potestad para infligir castigo si me vuelvo impía.

El hermano Stockham está pensando en ello.

Mi estómago se tensa. Preferiría estar juntando raíces en la Encrucijada, debajo de los esqueletos colgados de los impíos, que ser castigada con un turno de guardia. Echo una mirada por el salón. Seis concejales están juntos, en pie, en el fondo: buitres vigilando la carroña. Me volteo antes de que puedan hacer contacto visual conmigo. Y descubro a un muchacho mirándome. Está apretujado entre la multitud diez personas más cerca del púlpito que yo, pero hay un espacio que permite que nos veamos.

Sus ojos son grandes, lo que hace que parezca más joven, pero fijándome un poco puedo ver que es de mi edad. Su cabello está muy corto, así que debe ser del barrio sur, donde están las Bodegas y las Cocinas. Sin embargo, en vez de verse como la mayoría de los residentes del sur (que rapados dan la impresión de haber perdido parte de su personalidad, como si fueran ovejas trasquiladas), su cabeza rasurada le da un aire de austera belleza. Un álamo solitario contra el cielo de la pradera.

Bajo la vista, segura de que él hará lo mismo, y entonces me arriesgo a echarle una rápida ojeada.

Él sigue mirándome, pero no con la expresión recelosa que usan todos conmigo: la de él es amistosa. Las comisuras de su boca se curvan en una sonrisa como si se hubiera acordado de algo gracioso. Dejo de verlo cuando un hombre alto cambia de postura.

Siento un aleteo extraño en el pecho.

Trato de atender el sermón del hermano Stockham, pero me resulta casi imposible. En silencio, maldigo al hombre que se interpone entre el chico y yo. No convivo mucho con nadie fuera del barrio este. Antes de cumplir dieciséis años y volvernos elegibles como pareja (ésa es la edad ideal para unirse), se nos mantiene cerca de nuestros cuadrantes. Y, por supuesto, pasamos las noches encerrados. No tenemos muchas oportunidades de hacer amistad con gente de los otros barrios antes de esa edad. Pero seguro lo conozco: aquí todo mundo se conoce. Es sólo que no lo reconozco por la cabeza rasurada.

Y entonces lo ubico.

Es el mayor de los chicos Cariou; efectivamente, del barrio sur. *Kane*. De pequeño, siempre estaba persiguiendo a los otros chicos de su edad por toda la fortificación con el cabello enmarañado, suelto, flotando detrás de él. Los últimos tres años, desde que empecé a recolectar hierbas, lo he visto jugando a la pelota en los llanos y amontonando pieles junto a las puertas. Por años, se ha escondido entre el grupo de niños, detrás de su cabello, merodeando en las orillas de las Pláticas de Virtud.

Su cabeza está rasurada ahora, lo que significa que ya cumplió dieciséis y que puede trabajar dentro de las Bodegas y Cocinas, atendiendo labores más importantes.

Ahora que yo cumpla los dieciséis, empezaré a aprender el oficio de *sœur* Manon: me enseñará cómo prepara sus emplastos y demás, en lugar de sólo mandarme a recolectar sus plantas. También comenzaré a entregar lo que recolecte en las Bodegas.

Un pensamiento se instala en mi mente: pronto estaré viendo a Kane con frecuencia.

Mi estómago da un brinco y pongo todo mi peso en mi pie malo.

—Apegarnos a las virtudes es nuestra única esperanza —dice el hermano Stockham, barriendo su mirada sobre nosotros—. Los impíos son agentes del caos, y el caos trae la destrucción.

Su mirada se detiene en mis ojos y por un instante parece que me está hablando directamente a mí.

—Recuerda tus virtudes todos los días, y todos los días apégate a ellas. Por tu bien, por el de tus hijos, para que continúen nuestra seguridad y nuestra prosperidad —pone una mano sobre su pecho una vez más y nos deja ir.

Camino despacio, siguiendo la espalda huesuda de la mujer sentada hasta entonces a mi lado, con la esperanza de que papá no me espere. Tengo suerte: cuando salimos del salón puedo ver que ya va de regreso a nuestro barrio con los padres de Tom.

Alguien aparece a mi lado. De algún modo, sin tener que mirar, sé que es él, pero cuando levanto la mirada se me corta la respiración.

Kane es ligeramente más alto que yo. Ya no es el chiquillo flaco que acostumbraba corretear ardillas: trabajar en las Bodegas lo ha fortalecido. Me doy cuenta de esto sólo con mirar el brazo desnudo que está junto al mío: su camisa está arremangada hasta los codos, lo que, no sé por qué, me parece terriblemente íntimo. Huele a salvia y a leña quemada.

—Eres Emmeline, ¿cierto?

Asiento con la cabeza y hago mi mejor esfuerzo por caminar normal. ¿Qué quiere? ¿Por qué me está hablando?

Salimos al crepúsculo, donde la multitud se dispersa. Los del barrio norte se dirigen a sus puestos de guardia y encienden las antorchas.

—Kane —se señala a sí mismo.

Nos detenemos y nos miramos de frente. En la penumbra, sus ojos son estanques oscuros.

—Ya sé.

Él mira hacia mi barrio mientras pregunta:

—¿Cómo va todo?

—Bien.

—¿Te molesta si pregunto cuántos años tienes, Emmeline?

Me emociono al escucharlo decir mi nombre. ¡Qué manera de hablar! Su voz es un río manso que fluye hacia mí y endulza mis oídos. Deberíamos estar camino a nuestros cuadrantes, no platicando aquí, pero no puedo dejar de mirarlo.

—Quince —pero me corrijo rápidamente—, quiero decir, dieciséis: los cumplo la semana que viene.

—Así que te estaré viendo en las Bodegas pronto —afirma, más que preguntarlo.

—Así es.

Trato de sonar casual pero sé que parezco un cervatillo acorralado. Es como si él pudiera leer los pensamientos que tuve hace un rato, durante el sermón.

Su mirada sigue fija en mí.

—Quizá trabajemos juntos— me dice.

Me derrumba. Seguramente sabe que tengo una marca impía. Desde que fue construida la Encrucijada ha habido gente que carga la culpa de lo que algún familiar hizo para terminar ahí. No hay forma de que él no sepa acerca de mi abuela. Ya es desconcertante que estemos aquí platicando mientras todos los demás se preparan para la noche, pero insinuar que podríamos pasar tiempo juntos… de esa forma tan sugerente…

Mi pecho se hincha. Abro la boca para responder algo, pero una voz detrás de mí me interrumpe.

—Hermana Emmeline, ¿tienes un momento? —es el hermano Stockham.

Mi sangre se congela.

Ay, no. No aquí, no ahora.

Percibo un leve gesto en el rostro de Kane. Trago saliva antes de enfrentar al hermano, que está parado con los brazos cruzados por encima de su túnica negra.

—¿Sí?

—Tengo conocimiento de tu acto impío. Perderse de las Pláticas de Virtud es una transgresión.

Mi cara se pone roja. Fijo la mirada en el suelo. Deseo con todas mis fuerzas que Kane no siga ahí. De por sí, la gente piensa que soy más propensa a ser impía debido a la marca de mi familia. Y ahora…

Me aclaro la garganta.

—Mis disculpas, hermano Stockham, no me sentía bien.

—Si estás enferma, necesitas que te revise *sœur* Manon.

—Debí haberme reportado. Lo siento.

—Estoy seguro de que lo sientes. Y estoy seguro de que también sientes haberte perdido la acción de gracias por la vida del hermano Thompson hace dos semanas.

Mi sangre galopa por todo mi cuerpo, el pánico se apodera de mi pecho.

—Este acto impío merece una penitencia.

Asiento con la cabeza deseando con cada centímetro de mí que eso no signifique...

—Harás una guardia en las murallas. Esta noche.

Me quedo sin aliento.

—Pero yo no sé cómo...

—Aprenderás. Ahora, ve al barrio norte, que yo avisaré a tu padre.

Papá va a morir mil muertes con esto. Ser castigada por dos actos impíos...

El hermano Stockham pone una mano bajo mi barbilla para hacerme mirarlo a los ojos.

—Hermana Emmeline, no vuelvas a hacerlo. Nunca. ¿Entendido?

Quiero responder pero mi boca está seca. Parpadeo. La mirada triste de mi padre se desvanece de mi mente porque hay algo extraño en el modo en que el hermano Stockham me está tocando, en la manera en que me mira. Suelta mi barbilla y se aleja en dirección a mi cuadrante.

Un sentimiento raro me recorre. El hermano Stockham estaba enojado, pero había algo amable en su forma de tocarme. Me estremezco. Entonces me acuerdo de Kane y espero que haya tenido la delicadeza de alejarse durante el regaño. Me giro y descubro que no fue así.

Kane sigue ahí, con la boca abierta.

—¿Por qué hiciste eso?

Por un instante no sé si se refiere a que me haya perdido la acción de gracias o a mi reflexión sobre la forma en que me tocó el hermano Stockham.

—¿Un par de actos impíos en sólo dos semanas? —hay algo en sus ojos que corresponde del todo con sus palabras. Como si estuviera espantado *y* divertido—. ¿Eres suicida?

Mi estado de ánimo se enciende. La única razón por la que sabe de mis actos impíos es porque él está jugando también con eso: ¡está retrasándome al anochecer!

—No —respondo enojada—, es sólo que prefiero hacer guardia a trabajar en las Bodegas con gente como tú.

Le doy la espalda y me alejo a zancadas antes de que pueda contestar. Trato de sentirme satisfecha con la expresión de asombro en su cara, pero en cuanto doy la vuelta en la esquina de la armería, me detengo y me envuelvo en mis brazos, con lágrimas de coraje mordiendo en los ojos. Mi corazón brincó cuando él hablaba de trabajar juntos. ¿Pensé por un instante que él querría pasar tiempo conmigo? Quizá su iniciativa fue motivada por alguna clase de apuesta. Sus amigos tendrán ahora un buen tema para reírse un rato.

Apoyo con fuerza mi pie malo, aprieto la mandíbula y me enjugo el llanto con la manga. Entonces me dirijo al barrio norte. Todavía tengo pavor a las guardias, pero la humillación que arde en mi cuerpo distrae y adormece mi temor.

Gracias al Altísimo por ello.

El aire de la noche muerde con el frío del otoño. Despacio, libero de mi peso a mi pie malo y espero que *frère* Andre no se dé cuenta.

Estamos parados juntos en la muralla y pienso que parezco un retoño aplastado junto al roble endurecido que es ese hombre. Su barba descansa en una áspera mata gris sobre su pecho y su sombrero de ala está maltratado. Me parece que es incluso más viejo que papá, pero no le pregunto. Él es el guardia más viejo, y seguramente no es alguien a quien le guste perder el tiempo con preguntas tontas.

Frère Andre tiene un catalejo y escudriña las antorchas que señalan los límites, a unos cien pasos largos fuera de la muralla. Esas antorchas iluminan el campo que rodea la fortificación y cada puesto de vigilancia cuida una porción de ese borde. Nosotros estamos vigilando el lado oeste del fuerte, que da hacia los bosques y, más allá, a las suaves sombras de las quebradas, esas montañas bajas y secas.

El catalejo de Andre es para mirar a la distancia; mi trabajo es vigilar las murallas sólo con los ojos. André me explicó todo esto al principio, en una mezcla de mal inglés y rápido francés. Desde entonces no ha vuelto a hablarme, y sé que no es sólo porque esté ocupado vigilando que no aparezca el *malmaci*.

El sol se puso hace tiempo, una mancha de color rosa intenso escurre hacia un moretón de nubes que se mueven despacio cerca de las colinas. Yo sólo había visto los cambios de color del cielo desde el patio, antes de entrar a casa y permanecer ahí hasta la mañana. Nunca había visto el atardecer desde las murallas, jamás había mirado ese enorme sol anaranjado bajando y derramando sus ríos dorados sobre las quebradas, las hondonadas y los valles. Mi corazón secreto se sintió rebosante al verlo.

Rizos de niebla se arrastran hacia nosotros por la planicie que conforma la zona segura y mi corazón se tensa. Puedo evocar el río cercano y cómo fluye y arrastra el calor del día hacia la fría noche. El río, que corre por el lado este del fuerte, es flanqueado del otro lado por escarpadas paredes de roca que terminan en verdes praderas que se extienden hasta donde el ojo puede ver. Esos riscos, salpicados de matorrales y salvias, tienen grietas profundas que bajan como manchas de lágrimas. Como si las colinas hubieran estado llorando durante miles de años.

Las quebradas que estoy mirando son sombras ahora, pero tienen las mismas arrugas tristes. Parches de maleza y álamos se apiñan en sus desfiladeros, mientras que más allá, altos pinos salpican las faldas de las colinas. Yo recolecto hierbas para *sœur* Manon en la primera línea de arbustos, donde el vigía de la atalaya todavía puede verme. Un rapto diurno es cosa rara, pero merodear demasiado lejos es un acto impío. Y también lo es faltar a actividades importantes como acciones de gracias por la vida de alguien. ¡Malhaya! ¿Por qué me alejé, soñando despierta, hasta el río ese día?

Echo un vistazo por la parte alta de la fortificación. Desde aquí, los vigías de la muralla más lejana me parecen pequeñas figuras, del tamaño de catarinas.

Todos los guardias son nacidos en el barrio norte. Sospecho que escogen quedarse y aprender el oficio por una cuestión de orgullo. Sus raciones son mejores que las de los otros barrios, lo que podría ser una razón más para quedarse.

Hacer guardias por castigo es otra historia. Significa que hay que hacer el trabajo duro, arriesgar la vida sin recibir recompensa. Esta noche no es una opción probar mi virtud de Valentía, porque fallé en otras formas. De todos modos, no puedo evitar preguntarme si la gente del norte no se sentirá un poco insultada de que mi castigo sea hacer por unas horas lo que para ellos es el trabajo de todos los días.

Le preguntaría a Andre pero no quiero arriesgarme a una respuesta malhumorada. De todos modos, está ocupado con el ritual del anochecer, mira por su catalejo y se cruza el pecho con la otra mano mientras murmura:

—*Je suis Honnêteté. Je suis Courage. Je suis Découverte.*

Lo imito a media voz y cruzo mi pecho con la mano mientras miro fijamente más allá de las paredes de madera desnuda.

—*Yo soy Honestidad. Yo soy Valentía. Yo soy Descubrimiento.*

Mi papá dice que todos deberíamos hablar bien inglés y francés. No es así, porque somos necios como gallinas cluecas o porque nos aferramos a nuestra lengua de nacimiento, como si nos la fueran a arrebatar como todo lo demás que hemos perdido. Somos una *mélange*, una mezcla de tres pueblos que tratan desesperadamente de unirse sin perder cada uno su identidad. La mayoría en el barrio norte viene de un país del Viejo Mundo donde se habla francés. Los del sur ya eran una mezcla de franceses y de los Primeros del este: son los únicos que hablan bien inglés y francés, y les he escuchado también palabras de esos pueblos originarios.

Papá dice también que cuando llegamos había tres religiones, pero que el miedo al *malmaci* unificó a la gente en un solo entendimiento del Altísimo y de cómo las virtudes nos podrían mantener a salvo.

Mi papá. Qué bueno que el hermano Stockham me envió directo a la muralla, así no tuve que decirle yo ni ver preocupación (no, decepción) en sus ojos. De por sí, la veo ya con demasiada frecuencia.

Un movimiento en el patio, veloz como un parpadeo, llama mi atención. Son dos concejales, envueltos en sus largos mantos negros, que caminan hacia la muralla este. No puede ser alguien más: sólo los vigías y el Concejo pueden estar fuera después de que oscurece. Vuelvo la mirada a las murallas, agradecida de que no puedan distinguirme a la distancia. No necesito que volteen y fijen su mirada en mí. La fortificación es grande: todo lo que tenemos de valor (gallinas, ovejas e incluso los jardines) lo mantenemos dentro de los muros, y toma varios minutos caminar de un extremo al otro. Pero nunca se siente tan pequeña y tan opresiva, como cuando el Concejo está cerca.

Cambio mi postura y muevo los dedos de mi pie bueno para evitar que se congelen. Andre está en silencio, concentrado en los bosques. Vigilando, vigilando.

Algunos murmuran que el *malmaci* es mitad hombre mitad oso, una combinación terrorífica que destruye a quienes se atreven a traspasar su territorio. Otros dicen que es un espíritu que flota en el aire de la noche como un viento de muerte.

En realidad nadie lo sabe, así que aquí estamos vigilando, a la espera de una *bête* o un *fantôme* de algún tipo... aunque, según mi entendimiento, hay un mundo de diferencia entre una bestia y un fantasma. El rifle de Andre podría causarle algún daño a una bestia, pero supongo que los espíritus son a prueba de balas.

Por supuesto, no tengo un arma, todas están bajo llave. Tienen acceso a ellas personas específicas, y sólo en momentos específicos. La llave de la armería donde están almacenadas la tiene Andre colgando de su *ceinture fléchée* (el cinto largo, tejido, que todos vestimos y que usamos para todo, desde secarnos el sudor hasta arrastrar cosas). Ni siquiera los miembros del Concejo usan armas para hacer cumplir la ley; el hermano Stockham dice que, durante un conflicto, el sentido común es mejor que una bala. Pero yo sospecho que tiene más que ver con el hecho de que las balas son demasiado valiosas como para arriesgarse a que cualquiera les ponga la mano encima.

Los bosques más allá de la zona segura están silenciosos e inmóviles. El anillo de antorchas ilumina los primeros árboles con un brillo suave, pero las sombras debajo de las ramas más bajas son negras como un cuervo. Me arriesgo a mirar hacia arriba, lejos de las murallas, con la esperanza de ver las estrellas ahora que la noche está cerrada, pero sólo unas pocas titilan a través del cielo nublado.

Sœur Manon me confesó haberlas visto una noche cuando niña, y que en aquél entonces eran tantas que parecía que *Dieu répandit un peu d'argent sur un grande tissu noir*: que el Altísimo había rociado pedacitos de plata sobre una gran tela negra. Me pregunto si pudo verlas porque la castigaron con una guardia. Desearía que el cielo no estuviera tan nublado.

Suspiro y vuelvo a mirar las murallas, esas paredes amenazantes que se levantan para mantenernos a salvo de cualquier cosa que aceche fuera. Miro y miro hasta que mis dedos están casi congelados. Luego de un rato, el asunto se vuelve aburrido. Una parte de mí comienza a desear que pase algo. Que veamos *alguna* cosa.

Y tal parece que nos eché la sal, porque Andre contiene el aliento.

—*Maudite* —maldice en un susurro, su ojo pegado al catalejo mientras señala con mano firme a la distancia.

Yo entorno los ojos y fuera del área iluminada alcanzo a ver sólo arbustos. Pero debe haber algo, porque escucho que Andre se lleva el rifle al hombro con su mano libre. Mi corazón salta hasta mi garganta. Él tendría que soltar el catalejo para poder disparar. Yo miro los arbustos tan fijamente como puedo, en busca de algo que se mueva.

¡Lo veo! Hay algo ahí. Está escabulléndose entre las sombras, justo fuera del semicírculo de luz. Es grande y no distingo si camina en cuatro patas o en dos. Cuando fijo la mirada en la figura, se detiene y, rápido como un parpadeo, se funde con la negrura de los bosques. Hay una pausa en la que lo único que puedo escuchar es mi corazón martilleando en mis oídos.

La cosa se mueve veloz y sin hacer ruido hacia el siguiente árbol. Alcanzo a ver que va en cuatro patas; es oscura, pero de alguna manera resplandece bajo la luz de la luna…

—¿Qué hacemos? — fuerzo mi vista tanto como puedo y obligo a mi lengua a funcionar.

La cara de *frère* Andre está pálida. Se lleva el rifle al ojo y se inclina sobre él, dirige el cañón hacia la periferia de la zona iluminada. Su voz está tranquila pero veo que su respiración es agitada.

—*Sonnez la cloche.*

¿Hago sonar la campana?

Él señala con un movimiento brusco de cabeza hacia la torre de vigilancia que se encuentra a unas seis zancadas de donde estamos. Hay una puerta que da hacia nosotros, supongo que la campana está dentro.

Me impulso sobre mi pie malo por error, pero el dolor es superado por mi miedo. Corro, pido al Altísimo que me dé pasos firmes. El *malmaci* nunca ha traspasado nuestras murallas; no puedo ser *yo* la razón de que lo consiga esta noche. En la puerta, mis dedos buscan la manija y jalo de ella para abrirla, siento un tirón en los músculos debajo del omoplato.

Adentro arde una antorcha solitaria y una gruesa cuerda cubierta de cera cuelga en el centro del cuarto circular. Avanzo a trompicones hacia ella, la aferro y tiro con toda mi voluntad. La cuerda no se mueve. Por encima de mi cabeza, la oscura caverna que alberga la campana permanece en silencio, inmóvil.

Me apoyo con fuerza, ignorando el fuego que se extiende por mi pierna, y tiro de nuevo. Mis manos sudorosas resbalan y se queman con la fricción. Y entonces, lo estúpido del plan —mandar a la lisiada a sonar la alarma— me despierta las ganas de reír.

¿Perdí la razón?

Me seco las manos en la capa, vuelvo a aferrar la cuerda y estoy a punto de tirar de nuevo cuando, a mis espaldas, alguien irrumpe con gran estruendo en el cuarto.

—*Arrête!* —grita. Es Andre —. *Sœur Emmeline, arrête!*

Volteo a verlo.

Sus ojos están muy abiertos, pero una de sus manos se extiende hacia a mí en un gesto suave y tranquilizador. La otra sostiene el rifle a su lado.

—*Ne le sonnez pas.*

¿Qué no haga sonar la campana?

—¿Por qué no? —pregunto.

—Error —dice.

¿Error? Pero yo vi... yo vi... Hago una pausa, pienso despacio. La figura oscura que se escurría entre las sombras.

—¿Qué era?

—*Un loup* —se encoge de hombros, avergonzado—. *Ce n'était pas un fantôme.*

Un lobo, dice. Lo miro fijamente, mi corazón se tranquiliza poco a poco, y entonces una maldición explota de mi boca:

—¡Altísimo! ¡Casi muero del susto!

Él juguetea con la correa de su fusil.

—*Je suis désolé* —me dice.

Desearía que encontrara otra forma de mostrar que lo lamenta. Respiro de nuevo y siento cómo el aire entra en mi pecho y me quita un peso de encima. Tanto mi pie como mi hombro duelen muchísimo, pero estoy tan aliviada de la falsa alarma que mi ira se derrite en un momento.

—Está bien —le respondo.

Froto mis manos quemadas por la fricción con la cuerda y doy un paso hacia la puerta, dispuesta a seguir a Andre de vuelta a nuestro puesto.

Él no se mueve.

—Emmeline —dice—, ¿podrías... no mencionarlo...? A la gente. Al Concejo.

Frunzo el ceño. No quiere que lo diga, pero ¿por qué? Entiendo que las falsas alarmas son actos de descarrío. Pero no llegamos a hacer sonar la alarma.

—*Mes yeux* —dice—, ya no ven como antes.

Lo observo y pienso al respecto. Si sus ojos no son confiables, ¿por qué no se lo ha dicho al Concejo? Ellos lo relevarían de la guardia y lo pondrían a hacer un trabajo en el que no tuviera que estar cada noche de pie en esta malhadada muralla.

—*Je ne comprends pas* —digo. En verdad no comprendo. Noto su incomodidad.

—Mi familia. Hubo salud este año. Suficiente comida.

Entonces lo veo claro: no quiere renunciar a su puesto porque perdería las raciones extra. Mi mente gira. Eso que hace es un acto impío en sí mismo: está poniendo a la aldea en riesgo. Pero hay otros vigías en la muralla cada noche. Y si él lo está haciendo por su familia...

Cierro con fuerza los ojos, trato de pensar.

Una primera transgresión te gana una advertencia; la segunda un castigo. Los verdaderos impíos terminan colgados en la Encrucijada, balanceándose en sus patíbulos al oeste de la fortificación, en un barranco al que nos está prohibido ir.

Los últimos impíos fueron enviados allá hace años, cuando yo era niña. Una pareja del barrio sur, los Thibault, robaron provisiones y las escondieron durante el invierno. Para ser enviado a la Encrucijada tendrías que faltar en serio a tus virtudes, como ellos. O hacer algo realmente espantoso, como mi abuela.

Los ojos acuosos de Andre me miran con preocupación. Si el Concejo supiera que ya no es apto para ser vigía y que ha estado ocultándolo por un tiempo... Me pregunto cómo será la familia de la que me habla: ¿una compañera de vida, hijos... nietos?

La única razón por la que en este momento la aldea no es un caos es porque mis brazos son delgados como patas de gorrión. Y una vocecita en mi cabeza se pregunta si *frère* Andre está poniendo a prueba mis virtudes, si estará tratando de descubrirme prometiendo algo impío. Sin embargo, se ve muy preocupado.

Ignoro la vocecita y sacudo la cabeza negativamente: voy a dejarlo pasar. Voy a guardar silencio.

Sus hombros se relajan.

—*Merci* —se yergue—. *Viens.*

Lo sigo fuera de la torre y cierro la puerta. Me doblo del dolor cuando mi hombro protesta. Mi pie le responde con un latido sordo.

Delante de mí, los hombros de Andre han vuelto a enderezarse, dándole un aspecto valeroso. Piso con fuerza con mi pie malo y siento el estómago revuelto: ¿acabo de hacer una tontería? ¿Y si el hermano Stockham se entera? Sería mi tercera transgresión. ¿Sería causa de mandarme a la Encrucijada? Me gustaría preguntarle a Tom, pero sé que sólo lo preocuparía. Tom jamás hace algo impío. Al menos no por elección.

De vuelta en la muralla, las estrellas se ven opacas a través de las nubes y las planicies están vacías. No hay señal del lobo, es como si la oscura niebla que flota frente a la fortificación se lo hubiera tragado por completo.

A menudo me pregunto qué pasaría si esa oscuridad me tragara por completo *a mí*.

Andre me indica con un gesto que vuelva a mi sitio junto a él. Su mirada es ahora sincera y amigable, y yo trato de sentirme contenta de haberlo tranquilizado.

Pero lo único que puedo hacer es pedir al Altísimo que el Concejo no se entere de mi buena acción.

3

Temprano, recolecto hierbas en la primera línea de árboles al norte y me esfuerzo por no pensar en mi guardia de la noche anterior. Sin cabeza para usar la vara con la que suelo escarbar, me raspo los nudillos contra una piedra enterrada. La sangre roja, brillante, brota de mi piel desgarrada. En un impulso, la sorbo de mi mano llena de tierra. Me queda en la boca un sabor a polvo y hierro.

Otros recolectores hacen su trabajo por la zona segura, recogiendo las últimas bayas en la orilla de los bosques. Algunos se internan brevemente entre los árboles del oeste para juntar forraje para las ovejas. Alcanzo a ver a otros en el lado este del fuerte, entre los sauces cerca de la orilla del río. Revisan las trampas para conejos. La mayoría de los recolectores está dentro de las murallas, cosechando en nuestros exiguos jardines.

Yo soy la única que recolecta para *sœur* Manon, la única que tiene que excavar para buscar las malhadadas raíces. Supongo que debería estar agradecida de que ella me haya aceptado a su cargo. Algunas personas no querrían tenerme trabajando bajo sus órdenes. Además, recolectar también me da la oportunidad de salir de la fortificación y hoy los bosques son mucho más atractivos que las miradas desconfiadas y la expresión triste de papá.

Anoche, Andre pasó el resto del turno instruyéndome en una serie de cosas en las que nunca había pensado: tipos de perdigones, maneras de afilar un cuchillo, los llamados de las aves nocturnas. Lo observé con cuidado y traté de descubrir si estaba fingiendo ser amable sólo por lo que yo hice. Quería animarlo. Tan sólo la idea de hacer migas con alguien (es decir, además de Tom) me hacía sentir bien.

Esa sensación duró hasta que llegué a casa. Entonces papá y yo desayunamos en silencio y sus hombros abatidos lo dijeron todo. Yo mantuve la vista fija en la mesa mientras comíamos, segura de que ver la decepción en su cara me haría golpear mi pie contra la pata de la mesa muchas más veces de las que pudiera soportar. También dejé de sentirme bien de haber ayudado a *frère* Andre. Mi estómago estaba hecho un nudo, casi demasiado como para que me entrara la comida, así que llené mi cabeza con la canción que mi madre solía cantarme en las noches.

Duerme, pequeña, con tu corazón secreto,
Vuela en la noche como la golondrina.
Cuando la mañana traiga lo que canta tu corazón secreto,
Dirígete al mismo sendero y camina.

Yo era muy chica cuando ella murió. Complicaciones luego de dar a luz a un niño que tampoco sobrevivió. Durante mucho tiempo dejé de pensar en ella. Y luego, este verano, cuando estaba afuera mirando las golondrinas en la orilla del río, una voló tan cerca de mí que casi rozó mis pestañas con sus alas. Entonces recordé aquella canción en sus labios.

Me gusta mucho la parte de "tu corazón secreto". Con todas las miradas que me lanzan por aquí, me gusta la idea de que haya una parte de mí de la que nadie puede saber a menos que yo quiera. Pero no le hablo de ese tipo de cosas a nadie, ni siquiera a Tom.

Hubo un tiempo en el que podría haber hablado de eso con papá, justo después de que mi madre murió, cuando él trataba de cocinar del modo en que ella lo hacía o entonar las canciones que a ella le gustaban, a pesar de ser tan desafinado. En ese entonces, papá hacía a un lado la tristeza de haber perdido a mamá y encontraba la forma de hacerme sonreír: tallaba para mí una muñeca de abedul o me llevaba a cortar tréboles cerca de las trampas para conejos. En ese entonces, yo habría podido contarle algunas cosas.

Pero en estos días, papá vive preocupado y no hablamos mucho. Me mira con nerviosismo y con mucha tristeza, como si la marca de iniquidad creciera sobre mi cuerpo conforme yo me hago mayor. Hoy en la mañana lo vi tan claro como la barba castaña en su rostro. No le dije nada acerca de mi guardia, sólo comí. Al salir pensé que el aire fresco me relajaría, pero los ojos preocupados de papá continuaron en mi mente. Me gustaría encontrar una forma de hacer desaparecer su preocupación.

Una suave brisa levanta las hojas sobre mí. La Gente Perdida flota entre las ramas, susurra, me llama. Los vellos de mi cuello se erizan, pero sé que lo único de lo que tendría que preocuparme es de hacer algo sin cuidado, como dejar caer lo que he recolectado o algo así. El vigía en la torre puede verme si lo necesito, y los animales más grandes, lobos y osos, son demasiado asustadizos como para merodear cerca. Y los raptos son raros durante el día.

Pero...

Quizá papá sentiría alivio si no regreso.

Un trozo de raíz especialmente terco sale por fin con un reguero de tierra. Lo sacudo y lo echo en mi morral, luego me siento de nuevo sobre mis talones y envuelvo mis nudillos en la cola de mi *ceinture*. Necesito tres o cuatro trozos de raíz para poder regresar; necesitamos todas las provisiones que podamos reunir antes de que *La Prise de Glaces* (la Gran Helada) llegue, el mes en puerta.

Cada año, siento en el aire cómo se aproxima, como un aliento venenoso. Las aves escapan en zigzag por el cielo y los bosques se vuelven quebradizos y secos, esperando. Cuando *La Prise* golpea, barre todo con vientos helados que queman, con remolinos de nieve tan espesos y veloces que hace falta una cuerda para ir de la cocina al almacén de la leña. Meses de gélidos vientos ululantes, meses de nada que hacer más que asistir a sosas uniones de nuevos compañeros de vida. Cuando finalmente salimos al aire primaveral, todavía más delgados y medio locos por el encierro, agradecemos al Altísimo que sobrevivimos para ver de nuevo los árboles retoñar y el río crecer.

El próximo Deshielo, alguien vendrá. Nadie lo dice en voz alta, y me temo que es porque ya nadie lo cree. Después de ocho décadas de sobrevivir a duras penas, lo que no se dice resuena más y nos parece más verdadero que cualquier declaración de esperanza: o todos los demás están aislados, como nosotros, o ya han muerto.

Retiro la tela de mis nudillos para asegurarme de que la hemorragia se haya detenido, luego reviso el terreno alrededor para buscar un nuevo punto para escarbar. No soy tan fuerte como para sacar el resto de la raíz que ya desenterré.

Está muy profunda y, además, tiene que haber otras más cerca de la superficie. Distraída, me rasco la ceja y siento cómo me embadurno de tierra la frente.

Con frecuencia me pregunto qué dejaron atrás nuestros antepasados a cambio de *esto*. Mi papá dice que muchos años antes de que viniéramos, los *coureurs de bois* eran los únicos que viajaban hasta acá, en busca de pieles de animales. Luego, los animales que esos hombres cazaban se volvieron más escasos conforme más lejos avanzaban, por lo que regresaron al este a trabajar la tierra.

Pero por décadas, demasiada gente llegó del Viejo Mundo; las colonias se sobrepoblaron y las relaciones con los Primeros se volvieron tensas. Algunas familias (nuestros ancestros) decidieron ir al oeste. Papá dice que era un grupo extraño: angloparlantes en busca de una mejor vida; francoparlantes tratando de huir para no ser deportados de vuelta al Viejo Mundo; descendientes de francoparlantes y de los primeros pueblos que estaban hartos de ser perseguidos por tener sangre mestiza. No había modo de que todos ellos se llevaran bien. Supongo que la idea de ir juntos obedeció a la seguridad que les daba ser muchos y a que su intención era separarse en cuanto encontraran un lugar propicio.

Pero la soledad de estas tierras habría tenido que alertarlos. ¿Dónde estaban los Primeros que se decía deambulaban por aquí? En el este, los Primeros compartían lo que tenían con los colonos del Viejo Mundo, les enseñaron a sobrevivir en el nuevo territorio; los grupos se mezclaron, tuvieron familias juntos y dieron lugar a la mezcla que todavía puede verse en la gente del barrio sur.

Aquí, sólo sus fantasmas permanecieron, vestigios de gente que desapareció. Pero ¿adónde fueron? ¿Por qué?

Cuando los colonos se detuvieron en los bosques, intimidados por las montañas, justo frente a la pared de la Gran Roca, encontraron la respuesta. El *malmaci* había raptado a esos pueblos originarios. Y después vino por nosotros.

Barrió con más de la mitad de los colonos en apenas un par de meses y mató también a todas las bestias de carga. La gente amanecía para encontrar a sus seres queridos convertidos en cadáveres sanguinolentos y llenos de ampollas; y su ganado había corrido la misma suerte. Aterrorizadas, cerca de veinte familias quedaron acorraladas en un asentamiento a la orilla del río. La gente que intentó ir a los bosques del oeste o a las llanuras de oriente nunca regresó o fue encontrada despedazada, sus ojos y orejas sangrando a mares, sus entrañas derramadas, hinchadas, ennegrecidas.

Para imponer el orden y la seguridad, se formó entonces un Concejo, dirigido por el bisabuelo del hermano Stockham. Ellos construyeron la Encrucijada para aquél que desafiara sus normas. A cualquiera que traspasara los límites o que no estuviera de acuerdo con las reglas del asentamiento se le consideraba impío, porque ponía a todos en riesgo de aquello que acechaba en la espesura.

Sobrevivimos juntos, o perecemos.

Los que hablaban francés le llamaban *le Mal*, el mal. Los que tenían sangre de los Primeros le decían *maci–manitow*: el espíritu maligno.

Honestidad, Valentía, Descubrimiento: estas virtudes crearon la fuerza que mantiene el mal, *malmaci*, a raya.

Supongo que mi abuela no tuvo esa fuerza.

Cada mañana le pregunto a mi corazón secreto si los demás tienen razón en mirarme del modo en que lo hacen, como si yo tampoco tuviera esa fuerza. Hoy, sentada frente a los ojos tristes de papá, mi corazón trinaba: *Muchacha impía, muchacha impía.*

Puedo ver la torre de vigilancia desde donde estoy sentada entre los árboles. Se supone que eso tendría que hacerme sentir segura, pero de repente mi piel se eriza ante la idea de que haya ahí alguien mirándome con desdén.

Un destello de negrura en las puertas llama mi atención. Un concejal ha salido hacia las llanuras. A esta distancia no puedo ver quién es, pero seguro que no viene a ayudar a recoger bayas o raíces, ellos no se rebajan en atender algo tan insignificante.

Mi pecho se tensa. No quiero tener que hablar con él, sea quien fuere, no después de haber sido castigada con una guarda, no después de lo que pasó anoche.

Me agazapo junto a una zarza, lejos de la zona segura. Todavía estoy en su campo de visión, pero cuando el concejal se detiene a medio camino para hablar con una mujer que va de vuelta hacia el fuerte, me escondo rápido detrás de un árbol.

Miro alrededor. Las hojas centellean con todas las gamas de dorado y rojo. Las ramas suspiran al ser acariciadas por la brisa, como si el bosque estuviera recordando algo grato.

La gente del barrio norte llama a estos árboles *les trembles.* Mi papá dice que es por la manera en que sus hojas tiemblan con la brisa. Emiten un suave tintineo que se convierte en rugido cuando sopla un viento fuerte. Se siente como si fuera la Gente Perdida, siempre susurrando.

Lo que susurran hoy es muy claro: *Por aquí,* me dicen, *ven, por aquí.*

Podría agacharme y seguir buscando raíces aquí, escondida de la mirada de ese concejal. Sin embargo, respiro hondo y voy un poco más lejos, rozando blancos retoños de abedul que relucen al sol. El bosque está tranquilo y silencioso, y siento un cosquilleo en el cuello, pero avanzo y me interno entre los álamos.

Los rayos de sol pasan entre las ramas y trazan patrones en el suelo del bosque. Es hermoso y abrumador; me lleva a avanzar, mientras siento un escalofrío que recorre mi columna. No debería ir más lejos, no es seguro. La gente que se arriesga cae en la trampa. La gente que se va demasiado lejos no regresa.

Pero regresar significa soportar las miradas del Concejo, quizá ser interrogada acerca de la noche pasada. *Frère* Andre podría haber estado poniéndome a prueba después de todo, y podría haberme delatado. ¿Y si sí? Me estremezco y piso con fuerza con mi pie malo para concentrarme en el dolor. No puedo evitar pensar en ese *¿y si...?*

Quizá papá sentiría alivio si no regreso.

Evoco esa arruga triste de su frente, su vergüenza debida a la marca de nuestra familia. Yo lo hago todo más difícil al dejarme llevar por mis ensoñaciones, al ser castigada con una guardia. Y ahora, una tercera transgresión.

Por aquí.

Avanzo. El pasto es más alto, los arbustos más densos, así que tengo que abrirme camino entre las rosas silvestres y los cornejos. Las ramas se enganchan en mi túnica y me obligan a inclinarme y pasar por debajo. Las trampas para animales me hacen tropezar a cada paso. Atravieso agachada hasta que tengo que detenerme en seco.

El bosque ha dado lugar a una pequeña barranca seca. Alguna vez pasó por aquí un arroyo, pero ahora sólo queda un lecho rocoso con resbalosas paredes de piedra que es casi imposible de atravesar sin que me lastime el pie. Es mi oportunidad para regresar. Debo regresar.

Pero hoy quiero lastimarme el pie.

Avanzo torpemente por el borde inclinado hasta el lecho del río seco y trepo del otro lado. A cada paso se desgaja un terrón de pasto, así que tengo que usar las uñas y desgarrarme de nuevo los nudillos mientras me deslizo con tiento por la roca.

Hay un amasijo de troncos detrás de esta línea de árboles: cuatro paredes derruidas cubiertas de liquen y tierra. Un vestigio de la primera generación de los colonos. Hay algunas ruinas como ésta en los bosques cerca de la fortificación; escombros húmedos luego de años en los que los dedos mohosos del bosque se han cerrado sobre ellos y los han jalado hacia la tierra. Algunos de los primeros colonos deben haber vivido aquí afuera antes de ser acorralados dentro del fuerte. Antes de que supieran de la existencia del *malmaci*.

Entre los fuertes latidos de mi corazón, sigo adelante en el bosque y dejo las ruinas fantasmales a mi espalda y fuera de mi mente. Me meto más y más profundo en la espesura, hasta que los matorrales vuelven a ceder, esta vez a una arboleda. Es pequeña, quizás unas treinta por veinte zancadas. Los árboles que lo forman se levantan altísimos hacia el cielo y terminan en un círculo azul brillante. Los arbustos en el centro cuando mucho me llegan al tobillo.

Me detengo y escucho con atención. Un gorrión de pecho blanco trina desde un arbusto y su pareja le responde. La brisa tintinea entre las copas de los árboles, suave y tranquila. Los bosques alrededor rebosan de vida que no puedo ver, lo que es un poco intimidante si lo pienso con calma, pero esto...

Esto es un pequeño paraíso secreto que se mantiene a salvo de esos desconocidos.

Mi vergüenza y mi enojo se alejan. Camino al centro de la arboleda, cierro los ojos y respiro el aire con olor a tierra.

41

Nadie ha estado aquí en años, tal vez en décadas. Quizá soy la primera persona en encontrar este lugar.

Eso me gusta. Me gusta la sensación de estar aquí sola. Sin ojos desconfiados, sin un papá triste, sin vergüenza. Una rara paz me llena. *Les trembles* susurran con sus voces tintineantes, y mis dos pies se sienten firmes, enraizados en el suelo del bosque como si yo fuera parte de esta arboleda, de estos árboles. Respiro profundo otra vez. La Gente Perdida me está mirando sin juzgarme. Lo puedo sentir en la piel.

La vocecita en mi cabeza me recuerda que estoy confundida. La Gente Perdida era de los Primeros, y fueron raptados por el *malmaci* antes incluso de que nuestros ancestros llegaran. Las historias lo cuentan así, y Tom y yo encontramos todo el tiempo vestigios de ello: herramientas, huesos... Sólo que...

Sólo que, muy en el fondo de mi corazón secreto, siempre he sentido su ausencia como si fuera una presencia. Como si ellos todavía estuvieran aquí, sólo que... *perdidos*. Tom es el único que sabe que les llamo Gente Perdida, pero no se burla de mí por eso.

Por supuesto, no le he contado que ellos me llaman.

Por aquí.

Mis ojos se abren de golpe.

Un trozo de cielo cuelga del arbusto más lejano. Entorno los ojos.

No es el cielo. Es un girón de algo.

Cruzo la arboleda para tomarlo. La tela que tengo ahora en la mano es hermosa, del color del cielo de otoño. La examino, paso mis dedos por su extraña superficie suave. Y entonces mis pensamientos alcanzan a mis manos.

Alguien ha estado aquí.

Aprieto el trozo de tela con fuerza. ¿Quién? ¿Cuándo?
Una intensa emoción me recorre.

El último rapto ocurrió antes de que yo naciera. Fue un anciano del barrio sur. ¿Podría ser esto lo que quedó de él? ¿Fue raptado en la noche? ¿O de día?

De pronto, me pega con fuerza la posibilidad de *nunca* volver a la aldea. Mi garganta se cierra y necesito respirar profundamente un par de veces para que mi cabeza deje de girar.

Piensa. No pierdas la cabeza. Mira alrededor.

Detrás del árbol descubro una rama rota, como si un animal hubiera chocado con ella. Alrededor hay más ramas que se ven dobladas, pero no recientemente. No están escurriendo savia, fueron rotas hace mucho tiempo. Miro alrededor del arbusto, sigo las ramas rotas.

Es un sendero.

La hierba bajo mis pies fue contraída por el efecto de... ¿pisadas?

Pero... no puede ser una vereda. Los recolectores y tramperos no han venido hasta acá desde hace muchísimos años. Cualquier vereda que hubiera sido trazada por la primera o segunda generación debería haber desaparecido hace mucho tiempo.

Mi corazón se acelera, pero la vocecita de mi cabeza me trata de calmar. Podría ser un sendero antiguo que aún es usado por animales. ¿Ciervos? No. Las ramas rotas están demasiado altas para deberse a su paso.

Parece que una persona ha estado por aquí.

Muy bien: piensa.

Lo correcto sería regresar y decirlo al Concejo. Ellos podrían mandar un grupo de guardias armados para explorar.

Pero no puedo. Estoy demasiado lejos, es una transgresión simple y llana. Después de anoche, es obvio lo que decidiría hacer conmigo el hermano Stockham. Tengo que regresar ahora mismo y mantenerme callada, o arriesgarme y continuar sola.

Los raptos son inusuales de día.

Escucho de nuevo. No se oye más que el tintineo de *les trembles* y el trino del gorrión. Pero debajo de eso escucho a la Gente Perdida que me llama y me insta a avanzar.

Seguiré un poco nada más.

Comienzo a caminar moviéndome tan silenciosamente como me es posible. El sendero apenas está marcado y tengo que mirar con atención, pero avanzo tan despacio que comienzo a ver borroso el camino. Miro hacia arriba para descansar la vista y observo los bosques que se extienden ante mí, cuando noto que un árbol delante de mí se mueve. Camino más despacio… seguro fue la brisa. El árbol se mueve de nuevo. Me congelo.

Ese árbol tiene forma humana.

Me agazapo detrás de un arbusto, mi corazón late como loco.

¿Me habrán visto?

Todo está en silencio, así que me arriesgo a estirarme un poco y echar una mirada. La silueta viste ropa oscura, una capa de piel de bisonte con capucha, y está dándome la espalda. Quienquiera que sea está inmóvil y observa algo.

Sigo congelada, contengo el aliento.

Entonces la silueta se voltea y vuelvo a agazaparme. Este marchito arbusto de arándanos apenas me oculta; rezo porque mi ropa se confunda con sus grises y marrones. El húmedo olor a podrido alcanza mi nariz. La cabeza de la silueta está inclinada hacia el suelo y busca algo, con el rostro bien escondido bajo la capucha.

Cuando levanta el rostro hacia donde estoy, me agacho todavía más tras el arbusto. En silencio, me pongo de rodillas, inclino la cabeza y me hago ovillo.

Escucho ramitas que se rompen y hojas que crujen bajo las pisadas que se acercan directo a mi escondite.

¡Mi corazón! Sus latidos me ensordecen, siento como si fuera a salírseme del pecho. Si me encuentran, estoy en un serio problema. A menos que...

A menos que no sea alguien de nuestra aldea.

La emoción se dispara más allá del miedo. No es posible, ¿cómo podría sobrevivir alguien aquí afuera?

El eco de un silbido atraviesa el bosque. Si es el llamado de un ave, es de una que no conozco. Me recuerda las flautas de sauce que algunos de nuestros ancianos tocan. El crujido de hojas se detiene.

Muy, muy despacio levanto la cabeza y me arriesgo a mirar de nuevo por encima del arbusto. No puedo ver bien, pero la silueta oscura está ahora a unas veinte zancadas de donde estoy. Otra vez voltea hacia otro lado, esta vez en dirección al sonido que llega a través de los árboles. Después de todo, no me ha visto. Mi lengua hace un esfuerzo por separarse del paladar para mojar mis labios.

Mi pie, aplastado bajo mi peso, grita. Me muevo y me levanto un poco más, sólo para tener una mejor vista.

La silueta está de perfil con respecto a mí, su cabeza se ladea para escuchar mejor. Está buscando algo. La capucha cae. Piel pálida, cabello oscuro a la altura de la mandíbula...

El hermano Stockham.

No es ningún extraño. Por un instante quiero reírme: ¿de verdad pensé que podía ser alguien ajeno a la aldea? Pero el siguiente pensamiento es: ¿qué está haciendo el hermano Stockham hasta acá?

El silbido suena de nuevo. Reanuda el paso y desaparece detrás de una barrera de árboles. El silbido se escucha otra vez, más débil, como si se estuviera alejando. Y entonces el bosque queda en silencio.

Me pongo de pie. No hay manera de que pueda seguirlo entre los arbustos sin hacer ruido. Mi pierna da alaridos de dolor por el esfuerzo, yo iría demasiado lento si tratara de no arrastrarla.

Miro el sol. Ha cruzado el cielo y está por ponerse. Pronto oscurecerá y se hará de noche. Debo regresar al fuerte. El hermano Stockham puede moverse más rápido que yo, así que tiene más tiempo para volver una vez termine con lo que sea que esté haciendo.

¿Qué podría estar haciendo?

Echo una última mirada al sendero y me doy la vuelta para dirigirme de regreso a la seguridad de la fortificación. Estoy de vuelta en la planicie cuando me doy cuenta de que he atravesado el bosque sin pensarlo siquiera. Volví del círculo de árboles como si lo hubiera hecho toda la vida.

Esa noche mis sueños son extraños. Estoy en aquel sendero, de nuevo intento seguirlo, pero mis piernas no se mueven, están atoradas. Cuando miro hacia abajo, descubro que no son mis pies: los dedos son perfectos y la piel es suave. Son unos pies hermosos, pero no me responden y estoy petrificada ahí, incapaz de moverme hacia adelante o atrás. Arriba, sobre mí, un halcón vuela en círculos, muy despacio.

Entonces comienza una ventisca y puedo escuchar un silbido agudo en el viento. Es un lamento, como si los árboles que me rodean estuvieran clamando y el cielo les contestara.

Es *La Prise*, que está llegando, y yo no puedo buscar refugio.

4

Despierto confundida por el sueño que tuve y todavía cansada por la guardia de hace dos noches.

En la cocina, papá está muy callado otra vez. Su cabello y su barba necesitan un corte, y su camisa está arrugada. Comemos en silencio. Lo miro rascar con mucho cuidado su tazón con la cuchara. Sus manos tiemblan ligeramente, como el constante estremecimiento de *les trembles*. No lo había notado. Esas manos solían acariciar mi frente para que me durmiera cuando era niña, pero entonces eran firmes y seguras. Esas manos me atraían hacia él cuando estaba asustada o triste, cuando tenía una pesadilla, cuando algún chiquillo de mi edad me insultaba. Esas manos me hacían girar por la cocina para animarme.

Solía cantar. Escucharme. ¿Qué fue lo que cambió? ¿Será que yo dejé de hablar?

—Papá, ¿alguna vez has ido más allá de la primera línea de álamos? —papá levanta la mirada de su tazón, alarmado—. Quiero decir, cuando vas a poner trampas —jugueteo con la cuchara.

—¿Para qué lo haría?

—No sé —le contesto—. ¿Para tener más oportunidades de conseguir animales?

—Hay montones de conejos en los sauces y las trampas del oeste siempre están llenas —frunce el ceño—. ¿En qué estás pensando, Emmeline?

Su mirada es intensa: está interesado en mi respuesta. Hace tanto que no me miraba así... Ni siquiera puedo recordarlo. Las palabras me queman la boca, listas para estallar. El hermano Stockham, el sendero...

—¿Alguien se ha quejado de lo que recolectamos? —la preocupación vuelve a nublar su frente. Pero no sólo es preocupación, es miedo.

—No.

—No has faltado a tu trabajo con *sœur* Manon, ¿verdad?

—No, papá...

—Porque si la gente está hablando acerca de nuestra contribución...

—¡No es nada de eso, papá!

—¿Entonces por qué preguntas?

Me trago las palabras.

—No es nada. Es sólo que... no importa.

Levanto los platos y los llevo a un balde. Aprieto los ojos con fuerza para no llorar mientras los lavo. Lo que cambió no es que yo haya dejado de hablar, es que ahora nuestra marca importa más que nunca y papá desconfía de mí, en que yo lo vaya a empeorar. Tal vez tiene razón.

Agradezco que debo salir de la cocina para llevar el agua de los platos a la acequia donde echamos el agua sucia. Mi hombro aún está adolorido de la guardia y cuando pongo el balde en el escalón para sostenerlo mejor, me encuentro a Edith.

—¿Adónde vas, Em?

Señalo con un gesto el cubo.

—¿Y luego, con la hermana que cura?

Asiento con la cabeza.

—Quédate aquí —le digo con firmeza.

Edith tiene este hábito de correr tras cualquier cosa que le llame la atención. Por lo general son cosas inocuas, como bichos o gallinas u otros niños. Sólo significó un problema aquella vez. Pero fue suficiente.

Sucedió hace dos años. Su mamá, la hermana Ann, estaba a cargo de los recolectores que traían lo último de las cosechas del jardín. Las murallas no estaban fortificadas contra las tormentas invernales, a pesar de que los vientos de *La Prise* eran intensos. Cuando se acerca, el aire tiene un filo que cala hasta los huesos. Así era aquel día, pero todo mundo tenía la cabeza puesta en sus labores, tratando desesperadamente de guardar las provisiones antes de la Afirmación, que iniciaba al día siguiente. Edith, que tenía dos años, estaba con otros chiquillos en el jardín, cerca de la puerta del sur, lo suficientemente cerca como para que los adultos que trabajaban pudieran echarles un ojo.

Pero ella debió alejarse en algún descuido de la hermana Ann. Pasaron veinte minutos o más antes de que alguien se diera cuenta. Y entonces, de repente, *La Prise* estaba sobre nosotros con sus vientos gélidos y copos de nieve grandes como piedras de río. Llegó aullando sobre las murallas, azotando nuestros cabellos y mantos, cegándonos.

Todos reunimos las cosas de valor y buscamos refugio, pero Edith no estaba por ningún lado. La buscamos en cada rincón pero la nevada era tan intensa que resultaba difícil ver a dos pasos de distancia. Y cuando se dio la orden de cerrar las puertas contra la tormenta, la hermana Ann se puso frenética.

Siempre la he visto como una de esas personas que mantiene en alto sus virtudes, pero ese día pude ver en sus ojos que estaba pensando en desafiar al Concejo y salir. Su delgada boca era una línea y sus manos temblaban. Era terrible, pero ver a Tom fue peor. Estaba pálido, tenía los ojos enrojecidos y húmedos. Sabía que su mamá estaba por arriesgarse a ser castigada con la muerte por tratar de encontrar a Edith, y me quedaba claro que él no sabía a cuál de las dos soportaría perder.

Y entonces un vigía nos libró de la angustia. Mientras reforzaba las puertas del sur, alcanzó a ver a Edith en el exterior, hecha un ovillo contra un rincón de la pared, casi congelada.

Sœur Manon la hizo volver en sí con caldos medicinales, y en dos días era ya la misma niña inquieta de siempre. Edith estaba bien. Todo estaba bien. Y no hay forma de que ella lo recuerde ahora; no hay forma de que recuerde el terror y la desesperación de aquel día.

Pero yo sí recuerdo. Y no me incomoda cuando ella quiere estar cerca de mí y preguntarme sobre *mi* día.

—Quédate aquí—le digo de nuevo—. Te contaré después de la cena.

Una sonrisa ilumina su cara. Ella asiente y regresa adentro.

Estoy cruzando el barrio sur cuando veo de reojo a Kane, afuera de su casa. Está ayudando a una mujer (¿su mamá?) a reparar un barril. Lleva la camisa arremangada, no puedo evitar observar un momento sus brazos. Son realmente fuertes. Me horroriza sentir que mi corazón se acelera.

Un niño sale veloz de la casa, supongo que es su hermanito. El niño se acerca a Kane y éste sonríe. No es la sonrisa extraña que me dedicó en el sermón; es una sonrisa grande y franca. Luego le hace señas al niño para que le pase una cuerda que está en el suelo y entonces me pesca mirándolo. Bajo la mirada hacia mi cubo y me apresuro a llegar a la zanja.

Tonta.

Le entrego a *sœur* Manon mi morral con raíces, está sólo a la mitad. No puedo saber si ella piensa que ayer abandoné mi tarea antes de tiempo o que simplemente no pude encontrar más; pero no se queja. Me manda por un par de manojos de cola de caballo, que crece en la zona segura. Friego el fogón mientras ella prepara un té con los manojos, dice que ayuda a liberar el cuerpo de *trop de l'eau*. Entonces me manda a darle el té a una familia en el barrio oeste. Cuando termino con mis tareas, me dirijo al río para encontrar a Tom.

Un concejal, el hermano Jameson, está parado fuera de la casa del hermano Stockham cuando paso por ahí. Está solo. No hay admiradores devotos colgados de su manto. A menudo él está en medio de un grupo de seguidores atentos a escuchar sus pregones.

Me trago el miedo, levanto el rostro y camino tan normal como puedo. Tenemos una docena de concejales, todos son hombres cuyos padres fueron parte del Concejo y, en algunos casos, también lo fueron sus abuelos. Hay un orden jerárquico en el grupo y el hermano Jameson está en la cima.

El Concejo tiene labores cotidianas como el resto de nosotros, pero muchas menos que el resto. La mayor parte del tiempo lo pasan discutiendo asuntos de la aldea y escuchando problemas. Ellos imponen el orden y hacen cumplir la ley. Naturalmente se les dota con las mejores raciones y terrenos, y se les llama por sus apellidos como una muestra de respeto.

No está bien codiciar los bienes del prójimo, pero sé que mucha gente cambiaría sus tareas por la posibilidad de ser parte del Concejo. Normalmente nadie buscaría cambiar sus tareas por las de un vigía, pero si pudieran escoger ser parte del Concejo, lo harían sin pensarlo.

Yo prefiero desenterrar raíces todo el día que ser uno de ellos. Hay algo petulante en su forma de comportarse. Jameson nos observa como si fuéramos una carga, ovejas descarriadas que tomaríamos sus raciones y merodearíamos por precipicios si él no estuviera aquí para enderezarnos. Siempre nos sermonea sobre las virtudes, como si necesitáramos la presencia constante de un recordatorio.

Inclina sus mejillas colgantes como saludo, aunque sus ojos azul hielo me miran carentes de simpatía. Inclino la cabeza en respuesta, luego vuelvo la mirada a su sitio y continúo. Me toma largo tiempo llegar hasta las puertas. Mantengo la mirada baja hasta que voy por la mitad de la planicie.

Me dirijo al río y siento cómo el sol pega en mi cabello oscuro. Los andarríos revolotean en las zonas poco profundas. En los peñascos del lado opuesto del río, las golondrinas hacen gran alboroto al zambullirse desde sus nidos en la ribera. Todas esas aves pronto se habrán ido, huirán de La Prise. Trazo con la mirada el sendero gastado que avanza en diagonal hacia la ribera a la que las ovejas son llevadas a pastar durante el día. Este año, nuestras ovejas ya se han comido prácticamente todo lo disponible a una distancia segura para nosotros, y no nos podemos arriesgar a llevarlas más lejos y que pasten hasta la noche, así que hoy, aquí no hay nadie, excepto un explorador o dos, a la busca de bisontes.

Echo un vistazo hacia la cima de los peñascos e imagino las planicies que se extienden hasta el horizonte en todas direcciones. Una vez subí para verlas, pero terminé temblando presa de vértigo: todo era demasiado vasto, estaba demasiado vacío.

Tom me hace señas desde la ribera, tiene algo en la mano.

—¿Es un hueso? —le pregunto mientras me acerco.

Asiente.

—De bisonte —dice y me lo da. El hueso está cubierto de tierra. Paso mi dedo por la suave orilla que termina en una punta afilada.

—De la Gente Perdida.

Él se encoge de hombros.

—¿Había otros?

—No sé. Lo acabo de encontrar entre las rocas de abajo.

—¡Busquemos más!

Comienzo a bajar a la orilla del río, trato de no arrastrar mi pie malo, pero cuando escucho que Tom no me está siguiendo, me detengo y miro hacia atrás.

—¿Dónde estuviste ayer? —pregunta. Tom mantiene los pulgares dentro, en su *ceinture*.

Habíamos planeado encontrarnos en el río. Los dos tenemos un poco de tiempo libre casi todas las tardes, y siempre lo pasamos juntos. Miro el hueso, me rasco con él la palma de la mano.

—Se me olvidó venir.

Me rebasa, recoge una piedra y la arroja al río.

—Eso no responde mi pregunta.

Miro su rostro por un instante. Su cabeza está ladeada como si estuviera pensando y su voz es suave, pero sus ojos del color del cielo de la pradera son duros. Parecen estar preocupados, cargar una pena.

En lo que va del día, dos pares de ojos me miran preocupados por saber en qué me estoy metiendo. No puedo decirle a papá la verdad, pero con Tom la situación es distinta. Con él comparto secretos.

—Yo... estaba en el bosque.

Me mira con la boca abierta.

—¿Qué? ¿Por qué?

—No sé. Sólo...

No puedo decirle por qué. No puedo decirle que estaba pensando que sería mejor para papá si yo no regresaba; que sería mejor para él no tener una hija impía de la cual preocuparse. A Tom no le gustaría escuchar eso, además de que, ahora mismo, ya no estoy tan convencida de seguir creyendo eso. No estoy segura de que se tratase tan sólo de una actitud infantil.

—Vi algo allá —eso no es mentira.

—¿Qué?

—Un trozo de tela.

Las cejas de Tom se elevan.

—¿Gente Perdida?

—No sé. Pero había algo más, Tom —y miro hacia el río mientras lo digo—. Un sendero.

—Un sendero.

—En el bosque.

Se queda callado un momento. Vuelvo a mirarlo. Hay un destello en sus ojos, un brillo anhelante. Pero luego vuelven a ellos las nubes de preocupación.

—No lo seguiste, ¿verdad?

Me rasco la ceja.

—¿Em?

—Sólo un poco.

—¡Altísimo, Em! Apenas estuviste en una guardia por un acto impío. ¿Por qué hiciste eso?

—¡No sé! Es... —busco una explicación— a veces simplemente no puedo evitarlo.

Tom frunce el ceño.

—Eso no es cierto y lo sabes. Uno elige. Hay cosas que no podemos evitar, pero meterte al bosque no es una de ellas.

Me muerdo la lengua para no responder. Sé de qué tipo de "cosas" habla. Se refiere al secreto que él guarda: la cosa que lo marca a él como impío y que nadie sabe, salvo yo.

Sœur Manon los llama *ginup*, una palabra de los Primeros para quienes tienen dos espíritus y nacieron con inclinaciones de mujer y de hombre a la vez. Con frecuencia un hombre amará a otro hombre, o una mujer a otra mujer. *Sœur* Manon me contó que cuando los del Viejo Mundo llegaron al este, encarcelaron a aquéllos de los Primeros que eran *ginup*, del mismo modo en que lo hacían con su propia gente, y que les prohibieron a todos por igual vivir de esa forma. Nadie admite tener dos espíritus. Unirse y tener hijos es una obligación. Y por supuesto, yo guardo el secreto de Tom. *Sœur* Manon no sabe en quién pienso cuando le pregunto sobre estas cosas.

Yo sé que ser *ginup* le preocupa a Tom. Si el Concejo supiera... bueno, no estoy segura de qué harían. Asignarle tareas más peligrosas que hacer velas, eso es seguro, con la esperanza de que termine en las Aguas Purificadoras, en donde arrojamos a nuestros muertos. Pero... ¿lo enviarían a la Encrucijada? Quizá Tom tenga razón en que es mejor mantener la cabeza gacha, pero...

—Pero ¿por qué tendría que haber un sendero ahí?

—Podría ser una vereda antigua que el Concejo necesita para algo...

—¿Como qué?

—No tengo idea —Tom se muerde el labio—. Pero, Em, sea lo que fuere, no es asunto nuestro.

Tom no sabe cuánto me interné en los bosques. Y tendría que confesárselo si quiero contarle lo del hermano Stockham y lo raro que fue. Lo miro. A menudo me pregunto si se asustaría menos de mis andanzas y mis fantasías si él no tuviera un secreto. Le entusiasma reunir vestigios y hablar de ellos, seguro, pero ¿podría decirle cuánto anhelo volver a ese sendero? Creo que sólo lo preocuparía muchísimo.

Y no quiero eso. Él es la única persona con la que siempre me siento cómoda.

—De acuerdo —le tomo la mano llena de cicatrices que no sostiene la caña de pescar—. No es asunto nuestro.

Se queda callado un momento. Entonces me sonríe y aprieta mi mano.

—De acuerdo, entonces.

El río brilla y baila, como si estuviera lleno de truchas que reflejaran la luz del sol en sus cuerpos brillantes. Tom saca un carrete de sedal de su *ceinture*. Señala hacia el agua.

—¿Deberíamos pescar?

Cuando volvemos a nuestras habitaciones, el río y Tom me han regresado la calma. El sol estaba tan caliente que Tom se quitó los mocasines, se subió las mallas y se metió al agua. Yo me quité mi *ceinture* y enrollé mis mangas, aunque lo que en verdad deseaba era poder quitarme también los mocasines; a mi pie malo le habría caído bien la frescura del río, pero entonces Tom habría tenido que verlo.

Con todo, fue realmente agradable estar ahí, sentada al sol, mientras Tom intentaba pescar, sin suerte.

Estoy ajustándome de nuevo el cinturón y Tom trae en la mano los mocasines cuando su mamá, la hermana Ann, nos saluda desde la entrada a sus habitaciones. Ella lanza una larga mirada a los pies desnudos de Tom y entonces señala con la cabeza en dirección a los establos de ovejas.

—Tu papá necesita ayuda para alimentarlas.

Tom asiente y se marcha. Estoy a punto de dirigirme a mi puerta cuando ella me detiene con una mano en mi hombro. Sus ojos grises me miran con seriedad.

—Em, un momento.

Edith aparece detrás de ella, ansiosa.

—Ve adentro —le dice con delicadeza su madre.

Edith desaparece y la hermana Ann cierra la puerta. Me lleva lejos del escalón de la entrada.

La mamá de Tom conoce los tejemanejes de nuestro trabajo. Si *sœur* Manon no tiene tareas para mí, voy con la hermana Ann para que me asigne algo. Ella es una fuerza a tener en cuenta y la voz de mando en la familia de Tom. Siempre ha sido amable con papá y conmigo, pero no me habla mucho. No se me ocurre qué querrá decirme ahora.

—Bájate las mangas —su tono no es desagradable, pero me apresuro a cubrir mis antebrazos, avergonzada. Me examina. Su apretado chongo jala ambos lados de su rostro delgado.

—Emmeline, cumplirás dieciséis años en pocos días.

Asiento.

—Y entonces serás elegible.

Me obligo a asentir otra vez. Se refiere a que tendré edad para unirme. Se supone que debo encontrar un compañero de vida en los dos años siguientes a mi décimo sexto aniversario. No nos unimos más jóvenes por una cuestión práctica: las madres jóvenes suelen tener más problemas con el embarazo y los niños sin madre, como yo, son una carga. Tampoco nos unimos mucho después, por la misma razón.

—Los hombres comenzarán a preguntar por ti. Tu papá tendrá que tomar algunas decisiones.

Levanto las cejas. ¿Qué hombre elegible podría quererme *a mí* como compañera de vida? Para empezar, tengo una marca encima, y para seguir, está lo de mi pie. Bajo la mirada hacia él y muevo mis dedos torcidos.

Ella junta las manos.

—Necesito decirte que... —se detiene y respira profundo— debes ser cuidadosa... con tu boca.

—¿Perdón? —no le entiendo.

—Tu boca —aclara su garganta—. Tu sonrisa. Los hombres la encuentran... atractiva.

—Pero... —sigo sin entender qué quiere decir. Ni siquiera sonrío con frecuencia. Pongo una mano sobre mi boca y sigo el contorno de mi labio inferior con un dedo.

Ella me mira con seriedad.

—No puedes andar por ahí con la túnica arremangada. Ya no eres una niña. Necesitas prestar atención a quién le sonríes. Trata de no atraer muchas miradas.

La observo con atención. ¿Desde cuándo los hombres se fijan en mi sonrisa? ¿Desde cuándo estoy atrayendo sus miradas? Ella debe pensar que mi desconcierto es desacuerdo porque cruza los brazos y aprieta la mandíbula.

—Emmeline, las atenciones de los hombres no son útiles para ti ni para la aldea.

Lo sé. Las mujeres son recatadas y los hombres respetuosos. Las dos familias tienen que estar de acuerdo para una unión, no sólo el hombre y la mujer que se unirán, y las relaciones fuera de la unión están prohibidas. Las enfermedades y los celos que traen disturbios son resultado de las relaciones fuera de la unión. No consigo entender cómo es que la mamá de Tom piensa que yo podría estar en peligro de algo así.

Miro mi pie de nuevo, recorro mi labio con el dedo. Quizá Kane me habló el otro día por mi sonrisa.

—Compórtate —me saca de mis pensamientos.

La miro, veo su mirada dura. Y entonces lo entiendo.

Mi abuela. Ésa es la razón por la que piensa que estoy en peligro.

—Lo haré.

Ella asiente, cortante.

—Escuché la campana de nacimiento hace un rato. *Sœur* Manon te necesitará para que le ayudes a limpiar —se da la vuelta y desaparece en sus habitaciones.

Toco mi labio una vez más y me dirijo a la Casa de Sanación.

5

Hay sangre por todos lados. La cocina está iluminada por grandes velas y salpicaduras carmesí manchan todo como largas sombras oscuras: la palangana, la mesa, las sábanas, los brazos de *sœur* Manon hasta los codos. La mujer en la cama respira con dificultad. Su cabeza es apenas visible entre las pieles de bisonte que la cubren y su rostro mantiene un tono blanco antinatural.

Dejo en el suelo el morral con las raíces y cruzo el espacio sombrío. La mujer es aquélla que estaba junto a mí durante el sermón de la otra noche.

Sœur Manon toma un paquetito de ropa y voltea hacia mí.

—*Il est allé à Dieu* —y pone el paquete en mis manos.

Yo tengo que hacer acopio de fuerzas para no tirar esta cosa que, según me dice, "ya está con el Altísimo". Mi piel se estremece por el frío peso del pequeño cuerpo sin vida. Ya he limpiado otras veces tras un parto, y los partos salen mal tan a menudo como salen bien, pero nunca he podido acostumbrarme a los mortinatos. Siempre espero que el bultito esté tibio y pataleando.

—Se adelantó —dice *sœur* Manon mientras se limpia las manos con un trapo.

La mujer en la cama gime. Salgo velozmente y cierro la puerta tras de mí. Afuera, tomo profundas bocanadas de aire fresco.

Más allá de las puertas del este, me dirijo al norte, hacia el río, aguas abajo, para llegar a las Aguas Purificadoras. Ahí nos deshacemos de lo que no debemos enterrar para no atraer animales salvajes. O algo peor.

Durante *La Prise*, cuando estamos encerrados en la fortificación, tenemos que guardar los cadáveres en el cillero, un pequeño edificio con paredes delgadas que está en la esquina oeste de la aldea. Ahí se mantienen congelados durante el invierno, en un lugar que no es vida ni descanso. Con el primer Deshielo, el Concejo se apresura a hacer un agujero en el hielo ya adelgazado del río, para que al fin puedan estar en paz. Todos nuestros muertos van a las Aguas Purificadoras. Todos excepto los impíos.

Sigo una curva en la ribera hasta que el río se adelgaza. Aquí las riberas son escarpadas, y dos peñascos enormes, uno a cada lado del río, crean una compuerta para un espacio no mayor que el que ocuparían tres hombres acostados uno después del otro. Las aguas aquí avanzan a gran velocidad, con furia, y no hay contracorrientes que devuelvan a la orilla cosas a la deriva.

Siento como si el bultito helado me quemara los dedos. Me paro tan cerca de la orilla como me atrevo, tomo impulso y lo lanzo al agua. El bulto se sumerge pero vuelve a emerger violentamente, y por un momento me aterroriza que se deshaga el atado. Pero ahora el río lo tiene, lo arrastra en un remolino más allá de los peñascos y se lo lleva fuera de mi vista.

Estoy ahí, murmurando una oración al Altísimo para entregar el bultito a la paz eterna, cuando una sombra cae junto a la mía.

—Hermana Emmeline, nuestras penas son profundas —la voz del hermano Stockham resuena sobre el sonido del agua.

Me giro muy despacio.

—Hermano Stockham —pongo una mano sobre mi pecho en señal de la paz del Altísimo, pero siento bichos correteando en mis entrañas. El bulto que tiré al río desaparece de mis pensamientos, todo lo que queda en mi mente es el sendero del bosque. ¿Me habrá visto?

Me arriesgo a mirar su rostro, pero su expresión es tranquila. Ni siquiera me está observando: su mirada está fija en la ribera. No parece que esté aquí por mi acto impío.

—¿Cuántos bebés en este verano?

Tardo un momento en entender, me pregunta cuántos partos han salido mal. Parpadeo. Sé que su madre murió al darlo a luz, justo como mi mamá con mi hermanito. ¿Me lo pregunta porque está pensando en eso?

—Quizá cuatro… —no estoy en cada parto, pero parece que hemos tenido demasiados mortinatos en los últimos meses.

Él chasquea la lengua y no puedo evitar mirar su cara un momento: su mandíbula es fuerte y sus pómulos, altos. Es atractivo, sin duda. Sin embargo…

—Que el Altísimo les dé paz…

—Así lo pedimos —concluyo su breve homilía de la forma correcta.

—¿No te parece una pena que lo único que podamos hacer sea rezar? —su mirada ahora está sobre mí.

—¿Cómo?

—¿No crees que sería mejor si pudiéramos hacer algo más que rezar por estas pequeñas almas?

El río ruge en mis oídos. O quizás es mi corazón. Lo miro con cuidado. Está inclinado hacia adelante, con su cabeza ladeada hacia mí. Está interesado en mi respuesta.

—¿Algo como salvarlos para que no nazcan antes de tiempo? —digo muy quedo.

—Así es —me mira hasta que bajo la vista. Veo con el rabillo del ojo que extiende sus brazos y con un ademán abarca el río y los sauces que están junto a la orilla—. Hermana Emmeline, nuestro mundo es pequeño. Pero el mundo alrededor del nuestro es muy grande.

Frunzo el ceño cuando dice esto. Nuestros antepasados hicieron un largo viaje desde el este para establecerse aquí, lo sé. Por semanas, meses quizá, cruzaron estas praderas solitarias. Y el Viejo Mundo más al este es todavía más lejano, más allá de un gran océano. Papá me lo contó y yo he visto los barcos en los libros de *sœur* Manon. Pero el mundo alrededor de nosotros es peligroso: las pocas personas que se han aventurado de vuelta al este o más lejos, al oeste, nunca volvieron. Es posible que seamos los únicos que quedan. ¿Qué más da si ese mundo es grande?

—En nuestro mundo, ¿cuál dirías que es la virtud más importante?

Mis pensamientos se disuelven mientras mi estómago se hace nudo. He transgredido dos veces mi virtud de Honestidad desde la última vez que hablé con él. Sin embargo, él no lo sabe. ¿O sí?

—Bueno, no creo que la Honestidad o la Valentía hubieran podido salvar a ese bebé.

Él inclina un poco la cabeza y se pasa una mano por la mandíbula. Mi estómago vuelve a encogerse. Entonces levanta la vista y sonríe.

—Ésa es una buena respuesta.

Le sonrío de vuelta, aliviada.

—Nuestra supervivencia depende de la Honestidad y la Valentía. Pero nuestra salvación está en el Descubrimiento.

Me trago mi sonrisa al recordar el trozo de tela en los bosques. Lo que hice fue impío, así de sencillo. Ir otra vez sería peor. ¿O no?

Él estudia mi rostro, su pulgar recorre aún su mandíbula. Otra vez tiene esa expresión de estar evaluándome. Y algo más. Doblo a propósito el pie y siento que arde.

—Mi abuelo quería nuestra salvación.

Parpadeo. ¿Escuché bien?

—Luego de ponderarlo, pensó que la salvación era lo que más importaba. Mi padre, en cambio, siempre eligió la supervivencia —ahora mira hacia los riscos—. Pero la salvación y la supervivencia pueden empatarse, ¿no te parece? —me pregunta.

No sé qué me parece. Ni siquiera puedo entender por qué está hablando conmigo. El hermano Stockham nunca me había dicho más que los buenos días, y ahora aquí estamos, platicando como si fuéramos iguales. Por años sentí su mirada sobre mí junto con las del resto del Concejo, como si yo fuera sospechosa de algo. Todo este tiempo he hecho mi mejor esfuerzo por permanecer fuera de su campo de visión. Claro que últimamente no lo he hecho muy bien que digamos.

La salvación y la supervivencia pueden empatarse.

No sé qué decir. Pero entonces veo que en realidad no está esperando una respuesta. Está observando el río, con la mirada perdida en la corriente.

—Ambos fueron líderes fuertes. Mantuvieron el orden, afianzaron la seguridad y la supervivencia del asentamiento.

Pero no sin fallas. Nadie es perfecto. Nuestros antepasados cometieron errores, tú sabes eso mejor que nadie.

Siento que me pongo roja hasta el cuello. Está hablando de mi abuela. Llevo conmigo la vergüenza de su ejecución. Pero no llevo una marca sólo por sus acciones, yo soy impía por derecho propio.

—Pero tú no eres la única que vive con una carga familiar —dice con suavidad. Cargo todo mi peso en mi pie malo y me concentro en el dolor que siento—. Y siempre hay formas de dejar atrás esas cargas.

Un águila caza en círculos en la ribera. El ave de presa se dirige al río, convierte su cuerpo en una línea recta y se zambulle. Da en el agua con un golpe pero sale de nuevo de inmediato, con un pescado entre sus garras, y se mueve velozmente hacia los árboles con sus alas gigantes firmes y seguras. La vemos alejarse y entonces el hermano Stockham me mira.

—Mis disculpas, hermana Emmeline —se pasa una mano por el rostro y sonríe—. Me siento reflexivo el día de hoy.

Retiro mi peso de mi pie malo.

—El río tiene ese efecto en mí —dice—. Es difícil de explicar.

Entonces me mira y yo me desconcierto, porque él parece… inseguro. Asiento, aturdida y le respondo:

—A mí me gusta venir aquí a pensar.

—Lo he notado —mi corazón salta y mi cara debe reflejar miedo porque él continúa—: No hay daño en pensar. Por el contrario, lo encuentro… atractivo.

Mi corazón salta de nuevo, directo a mi garganta. ¿Está diciendo que pensar es atractivo o que la *gente* que piensa es atractiva? Y ¿por qué ha *notado* algo que hago yo? Trago saliva con dificultad. Él vuelve a mirar las aguas.

—Este río es tan hermoso, pero tan mortífero. Da vida y la toma, no necesita ponderar al respecto. Simplemente es lo que es —frunce el ceño—. Que asignar castigos y recompensas fuera así de sencillo...

Habla acerca de guiar la aldea. Sin pensar, hablo de nuevo.

—Usted tiene que tomar decisiones difíciles —retrocedo bajo su aguda mirada—. Co-con respecto al bienestar de la gente, quiero decir.

¿Qué estoy diciendo? Él ha aprendido a guiar a la comunidad desde que era un muchacho y ha sido líder sin el apoyo de su padre por cinco años ya, seguro que no necesita mis infantiles declaraciones. Da un paso hacia mí, se acerca tanto que puedo oler la esencia de jabón de bergamota en su piel, y pone su mano en mi brazo. Mi primer impulso es alejarme, no estoy acostumbrada a ser tocada así. Y menos por el líder. Pero me reprimo.

—Acerca de tu guardia de la otra noche... —comienza.

¡Malhaya! ¿Después de todo *frère* Andre le dijo algo sobre mi intención de guardar su "secreto"?

—Quería que supieras que lo lamento. Tú sabes que no podía hacer una excepción contigo, por más que hubiera querido. Son las reglas.

¿Una excepción? ¿Por más que él *hubiera querido*? Mis pensamientos son un caos de alivio y confusión.

—Por supuesto —tartamudeo.

—Espero que puedas perdonar mi mano dura.

Siento la boca y la garganta secas.

—No hay nada qué perdonar, hermano Stockham.

—Sí, bueno. Lo lamento de todos modos —me mira con mucho cuidado. Le sostengo la mirada y escucho rugir el río. Ahora sé que no era mi imaginación esa mirada en sus ojos después del sermón de la otra noche. Esa expresión tierna está ahí de nuevo, pero un poco escondida. Como si no estuviera seguro de que deba mirarme de ese modo. ¡Altísimo! Necesito salir de aquí antes de que se acerque más.

—Yo debería... —y hago un gesto hacia la fortificación.

—Por supuesto —quita su mano de mi brazo—. Ya va a oscurecer —se hace a un lado.

Me aseguro de no rozarlo cuando paso junto a él, pero en mi camino de regreso el fantasma de su mano quema mi brazo. No quiero pensar en el modo en que me estaba mirando y no quiero pensar en que me encuentra atractiva.

No tiene sentido. Casi diez años después de haber llegado a la edad de unirse, ¿de pronto él busca una compañera de vida y pone los ojos en la lisiada impía?

Pero a la vez... parecía tan sincero mientras hablaba sobre el río. Quizá, por algún motivo, él piensa simplemente que soy alguien con quien se puede hablar.

Nuestra salvación está en el Descubrimiento.

Pienso en él caminando entre los árboles. Podría ser que el hermano Stockham y yo seamos más parecidos de lo que hubiera pensado. Pareciera que me estaba dando permiso de pensar, de divagar. Pareciera que me estaba dando permiso de Descubrir.

Pero su charla sobre el pasado, sobre dejar atrás las cargas familiares, me hace tener escalofríos. Estaba hablando de mi abuela, de mi necesidad de ser mejor que ella y de no cometer los mismos errores.

Todo lo que quiero ahora es poner tanta distancia entre él y yo como sea posible. Aprieto el paso y me apresuro hacia la fortificación, con mi corazón secreto apretado, como el pescado en las garras del águila.

6

El resto de la semana la paso ocupada ayudando a *sœur* Manon dentro de la Casa de Sanación y no voy al bosque ni una sola vez. Sin embargo, he soñado con lo mismo cada noche: mis pies perfectos congelados, incapaces de moverse; el bosque silencioso y oscuro hasta que los vientos de *La Prise* golpean y me roban el aliento.

Lo bueno de estar tan atareada es que no hago nada impío, y con el paso de los días la espalda de papá se endereza. La nube de preocupación en su frente se disipa.

El viernes es el día de mi decimosexto aniversario y él trueca con la hermana Lucy, jefa de la cocina, parte de nuestra ración de huevos por un pequeño pastel. Después de la cena, me siento a la mesa mientras papá saca el pastel y me lo lleva con torpeza. Sus manos tiemblan con fuerza. ¿Está nervioso?

Tomo un trozo grande. Está lleno de miel y bayas.

—¿Te gusta? —pregunta papá desde el otro lado de la mesa.

—Está muy bueno —respondo y como otro bocado.

Él sonríe y yo siento un pequeño espasmo. No veo a menudo esa sonrisa.

—Gracias, papá.

Su sonrisa se hace más grande. Me recuerda cómo solía sonreírme cuando era pequeña y le contaba de cosas triviales que yo pensaba eran especiales. El color de una oruga, por ejemplo.

—Termínalo pronto —me dice—. No quiero que lleguemos tarde a la fiesta de la cosecha.

Los recuerdos se evaporan. La fiesta de la cosecha marca el final de la temporada de cultivo y recolección y nos da un descanso de nuestros preparativos para *La Prise*. Hay música y baile, y la gente se reúne para charlar acerca de cualquier cosa. Dura desde el inicio de la tarde hasta que cae la noche. Tenemos que estar de vuelta en nuestras habitaciones a la hora que los vigías toman sus puestos.

—¿Supongo que vas a bailar este año? —no le respondo, sólo mastico con más furia—. ¿Em?

Paso el bocado. Papá está tratando de decir que si bailaré con *hombres*. La fiesta de la cosecha es la oportunidad para que los hombres y las mujeres elegibles puedan declarar sus intenciones. Y entonces entiendo por qué está nervioso.

Compórtate. Las palabras de la hermana Ann resuenan en mi cabeza.

Cuando era una niña, papá y mamá solían bailar por la cocina, tarareando canciones que yo no conocía. Yo no he bailado en la fiesta desde que se me destrozó el pie, pero podría aguantarme el dolor y bailar. No es mi pie lo que me detiene, puedo bailar suficientemente bien.

Es obvio que lo que le preocupa es *con quién* podría bailar.

Pero tengo un plan, lo he tenido por años. Tom y yo hemos decidido fingir que nos hacemos la corte. Nuestras familias lo verían como algo natural y así yo no tendría que preocuparme por un año más, porque Tom tiene quince. Vivir con Tom no sería tan malo. Él siempre tendrá prohibido amar a quien ama, y las posibilidades de que se quiera unir conmigo alguien que me guste... Pienso en Kane, en la expresión de sorpresa de su rostro. Y entonces pienso en su cabeza rasurada, perfecta, en sus fuertes brazos. La cara me arde. Pongo el último trozo de pastel en mi boca. Lo siento seco como polvo.

—Termínatelo —dice papá y se estira para acariciar mi mano—, mi niña.

Cuando entramos al salón, la música es fuerte y animada, y la pista de baile está rebosante de faldas que remolinean y pies que zapatean. Hay grupos que ríen y platican mientras beben vino de moras, un gusto que sólo nos damos en estas ocasiones. Puedo contar al menos diez concejales. Me incomoda verlos así, mezclándose y platicando con el resto. Siento que siempre están vigilando, esperando que alguien (¡que yo!) cometa un error.

Nadie más parece sentirse así con respecto al Concejo, ni siquiera los hijos de los Thibault. Eran demasiado pequeños para entender la transgresión de sus padres aquel invierno, pero ellos tienen una marca, todo mundo lo sabe. Es sólo que... bueno, ahora son dos hombres altos y corpulentos que están a cargo de la bodega de la leña. Son importantes. Y no parecen ser proclives a los actos impíos, a diferencia de mí.

Dentro del salón la temperatura es veraniega, en contraste con la tarde otoñal de afuera. Yo traigo puesto el viejo vestido de mi madre (un vestido de verdad, no las calzas de piel y las camisas largas ceñidas con cinturones que todo mundo usa), entallado a la cintura y de falda amplia. No todas las mujeres tienen un vestido y supongo que debería sentirme agradecida de tener éste. Su color es el de las piedras oscuras de río y casi iguala el de mi cabello, pero la tela es más áspera que la de mis calzas de piel de bisonte y el apretado talle apenas me deja respirar.

El cabello cobrizo de Macy Davies destella en la pista de baile. Busco a Tom entre la gente. En su lugar, encuentro a Kane, parado con un grupo de gente de nuestra edad. Él está de lado y no puedo evitar estudiarlo un momento. Puedo ver la herencia de los Primeros en el arco de su nariz y la curva de su ceja. Su camisa es un curtido suave que le ajusta perfectamente. Los gemelos que están a su lado son del barrio sur, su tarea habitual es acarrear agua y alimentar a las ovejas. Las dos chicas que están con ellos no me resultan familiares, aunque, por el color pálido de su piel, supongo que trabajan en interiores. Deben ser del barrio oeste, el de la esquila y los textiles. Los cinco están tomando vino de moras y se nota que están cómodos juntos.

La rubia que está parada junto a Kane habla dirigiéndose al grupo, pero algo en su actitud me dice que habla para él, que la escucha con atención. Me pregunto qué podría decir ella que resulta interesante. ¿Que cardó una pieza de lana especialmente difícil hoy? Pero entonces ella dice algo que lo hace reír con ganas y yo siento que me duele el estómago.

Kane toma un sorbo de vino y echa un vistazo a la gente reunida. Antes de que me descubra mirándolo, agacho la cabeza y me apresuro a alcanzar a papá en una esquina lejana del salón.

—Espera aquí, Em —desaparece papá y me deja con un grupo de mujeres del barrio este que me saludan con un movimiento de cabeza y los labios apretados. Les doy la espalda y miro hacia la pista de baile, obligándome a no buscar a Kane otra vez. Los que bailan pasan girando a gran velocidad. Todos se ven felices, como si hubieran olvidado que *La Prise* está a un mes de caernos encima. ¿Bailar tiene ese efecto en la gente?

—Pensé que querrías tu primer vaso de vino de moras —papá aparece súbitamente a mi lado con un vaso, tímido y complacido. Tomarlo me recuerda que ya soy elegible y que se supone que debería estar bailando.

Acerco la nariz al vaso e inhalo. Su olor es extraño, huele a moras, a humo y a especias. Tomo un largo trago que me llena los pulmones con una dulzura que quema. Toso y toso, tratando de aclarar mi garganta. Agradezco que el volumen de la música sea alto y que papá esté distraído hablando con un grupo de tramperos. Mi pecho se relaja y el ardor disminuye. El sabor que perdura en mi boca es... en realidad, es bastante agradable. Regreso al vino, ahora un sorbo pequeño, y logro no toser. Un calor que nunca había sentido se extiende por mi pecho, allí donde suelo sentir una opresión.

—Buena cosecha, papá —levanto mi vaso.

—Buena cosecha, Em —me responde y vuelve al rincón con los tramperos. No sé si esos hombres son sus amigos. No quiero saberlo y les doy la espalda antes de ver si lo miran con desdén o si lo reciben con gusto.

Y me encuentro de frente con Macy.

—Buena cosecha, Em. ¿Estás emocionada?

Macy tiene quince años, pero sé que cuenta los días que faltan para sus dieciséis. Ella no me lo contaría a mí, pero tengo el presentimiento de que ansía un compañero de vida... quizás incluso ansía tener hijos. En todo caso, no tendrá que esperar mucho. Macy parece un ángel salido de los libros de *sœur* Manon: tiene una boca fina y su cabello brilla siempre con gran fulgor. Como es hija de un concejal, ha ganado más peso que las otras chicas de la edad, lo que le da una bonita apariencia curvilínea.

Como no le respondo, me mira con ojos de ciervo.

—Me refiero a que ya eres elegible.

—Entendí a qué te referías —digo y tomo otro sorbo de vino.

—Ah —mira mi pie—. Supongo que no vas a bailar.

Me irrito. Un momento antes odiaba la idea de bailar, pero ahora quiero hacerlo. Quiero demostrarle a Macy que no voy a ser la única chica elegible que se tiene que quedar entre la gente sólo a mirar.

Y entonces, como si el Altísimo hubiera recibido mi plegaria, una voz dice a mi oído:

—Buena cosecha, Em. ¿Me concedes un baile?

Volteo. El cabello color paja de Tom cae sobre uno de sus ojos y usa una camisa que le queda ligeramente grande, tal vez sea una de las camisas buenas de su papá. Mi salvador. Él sabe que se supone que yo debería estar bailando. Me pregunto si alcanzó a escuchar a Macy y me está dando la oportunidad de ponerla en su sitio.

—¡Por supuesto! —respondo.

Su hermanita, Edith, se asoma a mirarme detrás de él. Me mira con esa expresión que ya conozco: admiración infantil.

Tom la observa.

—Nada más que tengo que vigilar a Edith. La encontramos "haciendo sopa".

Edith baja la mirada. Yo levanto las cejas.

—Estaba tratando de poner una bellota en el vino de alguien —explica Tom.

Edith se atreve a mirarme para saber cuál es mi reacción. Yo no puedo evitar una sonrisa. Me devuelve la sonrisa, aliviada.

—Vestido bonito, Emmy —me dice.

La alcanzo con mi mano libre.

—Ratoncito travieso —le digo y la atraigo hacia mí, levantando su brazo y haciéndola girar. Ella hace un círculo torpe y choca, riendo, contra mis piernas. Siento los ojos de Macy perforándome la espalda.

Bebo lo que me queda de vino, volteo y le doy a Macy mi vaso. Ella lo recibe con los ojos muy abiertos. De inmediato me vuelvo hacia Tom.

—¿Te las podrás arreglar con dos chicas? —y le sonrío a Edith. Su carita se llena de alegría.

—Haré mi mejor esfuerzo —responde y nos jala a la pista de baile.

Para la hora en que nos detenemos, me duelen las mejillas de tanto reír. No sé qué es lo que está mal conmigo, no suelo reír con frecuencia, pero siento la cabeza ligera y todo me parece más brillante, más feliz. Dejo la pista de baile y Tom me sigue, con Edith en sus brazos.

—Buena cosecha, Tom —Macy está esperando.

—Buena cosecha, Macy —le responde Tom y se dirige a mí—. Emmeline, ¿me reservas otro baile? Necesito encontrar a mi mamá —con la cabeza señala a Edith. Asiento.

—Qué bien bailas, ratón —le digo a Edith.

Ellos se van y Macy se me acerca de nuevo.

—Lo siento. Me refiero a lo que dije. Te veías muy bien en la pista.

—Está bien, Macy —digo. No quiero que hable de mi pie. De hecho, no quiero que hable en absoluto. Lo que quiero es bailar otra vez.

—¿Fue ese un baile especial? —sus ojos brillan.

—¿Con Tom? Somos vecinos.

—Ah —responde, desilusionada. Pero sus ojos vuelven a brillar—. Yo bailé con alguien especial. Henri Chavel, del barrio norte —suspira—. Sus brazos son tan fuertes...

Frunzo el ceño. No tengo el hábito de fijarme en los brazos de los muchachos, o en si los tienen fuertes o no. Y menos si son de otros barrios.

Excepto Kane.

Y entonces vuelve a mis pensamientos. Acallo la vocecita de mi cabeza y trato de concentrarme en la charla de Macy. Ahora me está diciendo algo de querer caminar por la ribera del río con Henri. Me cuesta trabajo prestarle atención porque tengo que luchar contra el deseo de voltear y buscar entre la gente. Me siento confundida: ¿por qué me tendría que importar dónde está Kane y con quién está bailando?

La música frenética cede el sitio a un vals y Macy interrumpe su cháchara, con los ojos muy abiertos.

—¡La canción de elección! —dice—. ¡Tengo que asegurarme de que Henri me saque a bailar! —y desaparece.

La canción de elección. Con la que los jóvenes solteros sacan a bailar a las mujeres elegibles, aunque no sólo ellos toman la pista, se les une mucha más gente, padres e hijas, parejas ya unidas. La melodía es tan agradable que es difícil resistirse. Macy está sopesando sus opciones para cuando sea elegible, el año entrante. Sin embargo, su familia tendrá que aprobar la unión, así que no entiendo bien qué cree que está haciendo. Además, sólo es una canción.

La molesta vocecita pregunta si pensé que Kane me sacaría a bailar esta pieza. Y entonces siento una mano en mi hombro.

Me vuelvo, ruborizada ante la posibilidad de volver a estar cerca de él. Pero no es Kane. Siento que el pánico se apodera de mí cuando me encuentro con esos ojos grises: ¿se habrá acercado para hablar con papá sobre mi iniquidad?

El hermano Stockham me ofrece la mano. Viste su mejor ropa de fiesta, camisa blanquísima y chaleco negro.

La sensación de ligereza se disipa. Echo una mirada veloz por encima de mi hombro para asegurarme de que no estoy malinterpretando su intención. Pero a mi alrededor no hay más que un grupo de mujeres mayores, ya todas unidas. Me lanzan miradas furtivas. Me sobrepongo a mi confusión y lo encaro.

—Buena cosecha, hermano Stockham —me aclaro la garganta—. Me temo que no soy buena bailando.

—Eso no es cierto —dice, sin retirar la mano—. Te vi hace un rato.

¡Malhaya! ¿Por qué tuve que bailar con Tom? ¿Y por qué *él* quiere bailar conmigo? El recuerdo de nuestra plática junto al río se apodera de mi mente.

Está esperando. No tengo más opción que hacer una caravana y permitirle guiarme al círculo de bailarines.

Cuando nos ponemos frente a frente para empezar con los pasos del baile de elección, siento un nudo en el estómago. Me apoyo con fuerza en mi pie y permito que el dolor disipe el miedo. Nos acercamos uno al otro para tomarnos de las manos y el hermano Stockham me sostiene la mirada mientras lleva mi mano a sus labios. Es parte del baile, sólo uno de los pasos, pero la manera en que me mira...

Por el contrario, lo encuentro... atractivo.

Su mano roza mis nudillos. Busco una distracción. Finjo que veo a alguien conocido en la multitud y sonrío. Entonces recuerdo lo que la hermana Ann me dijo sobre mi boca y dejo de sonreír. La cabeza me da vueltas.

El hermano Stockham me jala hacia él y giramos en círculos con las otras parejas. Su mano izquierda está en mi cintura y él me guía con seguridad, sin miedo de fallar un paso.

Mi corazón late más rápido que nunca, fuera del ritmo que siguen las flautas y tambores, pero mis pasos lo siguen con suficiente seguridad. Siento el pie caliente, con un dolor que se extiende por la pierna y sube hasta la cintura, justo donde está su mano. Él baila sin pausa, pero no mira a las demás parejas: puedo sentir sus ojos en mi cara.

No puedo mantener mi ardid de mirar alrededor para no sostener su mirada, ya dejó de parecer recatado para convertirse en descortés. Así que lo miro.

—No sabía que usted bailaba, hermano Stockham.

—Sólo en ocasiones.

—Baila muy bien.

Su mano aprieta mi cintura mientras me gira para que quede yo en el círculo externo de bailarines. A la mitad de la vuelta, me acerca más a él y se inclina sobre mí, su boca cerca de mi oreja.

—Tú también bailas muy bien —responde. Confío en que se apartará al terminar el giro, pero me mantiene cerca—. Y ahora sospecho que son muchas las cosas que haces bien.

Me sonrojo y pierdo el paso, haciéndolo perder el control un momento. Recupero la distancia y él sonríe.

—Disfruté nuestra charla del otro día, hermana Emmeline —me dice.

—¿En el río? —trago saliva con fuerza.

—Fue refrescante —asiente—. Valoro tu punto de vista en lo que hablamos.

No recuerdo haber tenido un punto de vista. Pero el recuerdo de haberlo visto en los bosques pasa frente a mis ojos.

Nuestra salvación está en el Descubrimiento. ¿Debería preguntarle?, ¿y si me equivoco...?

—Hermano Stockham, lo que dijo usted ese día... acerca del Descubrimiento...

Su mano se tensa en mi espalda.

—¿Qué quiso decir con lo de que es nuestra salvación?

Se toma un momento para responder.

—Nuestras virtudes siempre serán el camino para la prosperidad de la aldea.

—Pero el otro día usted dijo que la más importante de ellas es Descubrimiento.

—¿Podemos discutirlo después? —me jala de nuevo hacia él.

Pero las palabras me llegan y no consigo detenerlas.

—Usted siempre dice que nuestras virtudes aseguran nuestra supervivencia. El Concejo siempre lo dice. Pero ¿qué tan lejos podemos ir para probar nuestra virtud de Descubrimiento? Quiero decir, nuestros límites, los bosques —ahora casi estoy balbuceando—. Usted dijo que el mundo alrededor de nosotros es grande. Pero ¿cómo podemos saber qué tan grande es? Y si nuestra salvación depende del Descubrimiento, ¿no deberíamos desear saber más de ese mundo?

Me mira fijamente.

—¿Cuál es tu pregunta?

Vuelvo a evocar el momento en que lo vi en el bosque. Respiro profundo.

—¿Usted cree que explorar los bosques podría ayudar a probar la virtud de Descubrimiento?

Por primera vez desde que empezamos a bailar él deja de mirarme para lanzar un vistazo a su alrededor, sonriendo. Entonces me acerca aún más a él.

—Yo no voy a los bosques —sus palabras son como alas de polilla susurrando en mi oído.

Antes de que pueda pensarlo, le respondo:

—Nunca dije que usted lo hiciera.

Su sonrisa desaparece. Antes de que pueda pensar en decir algo, la canción termina y las parejas se separan para aplaudir y volver a sus grupos. El hermano Stockham me toma por los brazos y da un paso atrás, pero no me suelta.

—Gracias —mi voz suena demasiado alto. Todo mundo nos está mirando, puedo sentirlo.

Él me sostiene la mirada mucho más tiempo del que debería y yo me congelo. Entonces inclina la cabeza y el hechizo se rompe. Su mano quema una vez más mi espalda cuando me guía fuera de la pista de baile.

Papá está de pie ahí, y parece complacido. Las mujeres a su lado fingen mirar sin interés, pero sus ojos brillan.

La mirada del hermano Stockham se pasea sobre la gente.

—Buena cosecha —dice.

Hay un murmullo de respuestas amables por parte de las mujeres, y algunas incluso levantan sus vasos.

—Hermano Samuel —le ofrece la paz a papá y mi papá hace lo mismo—. Espero que no haya problema de que baile con su hija. Debí preguntarle a usted antes, pero no lo encontré por ningún lado.

—Por supuesto que no hay problema, hermano Stockham —dice papá, sonrojado.

No. No puedo bailar con él otra vez. No quiero que vuelva a mirarme de ese modo...

—¿Podríamos bailar tú y yo, papá? —digo—. Me encantaría un baile contigo.

Una sombra pasa veloz por sus ojos.

—Em, tú sabes que yo ya no bailo.

—Bueno, hermana Emmeline —dice el hermano Stockham extendiendo de nuevo su mano—, parece que eres toda mía.

Las mujeres ríen con nerviosismo y yo miro los dedos extendidos mientras mis pensamientos se dispersan en todas direcciones.

El hermano Jameson aparece de entre la muchedumbre. Avanza hacia nosotros mientras su largo manto negro barre el suelo y toma del brazo al hermano Stockham, alejándolo para que no alcancemos a escucharlos.

La música continúa alegremente, los bailarines pasan veloces, pero ahora todo se siente estridente, confuso. En mis oídos suena una campana silenciosa mientras miro la borrosa escena.

Jameson se va y el hermano Stockham da un paso hacia nosotros.

—Una disculpa, hermanas —sonríe—. Hay un asunto que debo atender. Emmeline —inclina la cabeza.

Lo único que puedo hacer es inclinar la cabeza en respuesta. *Emmeline*. No hermana Emmeline. Sólo Emmeline.

En cuanto se va, yo quiero desaparecer. No soporto todas esas miradas sobre mí. Puedo con ellas cuando son por la marca de mi familia, pero no por esto. Finjo que el pie me duele mucho.

—Por bailar —le explico a papá.

Ignoro la desilusión en sus ojos y me apresuro hacia las puertas, abriéndome paso entre la gente.

Kane está cerca de la pista de baile con los brazos cruzados sobre el pecho. Cuando paso a su lado pienso, por un momento iluso, que me va a detener, pero entonces la chica rubia aparece a su lado. Les doy la espalda y sigo avanzando, ansiosa por salir al aire fresco.

Ya atardeció, el patio está bañado en luz gris. Pienso en la puesta de sol de la otra noche y siento la tentación de trepar a la muralla y verla de nuevo, de perderme en sus colores. Sin embargo, sé que no debería hacer nada que atraiga la atención del hermano Stockham, así que simplemente vuelvo a nuestras habitaciones.

En mi cuarto busco a tientas debajo de la cama hasta que encuentro mi vestigio favorito: un pequeño animal de cuatro patas hecho de barro, que cabe en la palma de mi mano. Paso mis dedos por su superficie, tan perfecta a pesar de haber estado enterrado junto al río por quién sabe cuánto tiempo. Trato de perderme en su misterio, pero mis pensamientos no dejan de volver una y otra vez al salón.

¿Por qué mintió el hermano Stockham con respecto a los bosques? ¿Por qué me mira así, como si él supiera algo sobre mí que yo no sé? Una parte de mí se siente expuesta, como un abedul cuando le arrancan su corteza.

Pensé que era la mano de Kane en mi hombro. Esperaba que así fuera. ¿Por qué podría yo querer que Kane me sacara a bailar? Me acuerdo de la forma en que le sonrió a su hermano cuando pasé junto a ellos el otro día. Pienso en él en el salón, tan tranquilo y tan a gusto con sus amigos.

Cierro los ojos y aferro la figura de barro. Me quedo así un rato largo. Estoy a punto de cubrir el fuego con arena y ponerme mi camisón cuando escucho el tañido de una campana, cada vez más fuerte, sonando a través del patio, entrando por las ventanas de cuero crudo de nuestras habitaciones.

Es la campana de alarma.

Estamos bajo ataque.

1

Afuera hay una multitud en pánico. Seguramente todos estaban yendo de vuelta a sus habitaciones después del baile, porque el patio está lleno de gente levantando las cosas valiosas que aún están por ahí: palas, baldes, niños. Las ovejas en el establo están balando con miedo y se escuchan gritos por todos lados.

—*Le malmaci!*

—¡Aprisa!

—*À la salle sacrè!*

Me uno a la multitud que trata de refugiarse en el salón de ceremonias. Es el bastión, el lugar donde debemos reunirnos si la fortificación es traspasada por el *malmaci*.

Pero nunca antes ha ocurrido.

Estiro el cuello para buscar a papá, pero es imposible reconocer las caras en la oscuridad. Sólo dos antorchas brillan en el patio: obviamente, los vigías fueron interrumpidos en su camino hacia las murallas. Arrastro mi pierna y avanzo entre empujones. Soy una de las últimas personas en entrar al salón. Andre, de pie en la puerta, nos apresura.

—*Vite!*

Nos empujamos hacia el calor y la luz. Los guardianes avisan cuando entramos los últimos y comienzan a cerrar las enormes puertas de madera. Se oyen exclamaciones en voz baja de duda y miedo. Busco a papá entre la gente. Pero entonces, sobre el escándalo, alcanzo a escuchar una vocecita que llora.

—¡Emmy! —exclama aquella voz desde lo lejos, se escucha asustada. Y proviene de fuera de las puertas del salón.

Me abro paso hacia la puerta y alcanzo a ver, antes de que cierren, una pequeña figura acurrucada junto a la armería. Me lleno de temor. Edith. ¿Por qué está sola? ¿Dónde está la hermana Ann?

Paso junto a Andre y pongo una mano sobre las pesadas puertas. Tengo que ir por ella.

—Non! —grita Andre—. Laissez-la!

Lo miro, implorante, pero él niega con la cabeza. Entonces él se distrae con los gritos de la multitud. Un grupo en el centro del salón, seguidores de Jameson sin duda, clama acerca de la venganza del Altísimo. Todos voltean a ver el escándalo y Andre se acerca a poner orden.

Vuelvo a mirar la pequeña silueta de Edith, medio iluminada por una antorcha cercana. No puedo abandonarla, ni siquiera si tengo que ir contra las reglas de la aldea. Si estamos bajo ataque, los rezagados deben ser dejados atrás para no arriesgar al resto. Pero no lo pienso más. Paso debajo del hombre que está a mi lado, me deslizo por la rendija que aún queda y corro tanto como me lo permite mi cojera, mientras siento cómo las puertas se cierran detrás de mí. Acabo de abandonar el último lugar seguro dentro de la fortificación.

Edith y yo no tenemos esperanza.

Las puertas se cierran de golpe. Se escuchan las cerraduras y mi garganta se tensa, pero sigo corriendo.

Cuando llego a la armería, alguien me alcanza. Miro de reojo y lo veo detenerse y mirar con desesperación por el patio. Por un momento, mi miedo cede el paso a la confusión.

Es Kane. ¿De dónde salió?

Aferro a Edith contra mí. Siento una oleada de alivio cuando su carita húmeda se presiona contra mi camisa. Miro de nuevo hacia el salón. Las puertas están cerradas, nuestra seguridad se quedó atrapada ahí dentro.

—¡Por acá! —Kane es sólo una silueta en la oscuridad que me hace señas para seguirlo al pozo.

Empujo a Edith delante de mí y avanzamos a tumbos por el patio.

—¡Entren! —ordena Kane, levantando la tapa de madera—. Baja tanto como puedas, pero no dejes de sostenerte de la escalera.

Miro la escalera de cuerda que se pierde en la oscuridad y miro a Edith.

—Edith no puede bajar así.

—Lo sé.

Kane levanta a Edith y la pone en su espalda. Ella se sujeta con fuerza y Kane me mira. Comienzo a bajar a ese espacio negrísimo. El pozo está medio vacío, así que puedo bajar bastante, hasta que mis pies tocan el agua. ¿El *malmaci* podrá bajar por escaleras de cuerda? Quiero estar tan lejos de la entrada como se pueda, pero meterme en el agua es peligroso con este frío. Kane baja después de mí y coloca la tapa del pozo en su sitio lo mejor que puede. Me recorro al extremo de la escalera para que pueda bajar hasta el peldaño en el que estoy. Edith está aferrada a su espalda, temblando.

No sé cuánto tiempo pueda mantenerse Kane así. Tampoco sé si Edith podría sostenerse en los resbaladizos escalones, así que hago lo único que puedo: paso un brazo por encima de ellos y me sujeto de la escalera del otro lado. Me pego tanto como puedo y trato de calentar a Edith con mi cuerpo. Esperamos. Mi corazón late fuerte en mis oídos. Nuestro aliento es irregular. La tierra sobre nosotros está en silencio. Esperamos así, entrelazados, intentando acallar nuestra respiración.

¿Por qué está aquí Kane? ¿Me vio correr detrás de Edith y vino por nosotras? Trato de recordar el momento en que apareció a mi lado. Debe haber estado desde antes fuera del salón. Pero si es así, debe haberme visto salir. Él sabe lo que hice. Cierro los ojos, trato de calmar el remolino de mis pensamientos. No puedo perder la cabeza. Lo único que importa ahora es que sobrevivamos a esto.

Mi corazón late aprisa, cuento cincuenta latidos. Vuelvo a contar hasta cincuenta. Lo hago de nuevo. Para la cuarta vez, mi corazón ya va más despacio.

Siento que Kane trata de reacomodarse. Mi pie arde y el dolor se expande a mi cadera. Mi brazo hormiguea. Lo quito y dejo así que Kane baje a Edith de sus hombros a su cadera. Luego, cambia de mano para sostenerse de la escalera y con la que deja libre me jala hacia él.

Me acerco a él como una polilla a la flama de una vela. Nunca había estado a tan corta distancia de un chico. En otro momento me sentiría nerviosa, pero ahora, con su brazo tan fuerte y seguro alrededor de mí, me siento contenta, muy contenta de tenerlo aquí. Creo que a mí no se me habría ocurrido la opción del pozo. Incluso si lo hubiera pensado, no habría tenido manera de llegar hasta acá con Edith. Nos acurrucamos en silencio.

Y entonces Edith comienza a sollozar. Muy quedo primero, pero reconozco su llanto estruendoso cuando lo escucho venir.

—Shh —le susurro, mientras me quiebro la cabeza buscando algo que consiga calmarla—. ¿Quieres que te cante una canción?

Ella asiente entre gemidos.

Pongo mi boca cerca de su oreja y canto la canción de mi mamá:

Duerme, pequeña, con tu corazón secreto,
Vuela en la noche como la golondrina.
Cuando la mañana traiga lo que canta tu corazón secreto,
Dirígete al mismo sendero y camina.

Ella pone un dedito en la comisura de su boca y deja de gemir. Yo sigo cantando en susurros, temerosa de que su súbito silencio sea la calma antes de la tormenta y no quiero correr el riesgo. Pero su respiración se hace más lenta. Está tan asustada que ya se quedó dormida. Volteo a ver a Kane pero no puedo distinguir con claridad su rostro y me doy cuenta de que él tampoco puede ver el mío.

Parte de mí siente alivio. No quiero que vea en mis ojos mi desesperada gratitud. No sé cómo podré pagarle esto.

Me presiono contra él de nuevo, descanso la cabeza en el peldaño y permito que él me sujete con más fuerza.

Arriba está en silencio y yo peleo contra la necesidad de dormir. El Altísimo sabe que necesito de toda mi voluntad para permanecer en la escalera. Es obvio que Kane es fuerte, pero cargar con Edith y conmigo sería demasiado para cualquiera.

No hay forma de saber cuánto tiempo hemos estado aquí, ocultos. Siento que estoy por perder el sentido y caer en el agua o que voy a romper a gritos cuando escucho el eco de un leve rasguño.

Entonces, la tapa del pozo se abre y la luz de una antorcha llega hasta nosotros.

Un rostro se asoma.

—¡Por la gracia del Altísimo! —dice. Es el papá de Macy, el hermano Davies—. Pensamos que los habíamos perdido. ¿Qué están haciendo aquí, cómo...?

Kane se pone a una adormilada Edith a la espalda y comienza a subir. Yo lo sigo, con las piernas temblorosas. Salimos y entrecerramos los ojos a la luz de la antorcha que el hermano Davies agita frente a nosotros para revisarnos de pies a cabeza.

Kane pone a Edith en el suelo junto a mí y se para a una distancia respetable.

El hermano Davies está conmocionado.

—¡Por la gracia del Altísimo! —dice de nuevo.

Miro a Kane a la luz de la antorcha. No puedo leer su expresión. Tiene los brazos cruzados sobre su pecho como si me estuviera retando. Yo estoy torcida, con el peso sobre mi pie bueno. Nos miramos como si cada uno estuviera midiendo al otro.

Y entonces llega el hermano Stockham, caminando a zancadas hasta nosotros.

—Por Su santa gracia —dice el hermano Davies y agita la cabeza con incredulidad.

—¿Qué pasó aquí? —exige saber el hermano Stockham.

—Cuando hicimos la cuenta, estos tres faltaban. Temíamos que hubieran sido raptados —dice el hermano Davies.

—Gracias, hermano Davies, se puede ir.

El hermano Stockham ni siquiera mira al concejal, quien inclina la cabeza y desaparece.

Ahora el hermano Stockham se dirige a mí.

—¿Qué pasó, Emmeline?

Siento la boca seca. Esto es un acto impío, no hay más. Y será peor para Kane si él vino detrás de mí: él es más valioso que una chica lisiada.

Pero… ¿Kane salió tras de mí?

Mi mente regresa a los últimos instantes antes de que las puertas se cerraran. ¿Quién me vio dejar el salón? Los seguidores de Jameson estaban creando aquel caos. ¿Podría ser que todo mundo estuviera distraído, demasiado espantado, como para notar mi salida? Porque, a fin de cuentas, se percataron de nuestra ausencia hasta que hicieron el pase de lista…

—No logramos llegar al salón antes de que lo cerraran —dice Kane con naturalidad. Yo evito mirarlo a los ojos.

El hermano Stockham me mira largamente, y luego voltea a verlo a él.

—¿Por qué no?

Kane ni siquiera parpadea.

—No escuché la campana sino hasta que fue demasiado tarde.

—¿Y la niña?

—Ella estaba yendo a casa conmigo —digo rápidamente. No tengo idea de dónde estaba Edith o por qué estaba sola cuando sonó la alarma, pero espero que no le importe tanto como para preguntarle a la mamá de Tom.

El hermano Stockham nos mira, pensativo.

—Tienen que ir inmediatamente con los suyos —dice.

Tiene razón: nuestras familias deben estar desesperadas. Tomo la mano de Edith con firmeza y trato de descubrir si Kane también mintió. Me arriesgo a mirar su hermoso rostro, pero el hermano Stockham da un paso adelante, interponiéndose entre nosotros, toma mi brazo y se inclina sobre mí.

—Emmeline, doy gracias de que estés a salvo —dice. Su cabello brillante cae enmarcando un rostro en el que sólo veo alivio—. Agradezco al Altísimo por ello.

Mi corazón se estremece.

—Te acompañaré a casa.

Pasa un brazo alrededor mío. Apenas tengo tiempo de mirar atrás, pero logro ver a Kane por un instante, erguido a la luz de las antorchas, solo, con los brazos colgando a los lados del cuerpo. Me obligo a mirar hacia adelante y alejarme.

8

A la mañana siguiente, papá me cuenta que el ataque fue una falsa alarma. No hubo un asalto a la fortificación, no hubo avistamientos del *malmaci*.

Cada quien tiene una idea diferente de lo que pudo haber pasado, pero él dice que lo más probable es que algún guardia haya llegado al relevo con demasiado vino de moras en las venas.

Sin embargo, nadie lo sabe de cierto y nadie admite públicamente un error. Por supuesto, ¿admitir que se tomó demasiado vino y que se dio una falsa alarma? Suficiente para llevar a cualquiera a la Encrucijada, seguro.

La mamá de Tom estaba conmocionada cuando me vio con Edith. La niña se le había escapado a la hora de salir del baile y la hermana Ann se vio atrapada por el gentío cuando sonó la alarma. Ella creyó mi historia y no tuve que repetírsela al Concejo, ya que estaban mucho más interesados en encontrar al culpable de hacer sonar la alarma.

Por suerte, nunca se les ocurrió preguntar sobre mí al guardia en jefe. Andre es el único que sabe lo que hice, y tal vez habría podido delatarme para ocultar su propia culpa.

Papá se toma su tiempo para salir en la mañana. Juguetea distraído con su ración de avena y me mira con atención por más tiempo del que yo quisiera. La falsa alarma lo debe haber distraído del hecho de que haya bailado con el hermano Stockham y no habla de ello. Finalmente se va y yo termino con mis tareas de la mañana. Cuando estoy a punto de salir, Edith entra a la cocina a través del cuarto compartido que une nuestras habitaciones.

—Será mejor que regreses con tu mamá —le advierto.

Ella me toma de la mano como respuesta.

¡Altísimo! Ahora ella se comporta como un patito siguiendo a la mamá pata. Me mira con sus redondos ojos azules como si yo fuera algo especial. Debe haber cosas peores, claro.

Juego un rato con ella a columpiarla y luego la apuro a volver a la cocina de su familia, donde su mamá está haciendo sebo. La hermana Ann me sonríe con más calidez de lo habitual. Le devuelvo la sonrisa y salgo velozmente hacia la armería.

Hay un grupo jugando a la pelota cerca de los rediles. Muchachos del barrio sur. Cada uno de los ocho tiene la cabeza rasurada y el pecho descubierto. Uno de ellos es Kane.

Mi estómago brinca y mis pensamientos vuelan de regreso al pozo. Puedo sentir su cuerpo apretado contra el mío, protegiéndonos a Edith y a mí.

Tonta.

Trato de mirar a otro lado y no a sus brazos o la curva de su estómago sobre las calzas. La piel no es nueva para mí, he visto cuerpos semidesnudos antes (hombres trabajando en los jardines y mujeres en las casas de lavado). Pero su torso se ondula como el río cuando recibe la pelota y la pasa. Me concentro en el suelo y en pasar sin cojear. Excepto que ahora que lo pienso, mi pie se siente más pesado que nunca, como si estuviera tratando de detenerme y atraer la mirada de Kane.

Rezo porque no me vea. Aún no puedo entender qué hizo anoche. Anoche...

Mi recuerdo se convierte en un fantaseo. Estamos de vuelta en el pozo, apretados uno contra el otro con tanta fuerza que apenas puedo respirar. Entonces él me pasa su aliento con esa hermosa boca... ¡Santo cielo!

Inclino la cabeza y me apuro a la armería. Me encuentro en la puerta con un vigía alto, que está aceitando la funda de una pistola. Tiene una cicatriz que corre desde su oreja hasta la boca, y la estira en una especie de mueca. Inclina la cabeza al verme pero continúa con su tarea.

Frère Andre me saluda en la puerta.

—*Sœur* Emmeline —dice, sorprendido.

Yo sigo en el pasillo, dudosa.

—*Entrez* —me dice.

Él se sienta junto al fogón y hace a un lado una flecha y una piedra para afilar.

Cierro la puerta detrás de mí y me doy la vuelta. La vista de las armas me abruma. Hay estantes con arcos y flechas. Una pared está tapizada de rifles y viejos mosquetes. Repisas de cuchillos y cuerdas. Todas las armas de varias generaciones están guardadas aquí. Es trabajo de Andre asegurarse de que todas estén en buenas condiciones, y es claro que se lo toma en serio: el acero brilla. Los preciados y escasos barriles de pólvora se guardan en una bodega de piedra, fuera de la armería.

Entrelazo las manos mientras él me mira con los ojos entornados. Está esperando. No va a iniciar una plática casual, no esta vez.

Dudo. Estaba segura de que tenía que venir y dejarle saber que sé lo que hizo. Ahora no encuentro las palabras. Nos miramos uno al otro. Suspira.

—Sé que abandonaste el salón —dice.

Asiento con la cabeza.

—Sí —digo, y siento que la sangre corre por mis orejas. Bajo la mirada—. Yo… —no puedo decir que lo lamento, porque no es verdad—. No podía abandonarla —susurro y quedamos en silencio.

El aire en la armería se pone muy caliente.

—No lo diré —dice. Yo vuelvo a mirarlo. Me está observando con ojos suaves—. *Elle est un enfant.*

—Sí, es sólo una niña —respondo, recuperando el aliento.

Él ladea la cabeza y se rasca la barba.

—Fue no correcto, *mais… c'était Courage aussi.*

Está diciendo que probé mi virtud de Valentía. Mi corazón salta.

—¿De verdad lo cree?

—*Oui* —dice—*C'était Courage.*

Me envuelvo en mis brazos, me siento complacida.

—¿*Bien?* —pregunta, mirando a la puerta. Quiere que me vaya. La sensación grata desaparece. Él piensa que ya obtuve lo que vine a buscar. Pero yo vine a asegurarme de que él guardaría mi secreto, amenazándolo con contar el suyo. Ya no quiero hacer eso, pero todavía necesito saber qué piensa que vio.

—¿Fue un lobo otra vez? —le pregunto.

—¿*Qua?*

—La falsa alarma. ¿*C'était un loup encore?*

—*Je ne sais pas* —se encoge de hombros, al parecer no lo sabe.

—Entonces, ¿por qué sonar la alarma?

Él niega con la cabeza.

Lo intento de nuevo.

—No le diré al Concejo. Sólo… quiero saber por qué lo hizo.

—*Ce n'était pas moi* —responde.

—*Frère* André —le digo—, no le diré al Concejo.

—Porque no hay qué decir —y frunce el ceño—. ¿Quién te mandó?

—Nadie —tartamudeo, desconcertada por su mirada acusadora—. Yo… creo que vi algo extraño en los árboles. El otro día —suena sospechoso, hasta para mis propios oídos. Mis mejillas están encendiéndose.

—*Fait attention* —dice con seriedad. Me está diciendo que sea cuidadosa.

Mi corazón se hunde. No dije que estaba en el bosque.

—A lo mejor no es nada. Estaba en el río…

—¿Tú ir al río?

Asiento. Eso no es impío.

Me mira con los ojos entrecerrados.

—¿Tú ir al bosque?

—Sólo a recolectar —*perdóname*.

Se pone de pie y camina a la mesa, recoge la flecha y la examina. Entonces me mira.

—Ayer —dice— yo disparar *cette fleche* —me la muestra, extiende la flecha—. *J'ai vu un daim.*

¿Por qué tantos rodeos? Vio un ciervo y le disparó. ¿Qué tiene eso de malo?

—*Et* cuando ir a… recoger *fleche* —su voz se convierte en un susurro— *je pense que j'ai vu un homme.*

Un hombre. ¿Habrá sido el hermano Stockham?

—¿Quién? —le pregunto.

—*Ce n'était pas un homme normal. Un…* —levanta una ceja y su mirada se torna distante. Está tratando de ponerle un nombre a algo que no lo tiene—. ¿Conoce tú *l'éléphant*?

Un elefante. He visto dibujos de ellos en los libros de *sœur* Manon. Son animales extraños, más grandes que un bisonte, pero sin pelo. Ella dice que son reales pero que sólo viven en países muy, muy lejanos.

Asiento.

Hace un gesto de haberlo dicho todo.

—¿Piensa que vio un elefante?

—*Non. Un homme comme l'éléphant.*

Retrocedo. Un hombre como un elefante.

—Andre...

—*S'il vous plait, Emmeline.* La cara, una larga... ¿*comment dit-on? Tronc* —con las manos muy abiertas hace un gesto hacia sus ojos—. *Les yeux énormes. Mais...* —y susurra de nuevo— *avec vêtements, les vêtements d'homme.*

Un ser con ropas de hombre y ojos enormes y una trompa como de elefante. La piel de mi cuello se eriza cuando trato de imaginármelo.

—Y tenía... —pongo mis manos a los lados de la cabeza para imitar las grandes orejas.

—*Non, pas des oreilles.*

Sin las orejas. ¿Qué podría ser? ¿El *malmaci*?

Él se encoge de hombros de nuevo, camina de un lado a otro, aprieta en la mano el llavero que cuelga de su *ceinture.*

—¿A quién más le ha dicho de este... *hombre elefante*? —le pregunto.

—Bette —debe ser su compañera de vida—. Tú.

Y entonces lo entiendo. Yo estaba en la guardia cuando su vista falló. No estaba seguro de lo que vio.

—Quizá sea mejor no decirle a nadie más por ahora —sugiero.

Él asiente. Duda. Luego se acerca más.

—*J'ai des rêves de la bois.*

Ha tenido sueños sobre el bosque. Como yo. No sé qué decir, así que me da gusto que él se encoja de hombros nuevamente y me indique a señas la puerta.

Volteo a verlo una vez más antes de abrirla.

—¿Por eso hizo sonar la alarma?

Suspira.

—Ya dije. *Ce n'était pas moi.*

Estudio su mirada acuosa. Quizás está diciendo la verdad.

Me pone una mano en el hombro.

—*Que Dieu te protège.*

Yo no voy a los bosques.

Altísimo, protégeme.

Esa noche, en mi sueño del bosque, logro mover los pies. Agito los dedos perfectos, me mezo sobre los talones. Avanzo, siento la tierra y los suaves brotes de hierba bajo mi piel. El viento revuelve mi cabello. Esta vez no hay un halcón y *La Prise* no llega. Esta vez el sonido es tranquilo, un suave llamado. La voz de una chica.

Encuéntranos, dice la voz.

Respiro profundo en ese aire de terciopelo y entonces corro.

9

El río brilla en el sol de la tarde, fluye como un *ceinture* gigante de plata entre los álamos. El clima es muy cálido para ser un día después de la fiesta de la cosecha y el aire está quieto, sin insectos que lo arruinen. El calor se asoma por encima de las murallas y el olor de la salvia se eleva en oleadas.

No puedo disfrutarlo.

No disfruto el río, ni el aire caliente, ni la compañía de Tom; no me siento tranquila. Y mientras más tiempo paso aquí, mirando a Tom lanzar su sedal en el agua, más intranquila me siento. Algo está hirviendo bajo la superficie de todo: del río, de mi piel. Quiero romper algo o correr y gritar. Y Tom, sentado aquí sin darse cuenta de nada, comienza a hacerme sentir desconcertada.

—Es una suerte que hayas estado ahí —dice él por enésima vez. No ha parado de hablar acerca de la noche de la cosecha. Yo no le he dicho lo que pasó realmente, lo he dejado creer lo que dije a los demás.

Me levanto de un brinco y camino por la orilla del río.

—Edith habría estado tan espantada si hubiera estado sola —cavila—. Fue una suerte.

—En realidad no había peligro —le digo.

—De todos modos —insiste. Lanza el sedal y me mira—. ¿Estás lista para intentarlo?

—No.

—De todos modos no están picando —saca el sedal, lo enreda en el carrete y voltea para mirarme de frente—. ¿Quieres ir a buscar aves? Tenemos tiempo antes de la cena.

Niego con la cabeza y sigo caminando de un lado al otro. Tom juguetea con su caña de pescar, el ceño fruncido.

—¿Qué hacemos entonces?

Siento ganas de gritarle. En vez de eso, presiono mi pie malo y jalo un hilo suelto de mi cinturón.

—Vamos a caminar —le digo.

Avanzamos en silencio por la ribera rocosa. Miro fijamente el río centelleante, pero los ojos del hermano Stockham se me aparecen entre las ondas, así que cierro los ojos con fuerza.

Y me tropiezo con una piedra.

—Cuidado —dice Tom mientras me sostiene por el brazo con gentileza.

Hay un enorme árbol caído varios pasos adelante. Necesitaremos escalar por el banco del río para sortearlo. Volteo hacia el río, levanto una piedra y la arrojo con fuerza contra el agua; salta un par de veces antes de hundirse. Tom deja a un lado su caña para unírseme y arrojamos piedras en silencio. Tom las lanza con más facilidad que yo y las hace dar seis o siete saltos; mientras que yo las arrojo como si quisiera romper las olas y logro sólo tres o cuatro saltos con cada piedra.

Luego de unos minutos, Tom habla.

—Abandonaste el baile temprano, antes de que sonara la alarma.

Lo dice casualmente, pero en el fondo hay una pregunta.

Lanzo una piedra que se sumerge con una gran salpicadura.

—Sí.

—Antes de que pudiéramos bailar de nuevo.

—Estaba cansada.

—Oh —dice y lanza una piedra—. Bueno, supongo que estuvo bien, porque si no hubieras estado cansada, entonces Edith...

—¿Podemos dejar de hablar de eso?

Me mira, sorprendido.

—Por favor.

Ya no quiero pensar en el asunto. No quiero pensar en mi desobediencia, ni en la presencia de Kane ahí. No quiero pensar en el baile. O en el hermano Stockham mirándome raro, mintiéndome.

—Algo te preocupa —dice Tom, mientras sopesa una piedra con sus manos llenas de cicatrices.

Arrojo la piedra al río.

—No estarás pensando en el sendero en el bosque, ¿verdad? —lo miro pasar la piedra de una mano a la otra varias veces. Su voz suena anhelante—. ¿No estarás pensando en regresar allá?

Pienso en la voz que escuché en sueños. Pienso en correr hacia ella...

—¿Em?

¿Qué puedo decirle? No quiero mentirle otra vez, pero necesito que pare con sus preguntas. Busco una distracción, miro sus manos.

—Debes ser el peor fabricante de velas en toda la historia de esta aldea. Mírate las manos. ¿Cómo cuántas veces te has quemado con la cera?

Tom se sonroja. Cierro los ojos. ¿Por qué elegí *eso*? Yo sé bien por qué tiene así las manos: es la misma razón por la cual mi pie duele tanto en ciertos días. Luchar contra uno mismo es una tortura, y a veces es preferible usar el dolor que hundirte en él. Y ése no es un tema del que acostumbremos hablar él y yo.

—Lo si-si-siento —tartamudeo—. No sé por qué dije eso.

—No importa —me contesta, pero no me mira a los ojos.

—Sí importa. Yo... no sé qué me pasa.

Tom levanta la vista y me mira.

—Te veías realmente contenta en la fiesta. Bailando.

Arrojo otra piedra.

—Parecía que te habías olvidado de la marca de tu abuela.

Niego con la cabeza.

—No importa si yo lo olvido: todos los demás lo recuerdan.

—No creo que piense en ello ni la mitad de la gente que tú crees.

—Eso no es cierto.

—¿No? Edith te quiere muchísimo.

—Edith es una niña.

—Ella te quiere por lo que eres —insiste—. También *sœur* Manon. Y mucha gente más.

Resoplo y niego con la cabeza.

—Siempre estás demasiado preocupada acerca de la gente que nos mira con desdén.

—Te refieres a Jameson.

—Jameson, sí. Y el Concejo.

—Es que ellos me vigilan de cerca. Más que al resto.

—¿Y qué si te vigilan de cerca? Lo hacen porque piensan que podrías hacer algo impío. Pero sólo tú puedes decidir si lo haces o no, Em.

Sus palabras me hacen sentir frío. Me quedo mirando el río un momento.

—Creo que no voy a pescar hoy —digo.

—Quizá mañana —asiente Tom.

Miro hacia la ribera.

—¿Em?

Volteo para verlo a los ojos.

—Me dio gusto verte sonreír así.

Finjo caminar de regreso hacia la fortificación, pero cuando alcanzo el camino de tierra que cruza la pradera tomo hacia el norte, siguiendo el curso del río. Tom se equivoca con respecto a los otros. Él no sabe cómo se siente que te miren todo el tiempo como me miran a mí, no sabe lo que es tener los ojos de Stockham encima por tantos años. Pero no me molesta que esté equivocado. Él es la única persona que se preocupa porque yo esté contenta, la única a la que no le importa la marca de mi familia. Él y yo nos cuidamos mutuamente. Eso es importante.

Avanzo tanto como puedo hasta que la orilla se vuelve escarpada. Me estoy aproximando a las Aguas Purificadoras. Me siento en una piedra tibia y soleada y me estiro, cierro los ojos, trato de poner la mente en blanco, dejo fuera todo: el baile con el hermano Stockham, el *hombre elefante* que vio Andre...

Una sombra cae sobre mí.

Miro de reojo y veo que algo se interpone entre el cielo y yo, con el sol como un anillo de luz a su alrededor. ¿Será el hermano Stockham? Me levanto apresuradamente.

Es Kane. Está de pie sobre las rocas, la camisa abierta en el cuello, las mangas enrolladas hasta los codos.

—Oh —digo y tratando de parecer tranquila me siento de nuevo, pero mis pensamientos vuelan a su imagen de ayer, jugando a la pelota, sin camisa.

—Buenas tardes, Em.

Inclino la cabeza y mantengo los ojos fijos en el suelo.

—*C'est belle* —dice—. Hermosa.

Me toma un momento insoportable comprender que se refiere a la tarde, al río. Asiento.

—¿Te gusta venir aquí, eh?

Lo observo. Está mirando el río, con actitud casual, pero hay algo que me parece forzado. Como si no fuera casualidad que me encontrara aquí, como si él... ¿me hubiera buscado?

Decido no contestarle directamente.

—Sólo estoy descansando un minuto.

Se sienta en una roca cercana, recoge un guijarro.

La otra noche se interpone entre nosotros aunque no hablemos de ella. Es desconcertante, nosotros sentados aquí como si no hubiéramos estado tan juntos en ese pozo... pero rezo porque él no lo mencione. No quiero hablar de eso, especialmente si es que él sabe que le mentí al hermano Stockham.

—El día está lindo como para meterse —señala con un ademán hacia el río.

—El agua debe estar muy fría —respondo.

Se encoge de hombros.

—Fría está bien para mí. Podría ser la última oportunidad antes de *La Prise*.

Miro mi mocasín. Ni de broma me lo quitaría enfrente de él.

—Yo no sé nadar.

—Alguien debería enseñarte.

Su voz, lenta como el río, me arrastra. Miro su sonrisa confiada. Arroja el guijarro al aire y lo atrapa, una y otra vez.

—Yo sé nadar desde que era un niño, También les enseñé a mis hermanos.

¿Estamos platicando? Trato de pensar en algo que decir.

—¿Qué edad tienen ellos?

—Cuatro y seis años. Pero créeme, nunca se es demasiado mayor para aprender.

¿Está diciendo que *él* podría enseñarme? Mi corazón secreto se hincha. Miro el río. El chirrido de los grillos aumenta. El color de los árboles en la ribera ha cambiado: las hojas son ahora anaranjadas y rojizas, con brillantes tonos amarillos. En días como hoy es difícil imaginar que *La Prise* barre con todo y cubre el mundo con hielo. Sin embargo, viene tan rápido que podrías estar dentro del río un día y con nieve hasta las rodillas al siguiente.

Los animales no se dejan engañar por el buen día. Sobre nosotros, una parvada de gansos se dirige al sur, graznando. Una que otra nube cruza el cielo azul. Miro las aves hasta que se pierden de vista. Un pensamiento se escapa de mi boca:

—¿Habías visto ese tono de azul en otro lado? Es decir, ¿además del cielo?

Es el color del trozo de tela que encontré en el bosque. De pronto me doy cuenta de que nunca lo he visto en nuestras telas. Él deja de arrojar la piedrita y mira alrededor.

—No —dice—. Pero tampoco podría decir que me haya fijado. ¿Por qué? —levanta la ceja.

Niego con la cabeza como para restarle importancia. Él vuelve a atrapar el guijarro. Lanzar, atrapar. Lanzar.

—Es realmente bonito aquí. Muy tranquilo —dice. Asiento—. Puedo entender por qué te gusta venir aquí.

Esta vez no puedo evitar una sonrisa.

Falla al atrapar el guijarro. Muy rápido, lo toma del suelo y lo arroja al río. Se aclara la garganta.

—Y... ¿te has mantenido fuera de líos?

—¿Disculpa?

—¿Te has portado bien?

—Yo diría que sí —respondo, deseosa de que deje ese tema.

—¿No te has escondido en pozos húmedos últimamente?

Lo dice como si fuera un chiste, pero mi corazón se tensa. ¿Quiere que admita que mentí?

—¿No tendrías que estar en otro lado? —le respondo.

—Mmmm… no.

—Bueno, ¿qué quieres?

—¿Qué quieres decir?

Me levanto de un salto.

—Tengo que ir con *sœur* Manon. Así que, a menos que tengas algo importante que decir, me voy.

Las palabras salen de mi boca como un torrente, mi garganta se siente apretada. Sueno como una ardilla espantada. Es sólo que… él habla con tanta tranquilidad. Se ve tan calmado. Pero siento que quizás está intentado pescarme en algún tipo de trampa. Se pasa una mano por la cabeza rasurada, una y otra vez, y asiente, la mirada fija en mi rostro.

—Está bien. Yo sólo quería… platicar contigo —y se encoge de hombros—. Preguntarte si te gustaría… no sé, ¿jugar a la pelota alguna vez?

Sostengo su mirada.

—Las chicas no juegan a la pelota.

—Las chicas normales, no. Pero pensé que quizá tú… —se detiene. Siento que me sonrojo hasta las raíces del cabello.

—No puedo. Tengo cosas *anormales* que hacer —respondo tan irónicamente como me es posible.

Él explota en una risa.

Y entonces me doy cuenta de lo absurdo que debe haber sonado. Por un momento deseo que el suelo se abra y me trague entera, pero su risa es tan franca que es contagiosa. Frunzo el ceño para esconder una sonrisa.

Él se lleva la mano al pecho ofreciendo la paz.

—Emmeline. *Un plaisir, toujours.*

Un placer, siempre. Me muerdo el labio inferior mientras me alejo.

¿Qué es lo que realmente quiere? Si sabe que le mentí al hermano Stockham, entonces es tan culpable como yo por haberlo ocultado. Si no sabe, ¿por qué quiere hablar del asunto? Y, de todos modos, ¿qué estaba haciendo fuera del salón durante la falsa alarma? Lo único que sé de cierto es que será mejor que no hable de más cuando esté cerca de él. Pero ése es justo el problema: algo en mí quiere revelar mis secretos cuando lo veo. Sus ojos son cálidos y calmados.

Es inquietante. *Él* es inquietante.

Y yo ya tengo suficiente con mis preocupaciones.

Esa noche, a la hora de cenar, papá está inquieto. Sirvo rápidamente el asado de verduras, con la esperanza de que terminemos pronto, pero él se entretiene en su tazón.

No me gusta la forma en que me está mirando y realmente espero que no esté pensando en hablar acerca de la falsa alarma. Saco mi vasija llena de cabezas de flechas y comienzo a revisarlas, las acomodo en la mesa de la más pequeña a la más grande.

—Tenemos que hablar —me dice cuando termina con su plato—. Lo primero son tus nuevas tareas. Ya tienes dieciséis, ahora podrás aprender el oficio de *sœur* Manon.

Asiento.

—Vas a practicar sus tinturas y medicinas. Ella estará a cargo de ti ahora.

Me yergo al escucharlo. El bosque. Estando bajo las órdenes de *sœur* Manon, ¿tendré más oportunidades de salir?

—Pero no te olvides de la hermana Ann: ella te necesitará de vez en cuando, sobre todo para llevar lo que se recolecte a las Bodegas del barrio sur.

Asiento de nuevo y espero que mi piel no me delate cuando escucho las palabras "barrio sur". Sigo acomodando las cabezas de flecha. Mis pensamientos vuelan de regreso a Kane, sentado en la ribera del río, sus manos en las rodillas, sus ojos fijos en mi rostro.

—... una visita —papá hace a un lado su tazón y mi mente regresa con brusquedad a donde estamos. ¿Dijo algo del hermano Stockham?

—... Gracias al Altísimo, esta vez fue una buena visita —dice, nervioso: está frotando una mano contra la otra. Si el hermano Stockham vino y no fue para hablar de mi iniquidad, ¿por qué está preocupado?

—Vino para hablar sobre que ya eres elegible.

Lo miro, ahora sí, con atención.

—Disculpa, papá. ¿Dices que el *hermano Stockham* vino de visita?

—Eso dije —y respira hondo—. Em, esta mañana el hermano nos hizo una visita para hablar acerca de ti, de que ya eres elegible.

—¿Y qué con eso?

Siento la cabeza como si estuviera llena de lana y mi lengua se mueve muy despacio. No puedo entender la relación entre el qué y el quién en lo que papá me está diciendo.

—Quiere tu mano.

¿Mi mano? Miro como tonta a papá. Él tiene una gran sonrisa en el rostro. No le había visto esa sonrisa en mucho tiempo, tanto que ni siquiera puedo recordar cuánto.

—¿Para qué?

Su sonrisa desaparece.

—¿Cómo que *para qué*?

—Bueno… sí sé por qué… quiero decir, sé por qué alguien pide la mano de alguien pero… —tartamudeo, trato de encontrar las palabras pero, en cambio, me pierdo en mis pensamientos.

—Quiere que seas su compañera de vida. Vino a pedir eso.

Papá se inclina sobre la mesa hacia mí. Sus ojos brillan.

—Es algo muy bueno, Em. Piénsalo: tú, unida al buen hermano Stockham… Significaría que podrías olvidarte de tareas, de trabajar con la anciana Manon. Por el Altísimo, Em, nunca tendrías que ir de nuevo a recolectar hierbas ni acercarte al bosque. Podrías descansar tu pie y, quizá, sanar un poco…

La culpa en su voz casi me devasta.

—Es algo muy bueno —concluye.

Tiene razón: yo, unida al hermano Stockham podría cambiar las cosas para nosotros. Pero me siento confundida porque… porque no entiendo por qué yo. ¿Por qué, en nombre del Altísimo, querría nuestro reverenciado líder unirse a una persona con una marca familiar como la mía? Luego de todos estos años, ¿por qué elegir a alguien así?

Le doy gracias al Altísimo.

Siento la piel caliente y tirante. El hermano Stockham mirándome como si supiera algo. La manera familiar en que me toca… esos ojos de halcón y esas manos firmes…

Yo no voy a los bosques.

La esperanza en los ojos de papá brilla tanto que está quemando un hueco en mi corazón.

—El buen hermano quiere nuestra respuesta para la Afirmación —dice—. Dice que, hasta entonces, mantendremos la propuesta en secreto.

Tres semanas a partir de ahora. La Afirmación es una ceremonia de tres días: uno para dar gracias, otro para afirmar nuestro compromiso con las virtudes, uno más para declarar las uniones. Una vez que llegue la helada estaremos atrapados dentro de las murallas sin mucho más que hacer que asistir a esas uniones.

—¿Por qué no quiere que se sepa?

El brillo en los ojos de papá cede un poco. Los dos sabemos por qué. Nadie en el Concejo se sentiría muy contento de saber que me eligió a mí, conociendo el legado de mi abuela. Incluso se podrían preguntar si hice algo inadecuado para obligarlo.

No. Ellos *seguro* pensarán eso. ¿Todos estos años de ser elegible y permanecer sin compañera de vida? Él no querrá exponerse a las murmuraciones y las miradas por haber elegido a una persona con una marca de iniquidad, no antes de que la unión sea segura. Lo que no puedo entender es por qué quiere estar conmigo.

—No tiene caso levantar ámpulas por el momento —dice papá muy quedo.

—Entiendo —digo velozmente.

Pero su "por el momento" me dice que papá da la decisión por tomada. Y, claro, ¿por qué no habría de ser así? Ninguno de nosotros pensó que sería elegida para unirme a nadie, mucho menos al hermano Stockham. ¿Qué puedo decir? ¿Que hay algo en él que no me gusta? ¿Que lo vi en el bosque y él lo negó?

Pues está este chico Cariou…

Papá está sentado, muy derecho, como si le hubieran dicho que *La Prise* no vendrá este año después de todo. Él toma mi mano por encima de la mesa.

—Mi niña —dice.

Estoy en medio de dos ideas: una es retirar mi mano y alejarme de él, y la otra es esconder mi rostro en su flaco pecho. No hago ninguna de las dos cosas, sólo me levanto de la mesa y devuelvo mis cabezas de flecha a la vasija. Repiquetean contra el barro.

—Buenas noches, papá —digo con voz áspera.

Hago mi mejor esfuerzo por parecer agradecida, pero conforme cruzo el cuarto y escapo a mi habitación, siento que las paredes de nuestro hogar, las de toda la fortificación, me aplastan. Pongo la vasija junto a la cama con la esperanza de que me traiga algo de consuelo.

Esta noche, sin embargo, el sueño tarda mucho en llegar.

10

En mis sueños corro otra vez, silenciosa y segura. El bosque se convierte en una confusión de verdes y cafés y el aire se siente suave sobre mi piel. La voz de la muchacha me llama mientras corro. *Encuéntranos.* No puedo distinguir de qué dirección proviene. Me detengo bajo *les trembles* y trato de escucharla, oigo el tintinar de las hojas. Veo un trozo de tela color azul cielo, un camino que sube por una colina… pero entonces es demasiado tarde. Llegan los vientos helados de *La Prise* y me ensordecen.

Al abrir los ojos la mañana es brillante y cálida. El sueño permanece.

La voz de la muchacha. ¿Es ella… podría ser parte de mi Gente Perdida? ¿Mis sueños me dicen que la encuentre antes de que sea tarde? ¿Antes de que *La Prise*…?

La propuesta del hermano Stockham destroza mis pensamientos.

Me apresuro a terminar mi potaje. Lo veo en sus ojos. Él espera que volvamos a hablar pronto de la propuesta, yo no quiero. La culpa me lastima al verlo tan orgulloso y orondo. La preocupación de sus ojos ha desaparecido casi por completo.

Gracias sean dadas, él se va a sus labores. Una manada de bisontes fue avistada cerca de la fortificación y todos los hombres del barrio este que estén en condiciones deben ayudar en la cacería. Con flechas y los escasos y preciados rifles no suelen matar a más de dos docenas antes de que la manada se asuste y se marche durante al menos una semana. Papá debe ir: necesitamos las provisiones. Y estará ocupado durante días desollando y cortando y curando, así que no habrá tiempo de hablar de la propuesta.

Esa tarde voy a hacer labores a la Casa de Sanación y descubro al hermano Jameson reuniendo a su gente en una esquina del patio. Está hablando en voz alta. Sin duda, sobre las virtudes, otra vez. Estoy pensando en que tal vez tendría que caminar agachada y retroceder por atrás de los graneros para evitarlo, cuando levanta la vista y me mira. Trago saliva y sigo caminando. A medida que me acerco puedo escucharlo claramente.

—Aunque los peligros son grandes, sobrevivimos. *Nous survivons le malmaci.* Pero el *malmaci* espera que cometamos errores, y el castigo para quien los cometa debe imponerse rápido —sus ojos barren a sus seguidores, que murmuran su asentimiento. Su frente brilla de sudor. Las más de las veces es helado como una piedra de río, pero estos discursos encienden un fuego en sus ojos—. El *malmaci* es astuto, es un mal antiguo. Toma y destruye los cuerpos miembro a miembro, causa padecimientos que nunca hemos visto. Y no sabemos con seguridad de qué es capaz —baja la voz—. Pero a veces, hermanos y hermanas, me pregunto si no ha encontrado un camino para entrar en algunas de nuestras mentes y nuestros corazones. Me pregunto si no vive ya entre nosotros...

Hace una pausa y mira directo hacia mí.

Varias cabezas en la multitud giran a mirarme. Me detengo por completo. Un calor me recorre de los pies a la cabeza. Estoy congelada en sus miradas y deseo que se abra la tierra y me trague entera.

—¡Emmeline! —es *sœur* Manon, que se asoma desde su puerta— *Viens ici. Maintenant!* —suena realmente enojada.

No lo pienso dos veces. Doy media vuelta y cojeo deprisa hacia la Casa de Sanación.

Ella cierra la puerta tras de mí y aprieta su espalda contra ella. No se me ocurre qué pude haber hecho mal, pero me siento tan aliviada que decido que no me molestará una reprimenda. Ella me mira un largo rato sin decir nada. Me muevo apenas.

—Hoy recolectas—me asigna mi tarea.

Asiento. Espero.

—*Alors* —va hasta la mesa hacia un libro y empieza a pasar las páginas.

Cruzo el cuarto, tratando de averiguar si está enojada, tratando de acallar la voz de Jameson en mi mente.

Me pregunto si no vive ya entre nosotros.

—¿Te preocupan? —ella da vuelta a las páginas e inclina la cabeza hacia la puerta. Se refiere a Jameson, a la multitud.

—No —digo deprisa. Me enderezo y trato de parecer despreocupada.

Ella se detiene y me observa otra vez por un largo rato. Finalmente señala unos hongos de cosecha tardía que están en su libro y me manda salir. Doy vuelta por atrás de la Casa de Sanación y voy hacia la puerta, lejos de las miradas de la multitud.

Mientras cruzo la zona segura, la fiebre bajo mi piel regresa.

Sé que debería quedarme recolectando. No debería volver a aquel sendero. No después de la advertencia de Andre. No cuando Jameson me ha mirado así y *sœur* Manon está enojada por algo. Debería encontrar los hongos y volver. Pero...

No deja de pasar en mi cabeza mi sueño con la muchacha que me llama. Y el sendero lleva a algún lugar, y el hermano Stockham mintió al respecto. ¿Podría llevar hasta ella? ¿Hasta lo que ella necesita que yo vea?

¿Podemos discutirlo después?

¿El hermano Stockham me diría la verdad sobre esto si nos quedáramos solos? Un escalofrío me recorre. No quiero quedarme sola con él. Si quiero averiguar sobre el sendero, tendré que ir a ver con mis propios ojos.

Me quedo en el borde de la línea y recorro con la mirada la espesura, con la esperanza de terminar rápido con mi tarea. Pero apenas puedo hallar un puñado de los malhadados hongos que quiere *sœur* Manon. Mi morral sigue casi vacío mientras me interno entre los árboles. Luego de varios minutos de búsqueda, encuentro otro puñado que crece al lado de un tronco caído, justo a un lado de un arbusto de dulcamara. Me aseguro de no tocar las bayas venenosas mientras arranco los hongos del tronco. Cuando me incorporo, me doy cuenta de que ya no estoy a la vista de la atalaya. Me olvido de buscar más hongos.

Corro tan rápido como puedo. Incluso así me tardo diez minutos en llegar de nuevo a la arboleda. Está silenciosa e inmóvil, como la otra vez. Como si esperara mi regreso. El trozo de tela está donde lo dejé caer, a un lado del sendero.

Esta vez soy silenciosa en el camino, me muevo realmente despacio, atenta a cualquier movimiento de los árboles. Los bosques están quietos, no hay ningún sonido extraño de flautas.

Les trembles dejan caer en silencio hojas doradas a mi alrededor.

Paso el lugar donde vi al hermano Stockham. Quiero ir por el rumbo que él tomó el otro día, pero la parte sensata de mí se pregunta si no me perderé al no tener marcas que buscar. Todo en esta parte de los bosques se ve igual: maleza densa y fila tras fila de álamos dorados. El sol brilla a través de las ramas delante de mí, así que puedo ver que aún me dirijo al oeste. Tengo que esforzarme para ver el sendero: una rama rota aquí, una porción de tierra aplanada allá.

Concentrarme en seguirlo se apodera de mis sentidos; los segundos y los minutos se confunden y desaparecen en el aroma húmedo del bosque.

Finalmente puedo ver que la hierba se aparta y desaparece cuando llego a un claro. Mi corazón se detiene un instante. He alcanzado algo, lo puedo sentir. Salgo de entre los arbustos.

Y me detengo en seco.

El bosque ha dado lugar a un claro, flanqueado en tres de sus lados por altos muros de tierra. Un alto poste de abedul está puesto en la mitad del espacio y atada a él cuelga una sola tela roja.

Conozco este lugar. Nunca he estado aquí. Sólo lo he visitado en mi mente cuando el hermano Stockham nos habla de él y nos advierte que no vengamos… pero lo conozco. Esta bandera roja es señal de que me aproximo a un lugar que nunca debería ver, desear ver.

La Encrucijada.

Los cuerpos de los impíos están allí, elevados por encima de la tierra en jaulas de metal, de modo que sus almas nunca tengan reposo. El Concejo sube vivos a los impíos, con la esperanza de poder saciar el apetito del *malmaci*, para disuadirlo de apoderarse de los inocentes, de los buenos.

Debería irme. Debería dar media vuelta y regresar por el sendero y terminar de recolectar mis hongos y volver a casa. Pero mis pies se niegan. Me quedo en la arboleda, consciente de que el sol está justo delante de mí. La sombra del asta bandera se alarga.

Un asta de abedul marca el camino a la Encrucijada. Si alguna vez eres tan infortunado como para verla, ruega al Altísimo por Su gracia y clemencia.

¿Por qué no me he dado vuelta?

Mi abuela.

La Encrucijada está justo más allá de la primera colina, sobre la intersección de los caminos, y sus restos estarán meciéndose allí. Justo *allí*. Este camino lleva a mi pasado, no a mi futuro. Cierro los ojos y aprieto los dientes contra mi decepción. Y entonces me llena la ira.

Necesito verla. Necesito ver a esa mujer que tuvo tal desprecio por las virtudes y la reputación de nuestra familia como para cortejar su propia muerte. Doy un paso adelante. Y otro. Y otro.

Al pasar rozo el asta. Se pega a mi manga como si quisiera detenerme. Aprieto la mandíbula y me lanzo a trepar la loma empinada que está ante mí. Voy despacio: debo encontrar asideros y hierbas resistentes de las que sujetarme para subir por la pared resquebrajada de la barranca. Mis manos escarban en la roca y mi pierna se arrastra tras de mí, rogándome que vuelva.

Cuando llego a la cima, me encuentro con más colinas y terrazas de roca manchadas por grupos de árboles, hasta donde alcanzo a ver. Pero al pie de esta colina, en el centro de un valle de buen tamaño, se ve tan claro como el día: un círculo de ocho altas estructuras, troncos podados de álamo metidos en la tierra como flechas, vigas más cortas atadas a ellos en ángulos rectos, y colgando de éstas, las jaulas.

Obligo a mis pies a avanzar y acelero a medida que desciendo por la colina. Me impulsa una llama encendida en mi corazón. Me resbalo en la ladera, levanto una nube de piedras y polvo a mi alrededor y llego a los patíbulos jadeando.

Algunos de los cuerpos en las jaulas están casi reducidos a polvo, pequeños trozos de hueso que los vientos helados de *La Prise* han preservado. Quedan restos de ropas. Los cráneos son lo que mejor se conserva, ojos vacíos mirando a ningún lado, dientes a la vista, sonrientes. Impíos de un tiempo anterior al de mi abuela, supongo. Dos de los esqueletos están intactos, deben ser los Thibault. Pienso de nuevo en sus hijos, a los que nadie parece ver con tanto desprecio como a mí y a papá. No parece justo. Aunque, claro… esa pareja no hizo lo que mi abuela sí.

Una brisa suave se levanta y una de las jaulas gira un poco. El hierro se queja levemente. Paso entre ellas, recorro los huesos con la mirada, buscando.

Ahí.

No sé cómo, pero lo sé. El esqueleto es una revoltura, la frente apoyada en las barras de la jaula, una mano extendida con huesos de menos. Jirones de tela parda están pegados todavía al cuerpo quemado por el sol. Camino hacia ella para mirar de cerca. Las jaulas cuelgan a la altura de un hombre por encima de mí, pero puedo verla bastante bien.

Las órbitas vacías de mi abuela me observan, inquisitivas. *Impía. Villana. Ramera.* Murmullos que describen a mi abuela. Me muerden, me perforan como un veneno, pero sé que esas palabras no son infundadas. Sé que vagaba por los bosques, que no mantuvo sus virtudes. Y sé que se le insinuó a un hombre casado… al líder de la comunidad, nada menos.

Me apoyo con fuerza en mi pie malo, me envuelvo en el dolor. Y el día que entendí el peso de mi marca… ese día vuelve a mí de pronto, frío y despiadado.

Era un día cálido de fines del verano. Mi mamá tenía ya un año de muerta. Jugábamos en el patio, descalzos y con la cabeza descubierta, lanzando piedras en el polvo. Los adultos mataban pollos. Con mi piedra, saqué del círculo la piedra de punta de una de las chicas mayores del barrio este.

Y volví a hacerlo. Y volví a hacerlo.

—Impía —escupió—. No queremos que juegues con nosotros.

—No lo soy —era el peor insulto que conocíamos.

—Claro que sí. Tu abuela era impía.

—¡No lo era!

—Pregúntale a quien quieras.

El círculo de niños miraba al suelo, todos sabían algo que yo no.

—A lo mejor es una maldición de la familia. Mejor vete antes de que se nos pegue.

—¡Di que no es cierto! —me puse de pie con los puños apretados.

—¿O qué? —se paró sobre nuestras piedras.

Con rabia, mis manos cayeron en sus hombros y la empujaron un paso hacia atrás. Su rostro se oscureció. Puso sus manos en mi pecho y empujó. Con fuerza. Me tambaleé hacia atrás varios pasos y siguió atacando. Me volvió a empujar, más duro todavía, y caí de espaldas sobre los bloques de madera del matadero justo cuando el hermano Giles dejaba caer el hacha.

Aprieto ese pie contra la tierra. El lado sin filo del hacha me pegó primero, gracias sean dadas, o me habría quedado sin dedos, pero el hacha era pesada y mi pie pequeño, y algunos de los huesos fueron hechos pedazos de inmediato.

Miro el cráneo y una ira sorda late en mi cabeza.

Incluso si el hermano Giles no hubiera dejado caer el hacha, aun así seguiría siendo diferente. Mis ojos de niña no habían notado las miradas esquivas cuando papá y yo llegábamos a los actos de la aldea. Pero a partir de entonces las noté. Las noto.

La rabia se levanta y ruge en mis oídos. Miro las escasas piedras dispersas en el suelo, recojo la más cercana y la arrojo hacia la jaula con todas mis fuerzas. La piedra golpea el fondo de metal con un sonido que hace eco en todas las colinas a mi alrededor. Tomo otra piedra y la arrojo. Y otra, y otra. Con cada una maldigo el nombre de mi abuela: *Clara*. Clang. *Clara*. Clang. Pero no basta para calmar mi rabia.

Encuentro una piedra grande, dos veces mayor que mis puños, que debo levantar con ambas manos. No tengo la fuerza para alzarla y arrojarla, así que me apoyo en mi pie malo y la arrojo hacia arriba de entre mis rodillas. Golpea contra el fondo de la jaula con un satisfactorio *bang* que parte el aire y hace eco en la Encrucijada. El impacto suelta al cuerpo decrépito de su percha rígida, y los huesos se mueven, caen a un lado y el cráneo golpea contra la caja con un crujido hueco.

Algo cae de la caja frente a mí. Me acerco a levantarlo. Un anillo. Paso los dedos sobre la banda de oro manchado y le quito los trozos de tierra y sabrá el Altísimo qué más. Lo sostengo delante de mis ojos. ¿El anillo de enlace de mi abuela? ¿Un anillo familiar? Ya nadie usa joyas, ni siquiera reliquias familiares, porque son recordatorios de riquezas inútiles. Me quedo mirando su círculo perfecto. Y entonces descubro una mancha parda y roja en la pared de roca, más allá.

Guardo el anillo en mi puño y me acerco.

Hay figuras grabadas en la roca, en negro y en café y en rojo. Miro la superficie de la piedra y veo que toda la pared está llena de ellas, casi hasta llegar al suelo. Los dibujos son simples, no como las imágenes que he visto en los libros de *sœur* Manon, pero es claro que son gente y animales, tallados con algo afilado y duro. He visto dibujos así antes. Hay uno en una piedra cerca de la orilla del río que Tom y yo encontramos hace años. Un vestigio de la Gente Perdida.

Mis manos trazan las figuras mientras yo recorro la pared, afuera del círculo de los patíbulos.

Nunca he visto tantos vestigios en un solo lugar. Las imágenes están a unas cuantas cuartas una de otra: gente junto a un gran rebaño de animales, otros de pie con animales a sus pies, fuego, un sol, grandes volutas rojas y negras y cafés en la parte alta de la roca.

Hay una porción de la pared donde los dibujos se vuelven borrosos y confusos, como si la escena hubiera sido hecha, eliminada y vuelta a dibujar. Es un grupo de gente de pie. Más allá de ellos, varios más yacen en el suelo. Encima hay un animal, varias veces más grande que las personas, con cuernos, como aquéllos de los grandes rebaños. Está de pie en dos patas.

El aire en el valle se aquieta de veras.

El malmaci.

Contengo el aliento. El calor viene en olas desde las rocas y hace bailar la imagen. Un zumbido llena mis oídos mientras la miro agitarse, cobrar vida. Entonces la bestia se arroja hacia adelante a través de la pila de muertos para atrapar a la siguiente persona entre sus garras. Contengo un grito mientras abre sus fauces y clava sus dientes retorcidos en su víctima.

Truena y desgarra la carne. La luz se desplaza y la escena queda inmóvil. Parpadeo. Es sólo un dibujo polvoriento.

Echo un vistazo rápido a mi alrededor, hacia los patíbulos. Los huesos de mi abuela están en un montón vacilante. Pero su cráneo está contra la jaula y sus órbitas me miran. El resplandor del sol tras ella me ciega un momento, y cuando bajo la mirada noto las largas sombras en el suelo, avanzando por el espacio con dedos codiciosos. Mi aliento me abandona de pronto. Es el atardecer.

En menos de una hora todo estará oscuro.

Meto el anillo en mi *ceinture* y doy media vuelta. Un viento llega deprisa por sobre las barrancas, serpenteando a mi alrededor, a través de la Encrucijada. Los patíbulos se mecen y giran, arrojan sombras frenéticas sobre las colinas. El crujir de las jaulas se convierte en un gemido ensordecedor que ahoga mis pensamientos.

Comienzo a caminar de vuelta por donde vine, tropiezo entre los huesos que se balancean, me abrazo fuerte a mí misma. Estoy a la mitad de este sitio de muerte cuando siento que los huesos se mueven, cobran vida. Intentan alcanzarme, sostenerme con dedos resecos. Van a subirme con ellos, a una de esas jaulas de inanición donde el sol llena de ampollas la piel y las moscas se alimentan de ojos goteantes, donde la muerte llega rápido sólo si se tiene suerte...

Corro.

Tropiezo, tiro de mi pierna, subo por la colina, bajo del otro lado, más allá del asta y la espesura. El bosque es de un tono apagado de gris y los rayos de sol son apenas rebanadas de rojo que se asoman entre las ramas de los álamos. Mis ojos se esfuerzan por hallar el sendero, pero ya no está. Cada árbol se ve como el siguiente, las sombras cuelgan sobre de mí de todas direcciones, y yo corro, corro, corro, siguiendo sólo mi instinto.

El aliento cálido del *malmaci* sopla en mi cuello. La Gente Perdida exige que me apresure. Las ramas golpean mi cara, se enredan en mi pelo, tiran de mis brazos a medida que avanzo. Llego al barranco sin darme cuenta y casi me caigo en él. Me detengo apenas a tiempo, me deslizo hacia abajo y subo rompiéndome las uñas hacia la cima. Un rosal me abre la mejilla cuando salgo entre las zarzas, y otra vez estoy corriendo. Estoy cerca de la zona segura. Trato de respirar más despacio y seguir adelante. Cojeo, arrastro mi pie. Llegaré de vuelta a la fortificación, pero...

¿Cómo voy a entrar sin que los guardias me vean? Si no me disparan en el momento por confundirme con el *malmaci*, sin duda me entregarán al Concejo. Nadie tiene permiso de estar fuera de la fortificación al anochecer.

Los últimos rayos del sol desaparecen tras de mí, pero ya estoy muy cerca. Podría llegar antes de que cerraran las puertas. Me abro paso a través de las últimas malezas, hacia los delgados abedules, y veo las antorchas ya encendidas. Los vigías encienden sus fuegos en lo alto de la muralla y puedo oír sus gritos mientras se preparan para tomar sus puestos. Las puertas de este lado de la fortificación se cierran entre rechinidos.

Mi corazón se hunde mientras veo cómo el fuerte se cierra para la noche: una flor de piedra que cierra sus pétalos con fuerza para esperar el sol de la mañana.

Me quedo al borde del bosque y la oscuridad llega corriendo a mi alrededor. Me duele la pierna. El calor del día de otoño ha desaparecido con el sol. Si el *malmaci* no me encuentra, sin duda me dará la fiebre. Pero si me entregan al Concejo...

Los árboles tras de mí crujen, tratan de alcanzarme con brazos retorcidos. Mi mente quiere explotar en pedazos, pero me obligo a respirar con más calma. *Piensa.* Recuerdo haber estado de pie sobre esos muros la otra noche. Qué asustada estaba al principio. La otra noche...

Tengo una idea. Es arriesgada pero es la única que se me ocurre. Con suerte, él tendrá más cuidado de ver bien a qué le dispara, después de casi haber cometido un error.

Camino en un arco amplio, lo bastante lejos del círculo de antorchas para seguir entre las sombras. Me dirijo a la esquina de la pared que patrullé. Puedo ver a un vigía tomando posición en la esquina cerca de la atalaya.

Altísimo, que sea Andre.

Trago saliva y camino hasta que me alumbra la luz de la antorcha y agito los brazos, rogando que la respuesta no sea una bala rápida en mi pecho.

No puedo ver el rostro del guardián, pero éste deja de moverse. Entonces veo un resplandor de cristal. ¿Un catalejo? Quienquiera que sea, me verá con claridad en cualquier momento...

—¡ *Sœur Emmeline*! —es un murmullo, gracias sean dadas, y no un grito.

Miro los muros en busca de otros guardianes tomando sus posiciones pero, por la gracia del Altísimo, Andre es el primero en su puesto en esta sección. Jalo aire y cojeo a través del área iluminada hasta la sombra de la pared. Cuando volteo hacia arriba, Andre está mirándome, con el rostro distorsionado por la impresión.

Hago un gesto desesperado, indefenso.

Él mira deprisa a su alrededor. Entonces se yergue, se aleja de mí y entra en la torre. Por un momento horrible espero a que suene la alarma. *¡Impía!* Me aprieto contra la pared irregular en un intento por fundirme en las sombras.

Entonces Andre vuelve con una soga, que baja serpenteando hasta mí. No tengo idea de preguntarme si soy lo bastante fuerte para sujetar mi cuerpo a esta cuerda áspera, pero me desgarraré los músculos de los brazos si es necesario.

Doy una vuelta con la cuerda alrededor de mi mano derecha y la sujeto con fuerza. Luego asiento en dirección a él.

Andre puede ser viejo, y su vista un desastre, pero el hombre es fuerte. Ya me ha puesto de su lado de la fortificación antes de que las manos empiecen a arderme.

Me deja caer con brusquedad al suelo y enrolla la cuerda deprisa. Me pongo de pie.

Me mira.

—*Que faisiez-vous?*

Trago saliva. *Perdóname.*

—Estaba recolectando —señalo mi saco de raíces—. No presté atención al sol.

—*C'était trop dangereux!* —sacude la cabeza— *Cette fois-ci, il n'y avait pas de garçon pour te sauver.*

¿Ningún muchacho que me salve esta vez? ¿Kane? El silencio se alarga entre nosotros en la oscuridad. Puedo ver en los ojos de Andre que está entendiendo algo. *Por favor.*

—Debes ir a casa —dice al fin.

Me lleno de alivio.

—*Merci,* Andre —tengo lágrimas en los ojos y parpadeo para ocultarlas, avergonzada.

Él agacha la cabeza y agita la mano señalando el barrio este.

—*Allez* —dice con aspereza, pero sus ojos parecen un poco complacidos.

Me voy tan rápido como mi pie malo puede soportar.

11

Por varios días hago lo posible por no dejarme ver. Aprendo a hacer cataplasmas con *sœur* Manon, recojo alimento de los graneros, llevo cosas a las Cocinas, mantengo la vista al frente y mi andar es normal. Voy a las Pláticas de Virtud y me quedo en la parte de atrás, y luego corro de vuelta a la cama, antes de que el hermano Stockham pueda verme. Antes de que papá llegue a hablarme de nada.

Esa noche de la Encrucijada le inventé una historia de que perdí el tiempo en los graneros y no alcancé a llegar a la cena. Papá estaba tan fascinado con la propuesta del hermano Stockham que no pareció molestarle. No puedo decidir qué es peor: mentirle a papá o ir deliberadamente a la Encrucijada, a las garras del *malmaci*.

—Emmeline —la voz de *sœur* Manon me saca del ensimismamamiento.

Levanto la vista de una página amarillenta de su libro de plantas. Tiene un cucharón en una mano y un puñado de escaramujos en la otra.

—Es temporada de *le fievre* —la fiebre—. Debes aprender a hacer caldo medicinal.

Nos inclinamos ante su caldero en la chimenea encendida y la escucho murmurar:

—*Ça c'est bon pour le fievre* —y agrega una ramita de abeto—, *l'épicéa.*

Ahora sé que en la Encrucijada estaba viendo cosas: los dibujos y los esqueletos en las jaulas que cobraban vida... todo fue un truco de mi mente atemorizada. Aún estoy enojada, pero ahora es conmigo misma. ¿Qué estaba pensando? ¿Qué esperaba ganar haciéndome la valiente con alguien que lleva tanto tiempo muerto? Casi me atrapan fuera del fuerte, de noche. Mis esperanzas de que la Gente Perdida no hubiera sido capturada por el *malmaci* fueron hechas pedazos por aquellos dibujos en la pared de roca.

Lo peor: el sendero no lleva sino a la Encrucijada.

—¡Emmeline! —de inmediato volteo a mirar el rostro desgastado de *sœur* Manon— *Attention!*

Asiento, trato de fijar la vista en sus manos. Ella se yergue y me mira.

—*Viens* —señala la banca ante su mesa. Se acomoda del lado opuesto al mío y me recorre con la vista desde la cabeza hasta mi pie deforme.

—Te molesta —dice.

Miro mi pie.

—Supongo.

—*Non, pas ton pied* —se toca la frente—. *Ta tête.*

Frunzo el ceño.

—*Tu as des rêves étranges.*

Tiene razón. Mis sueños son extraños. La voz de la muchacha que ahora me llama, yo corriendo tan rápido y tan segura por el bosque. Miro el rostro arrugado de *sœur* Manon con los ojos tan abiertos que se me empiezan a secar.

—A veces.

—¿Cómo son?

Por un instante confuso pienso que se refiere a la Encrucijada, pero luego entiendo que me pregunta por los sueños.

—Enredados.

Inclina a un lado su cabeza blanca como la nieve, a la espera de que continúe.

—Estoy... estoy en el bosque. Y a veces llega *La Prise* y a veces no. Y hay voces que me llaman —me detengo y me sonrojo—. Sólo son sueños tontos.

—¿Estás segura?

—Bueno, no logro entender qué podrían querer decir.

—Pregunta.

—¿A las voces?

Su boca desdentada se abre en una sonrisa.

—*Non.* Al bosque.

Mientras cruzo el patio alejándome de la Casa de Sanación, busco el anillo de oro de mi abuela guardado dentro de mi *ceinture fléchée* y froto la superficie tibia y suave. ¿Qué diría el bosque de que haya robado de la Encrucijada? ¿Qué diría *sœur* Manon?

Ella nunca dice mucho, imagino que es porque me ha aceptado en la Casa de Sanación como un acto de piedad: para ayudar a la lisiada con la marca familiar a que aprenda una tarea importante. Con todo, no parece molestarse mucho cuando hablo de cosas raras o hago preguntas extrañas. Y era como si me alentara a que escuchara mis sueños. Tal vez ella entiende.

O acaso es tan vieja que ya está perdiendo la razón.

Veo a Kane en la esquina suroeste del patio, cerca del esquiladero. No tengo que pasar por allí para llegar a nuestras habitaciones, pero finjo que voy hacia otro lado y paso cerca.

Él está en un rato libre. Arroja un cuchillo hacia el poste de una cerca desde una distancia de unos treinta pasos. Su frente se arruga al sostener la punta del cuchillo del modo preciso y entonces lo lanza. Su puntería es estupenda. Camina hasta el poste, saca el cuchillo y regresa a su lugar.

No puedo evitar detenerme a mirar. Es otro día tibio de otoño y él trae las correas de su camisa abiertas casi hasta la mitad de su pecho. Trato de no mirar su clavícula, la forma en la que su pecho se flexiona cuando mueve el cuchillo hacia atrás, con el codo en alto, y luego lo arroja. El cuchillo se clava en el poste con un golpe seco: parece que dio en el mismo punto. Kane está tan concentrado que no nota que estoy ahí.

Pas de garçon pour te sauver.

¿*Frère* Andre habrá querido decir que dejó el salón y vino *detrás* de Edith y de mí durante la falsa alarma?

Mis pensamientos se detienen cuando veo que alguien más está observando. En el lado lejano del esquiladero, con el edificio del Concejo alzándose a sus espaldas, está el hermano Stockham. Mi estómago se hunde.

Kane lo ve cuando va a recoger una vez más su cuchillo. Lo pone en su mano izquierda y le ofrece la paz. El hermano Stockham alza las cejas, asiente y luego vuelve a mirarme.

Kane sigue su mirada. Por un estúpido segundo estoy congelada en los ojos de los dos. La propuesta del hermano Stockham. No había vuelto a verlo cara a cara desde que me enteré…

Kane mira al hermano Stockham. Entonces pasa el cuchillo a su mano derecha y lo clava en el poste. Con fuerza. Se da la vuelta y empieza a caminar hacia mí como si fuéramos a conversar. Está sonriendo, pero la sonrisa no llega hasta sus ojos.

Doy vuelta y empiezo a caminar tan normalmente como puedo hacia el otro lado del fuerte.

—¡Emmeline!

Las tablas de la cerca crujen. Él la está escalando para pasar el corral, lo sé. Acelero el paso, pero él me detiene y me toma del brazo. Me sacudo y lo aparto. Retrocede y la sonrisa forzada se hace más verdadera.

—¡Calma! —dice.

Echo un vistazo hacia los corrales, pero el hermano Stockham ha desaparecido.

—¿Adónde vas? —me pregunta, como si acabáramos de encontrarnos por casualidad.

—A casa.

—Ah —levanta las manos y las entrelaza tras la nuca. Su camisa se abre y yo vuelvo a mirar hacia otro lado—. Vas en la dirección equivocada —comenta.

—Ya… ya sé —tartamudeo—. Voy… por el camino largo, para dar una caminata.

Levanta un poco la cabeza y su boca dibuja aquella media sonrisa.

—Bueno, iré contigo.

Mi corazón da un brinco. Estoy haciendo un gran esfuerzo por no mirar sus clavículas, la parte superior de su pecho.

—¿Por qué?

—¿Por qué no? —se encoge de hombros.

La propuesta es el porqué. Si ya se supiera, él sabría que lo que hace no está bien visto. ¿Cofraternizar con la elegida de otro hombre? Un calor llega hasta mis mejillas. Me dejo creerlo por un momento: que él sabe de la propuesta y de todos modos elige conversar conmigo.

—Debo hablar con el hermano Harold acerca del ahumador.

¡Por la gracia! Claro que necesita hacer algo relacionado con las labores. Claro que no estaba *cofraternizando* conmigo. Estoy a punto de abrir la boca y aceptar cuando se oye un clamor desde el centro del patio.

—¡Hermanos y hermanas!

Son Jameson y sus seguidores, que salen juntos de atrás de la armería, un malestar oscuro en un ondear de mantos. Están agitados por algo. Hablan entre ellos mientras miran a la mujer que camina junto a Jameson, en medio.

—¡Hermanos y hermanas! —vuelve a gritar Jameson y su voz retumba por el patio. Está atrayendo a una multitud. La gente sale de los edificios y de las Cocinas. Tom y su papá salen de los graneros y siguen a los otros. Incluso Andre lo hace y camina con el alto guardián que estaba afuera de su puerta el otro día.

Kane da la espalda al alboroto y me mira con una ceja levantada.

—¿Qué crees que sea?

—No sé —miro alrededor. Quiero salir de aquí sin que Jameson se dé cuenta, pero vienen directo hacia nosotros.

—¿Corremos?

—¡Claro que no! —le respondo bruscamente, y siento un poco de miedo al darme cuenta de que él sabía lo que yo estaba pensando. Hay risa en sus ojos oscuros.

—Bueno —dice, y voltea hacia la multitud.

Se detienen alrededor de los corrales y se desvían hacia el edificio del Concejo. Jameson empieza a subir las escaleras junto a la mujer. Nos aventuramos un poco más cerca pero yo me mantengo atrás, con el estómago lleno de mariposas.

—Hermanos y hermanas —dice Jameson desde las escaleras—. Estamos aquí para reconocer y loar un Descubrimiento— su cara hinchada se ve satisfecha y sus ojos encendidos con la chispa que le llega cuando habla de nuestras virtudes.

Todos callan.

Señala a la mujer que está de pie junto a él. Es una de las muchachas Woods, de Esquilma y Textiles. Es alta y delgada, de ojos estrechos.

—La hermana Sarah ha probado su virtud de Descubrimiento.

El hombre detrás de mí se inclina hacia adelante.

Nuestra salvación está en el Descubrimiento.

Miro a mi alrededor en busca del hermano Stockham. No hemos tenido un auténtico Descubrimiento en años, cuando Jasper Hayes encontró un modo de hacer mejores cepillos para limpiar a las ovejas de garrapatas. Fue un gran Descubrimiento, supongo, porque cada primavera y cada otoño hay un incremento de garrapatas y no podemos arriesgarnos a que el rebaño se enferme. Estoy deseando que el hermano Stockham no aparezca, pero ¿no querrá ver esto él? Sin duda.

Jameson mete la mano dentro de su manto y saca una pequeña bolsa de cuero. Mete una mano en ella y la saca. Tiene el pulgar y el índice apretados uno contra otro.

—Esto —frota sus dedos y una nubecilla de polvo fino se dispersa en el aire. Es amarilla, del color de la vara de oro— es liquen triturado. Si se añade al ocre rojo, crea uno de los anaranjados más hermosos que he visto —lanza el polvo al aire, como ungiendo a la gente. Mira a Sarah con aprecio. Ella se sonroja—. Estaremos orgullosos de vestir este brillante color, hermana Sarah.

Colorante para la *ceinture fléchée.*

Las mujeres delante de mí acercan sus cabezas para hablar con mucha emoción, pero yo siento una punzada de decepción. Nuestra salvación no puede estar en el brillo de un hilo anaranjado, ¿o sí?

Doy la espalda a la multitud y encuentro que Kane me está examinando.

—¿No estás impresionada? —dice en voz baja.

¿Cómo puede leer así mis pensamientos? Miro a mi alrededor, pero la multitud está muy concentrada en Jameson y en la hermana Sarah. Algunas personas están empujándose para poder acercarse y mirar aquel polvo.

—Sólo pensé... —me encojo de hombros— pensé que podía ser algo diferente.

Cuando las palabras salen de mi boca me doy cuenta de cómo suenan. Mis ojos vuelan hasta su cara. Si cree que mi respuesta es vergonzosa, sus ojos no lo dicen. Pero me mira muy intensamente.

—Debo ir a casa —digo deprisa y me alejo antes de que pueda volver a ofrecerse a acompañarme.

Mientras me apresuro por el patio, cambio el peso a mi pie malo y me concentro en la aguja del dolor.

Mi yo en el sueño está, de nuevo, corriendo rápido y en silencio por el bosque, subiendo y bajando por zanjas. Mis pies perfectos casi flotan sobre el suelo. Sopla el viento pero esta vez puedo oír la voz que está debajo, tan clara como el día: *Encuéntranos*. Sigo el sonido hasta la base de una colina baja salpicada de abetos. Quiero trepar, necesito ver qué hay del otro lado, pero el movimiento me hace voltear hacia el cielo. El halcón está arriba, vuela en lentos círculos y sus ojos ven dentro de mi alma.

12

A la mañana siguiente voy en camino hacia la casa de *sœur* Manon cuando oigo un alboroto en las puertas oeste. El Concejo tiene atado a un hombre, apenas adentro de la muralla. Por sus ropas puedo decir que es un esquilador. Tiene las manos atadas a la espalda y una mordaza sobre la boca.

Nunca he visto esto antes, pero he oído historias y ahora sé qué pasa.

Lo enviarán a la Encrucijada.

Una pequeña multitud se está formando alrededor del espectáculo. El hermano Davies está de pie con los brazos extendidos y mantiene a distancia a los mirones. El esquilador se resiste y hace ruidos apagados tras la mordaza. Sus ojos saltan y su túnica está manchada de tierra por haber peleado en el suelo. Hay sangre embarrada en su frente, justo debajo de su cabello rojo como el fuego. Se retuerce con tal fuerza que hacen falta dos de los concejales más fuertes para contenerlo.

El hermano Stockham está parado allí, observando.

Me detengo. No quiero, pero no puedo mirar hacia otro lado. Mis ojos lo absorben aunque mi mente trata de impedir su entrada. Súbitamente su nombre llega a mí: Jacob Bristow, del barrio oeste.

Están tratando de amarrar sus pies, pero él se agita tan furiosamente que no pueden sostenerlos. Finalmente uno de los concejales lo tira boca abajo al suelo y otro se arrodilla sobre sus piernas para inmovilizarlas y atarlas con cuerda. Está a punto de hacer el nudo cuando Jacob se retuerce y patea hasta soltarse. El concejal se inclina hacia adelante y cuando Jacob vuelve a patear le da justo en la mandíbula. Tres concejales —uno de ellos, el hermano Jameson— saltan sobre él y todo se vuelve una confusión de mantos y miembros y gritos.

La multitud murmura, se agita, y más y más gente aparece. Ahora hay un semicírculo de rostros curiosos que observan lo que sucede. Los seguidores de Jameson se agrupan y estiran el cuello para poder ver. Estoy lo suficientemente lejos para observarlo todo con claridad.

—¡Jacob! —un grito de pánico.

Una mujer con una melena roja corre por el patio hacia nosotros. ¿Su hermana? Su cara está realmente asustada y va derecho hacia la muchedumbre, como para atravesarla.

Los concejales tienen a Jacob de rodillas y el hermano Jameson le ha puesto la cuerda alrededor del cuello y tira de ella. Jacob ya no pelea, sólo da un grito estrangulado, horrible.

La multitud hace más ruido. Algunos ven a su hermana y se hacen a un lado.

—¿Hermano Stockham? —la voz del hermano Davies resuena por encima del clamor de la gente. Agita los brazos para advertir que se dé espacio a los concejales.

Los brazos del hermano Stockham están cruzados sobre su pecho, pero hay un músculo que se mueve en su mandíbula. Su mirada salta a la mujer que corre por el patio, luego a la multitud que se acerca, luego a Jacob. Hay un momento en que sus ojos parecen doloridos, como si miraran la cosa más triste.

No dejará que maten aquí a Jacob. No sería capaz...

Pero sus ojos se endurecen y hace un gesto de asentimiento al hermano Davies. Uno solo. Sin remordimiento.

El hermano Davies ruge sobre su hombro al hermano Jameson:

—Hazlo.

Jameson aprieta la cuerda y hace que los ojos de Jacob se hagan más y más grandes. Su grito parece ahora más un chillido, como si su tráquea se hubiera cerrado del todo y sólo así fuera capaz de seguir haciendo algún sonido.

Hay más exclamaciones de la gente, pero ahora se están retirando, lejos de la escena, y la mujer está peleando para poder pasar.

—¡No! —llora y grita y llega hasta el frente abriéndose paso con las uñas. El hermano Davies entra en la turba para detenerla.

Jacob ya no hace aquel sonido.

Los ojos del hermano Stockham recorren la multitud y se posan en mí. Su cara está expectante, como si me desafiara a decir algo. La multitud murmura y se santigua. Una mujer dice:

—Hágase la voluntad del Altísimo.

Me fuerzo a dar un paso atrás. *Muévete, Em, muévete.* Pasa un largo rato antes de que mi cuerpo, lento como melaza, responda. Me doy vuelta y doy algunos pasos vacilantes hacia el barrio este. Casi he llegado a nuestra puerta cuando me detengo y vacío mi estómago sobre la tierra apisonada.

Para la tarde todos han oído de Jacob y todos hablan de ello en murmullos temerosos. Yo cierro mis oídos a todo y agacho la cabeza. Pero no puedo evitar que una imagen se forme en mi mente: el Concejo me tiene atada y yo suplico y me retuerzo y lucho con todas mis fuerzas mientras el hermano Stockham observa.

Estoy de pie detrás de nuestras habitaciones, retirando el pasto seco de río del colchón de papá para cambiarlo, cuando una sombra cae en la pared ante mí.

Es larga, como son las sombras en esta época del año, pero el modo en que se mueve es inconfundible. Trago saliva amarga y espero a que diga mi nombre.

—Emmeline —no es una voz airada. Tampoco es una voz feliz.

Me vuelvo y lo encuentro de pie con los brazos cruzados, envuelto en su capa.

Dejo caer el pasto que tengo en la mano y le ofrezco la paz.

—Hermano Stockham.

—No quería interrumpir —mira el colchón.

—No interrumpe —lo apoyo en la pared.

Hay una pausa larga mientras espero a que hable. Le digo a mi corazón que mengüe su marcha.

—Vine porque... —se detiene y descruza los brazos. Por segunda vez, parece no estar realmente seguro de qué decir.

—Papá me contó. De la propuesta —hablo rápido.

—Sí —dice él.

—Me siento... me siento muy halagada —digo—. Y sé que no debo pronunciar palabra antes de la Afirmación.

Sonríe apenas.

—La aldea... el Concejo... puede tener problemas con esto. Pero creo que ya lo sabes.

Siento un escalofrío. Después de años de soportar la dureza de su mirada, el que me hable con semejante familiaridad me perturba. A menos...

A menos que ésa no sea la razón por la que me miraba todo el tiempo. Me aferro a este pensamiento.

Me examina por un momento y me doy cuenta de que él no ha venido a causa de la propuesta. Miro mis manos. Me obligo a mantenerme tranquila.

—Aquello fue desafortunado. Lo de hoy.

Mis ojos se fijan en su rostro.

—Perturbador —dice.

¿Está verificando qué tan afectada estoy? ¿Es capaz de percibir mi culpa?

—Estoy bien —le digo, pero mi estómago se hace de nuevo un nudo cuando recuerdo a los concejales derribando a Jacob a la fuerza. Mi boca se humedece y por un instante pienso que una vez más voy a vomitar. Cierro los ojos y respiro hondo.

—Desearía que no lo hubieras visto.

Mis ojos se abren. Me sigue mirando pero sus ojos no son los de un halcón. Están bien abiertos y llenos de algo... Preocupación.

Debería confortarlo. Eso escondería mi culpa. Pero los recuerdos llenan mi cabeza: los ojos de Jacob, su hermana peleando, el gesto frío de Stockham, la orden...

No puedo mirarlo de frente. Me concentro en cambio en su cuello, en esa pequeña porción de piel entre su mandíbula y el borde de su manto. Hay una línea delgada, rosada y con relieve. Una cicatriz.

—Mi padre me enseñó muchas lecciones —dice él con suavidad—. La más importante fue la de asegurar nuestra supervivencia a toda costa —está hablando de Jacob, eso es claro, pero el modo en que me mira significa algo más—. A él... a él no le gustaba nada que pusiera en peligro el orden.

Trago saliva. Se refiere a mí. Mi marca. Mi herencia impía. Yo no le hubiera gustado nada a su padre.

—Era un líder fuerte, pero pudo haber estado equivocado en algunas cosas.

—¿Como los castigos? —digo antes de perder el coraje. Me arriesgo a mirar su cara. Él sabe qué le estoy preguntando. Habla quedo.

—¿Qué podía hacer?

No tengo idea de qué hizo Jacob, de lo que merecía ni de qué alternativas tenía el hermano Stockham.

—Yo... no sé —mi corazón late con fuerza.

Me mira un poco más, pero no es una mirada de desaprobación. No hay ira ante mi atrevimiento.

—Tú no sabes cómo es dudar de la sabiduría, de las elecciones de tu padre —dice—. Querer abrir tu propio camino.

Pero por supuesto que lo sé. Lo sé exactamente. Sin embargo, aquello en lo que creo que papá está equivocado —que Stockham y yo debemos casarnos— no lo puedo compartir. Y lo que no puedo comprender es qué clase de camino espera abrir Stockham casándose con la muchacha maculada.

—Pero espero que comprendas que aún tengo un deber que cumplir —él duda y luego se acerca—. Porque te necesito.

Mi respiración se tensa en mi garganta. Está tan cerca ahora que si alguien doblara la esquina y nos viera...

Un destello negro llama mi atención. Es un concejal moviéndose entre los establos. El hermano Stockham sigue mi mirada y el momento pasa. Retrocede y se yergue. Cada centímetro de su figura corresponde al gran líder, pero puedo ver que hay una chispa de algo desesperado en sus ojos.

Se da la vuelta y se aleja. El día en el río vuelve deprisa, con sus palabras:

Tú no eres la única que vive con una carga familiar.

13

La hermana Ann nos manda a Tom y a mí a recoger huevos esa noche, antes de que las gallinas se guarden para
dormir. Caminamos rápidamente entre las chozas y vamos
dejando nubes de nuestro aliento en el aire frío. Los días se
están volviendo más cortos y ahora, cuando el sol baja, el frío
de la noche llega con rapidez.

Tom está muy callado. Sospecho que está pensando en
Jacob Brigston. Mis entrañas todavía están hechas nudo por
lo ocurrido en la tarde.

Agacho la cabeza para recoger los huevos tan rápido
como puedo. Estoy a la mitad de mi lado del gallinero cuando
encuentro una gallina ya anidando. Extiendo la mano para
quitarla de su percha y ella mueve la cabeza, pica el dorso de
mi mano y me saca sangre.

—¡Altísimo! —maldigo y la echo de la percha. El animal
cacarea al dar en el suelo. Tom se da la vuelta, con los ojos
azules bien abiertos. Agacho la cabeza y tomo el huevo que la
gallina cuidaba tan tercamente.

—¿Todo bien?

—Sí, bien —murmuro mientras reviso la siguiente caja
sin encontrar nada. Completo la fila y me doy vuelta, con la

esperanza de que Tom no pueda ver el rubor de mis mejillas. Paso a su lado en dirección a la puerta del gallinero.

Él pone su mano en mi brazo y me detiene a la mitad de un paso.

—¿Qué pasa, Em?

—Nada... No sé, Es sólo... —cierro los ojos y hago rechinar los dientes—. Tengo algunas cosas en la cabeza, eso es todo.

—¿Por eso ya no quieres que nos veamos en el río?

El dolor en su voz me atraviesa. Abro los ojos. Su cara es de ansiedad y tristeza. Así que por esto es que ha estado tan callado. Necesito decirle. No quiero que piense que hay algo mal con él, con nuestra amistad.

—Claro que no —digo—, es sólo que he estado ocupada con *sœur* Manon.

Él arruga la frente.

—En serio. He estado recolectando y cosas así.

—¿Encontraste algo nuevo? —esa mirada otra vez. Ansiosa. Sólo por el tiempo de un latido.

—No.

—Porque no te ves bien, Em.

Trago saliva.

—Vi al esquilador que enviaron hoy a la Encrucijada.

Tom palidece.

—¿Estabas allí?

Asiento.

—¿Sabes por qué lo enviaron?

Niego con la cabeza.

—¿Fue horrible?

—Realmente horrible —dudo—. Él no... él no llegó. Peleaba con tal fuerza que le pusieron una cuerda alrededor del

cuello en el patio… Lo estrangularon. Lo… —ya estoy llorando, las lágrimas me nublan la vista, mi cara arde de vergüenza.
Tropiezo en busca de algo en que recargarme.

Tom me toma de los hombros, pone sus brazos alrededor
de mí y me acerca a él. Lloro en su camisa, tratando de borrar a Jacob de mi mente. Sus ojos abiertos y asustados… y el
concejal apretando la soga alrededor de su cuello… hasta que
dejó de moverse.

Me toma un largo rato recobrar la compostura. Tom me
alisa el pelo cuando me aparto. Me inclino hacia su caricia
feliz, muy feliz de que esté aquí, de su contacto. Él toma mis
manos en las suyas tan llenas de cicatrices y se aclara la garganta.

—Bueno, al menos todavía estamos seguros —*todavía seguros*, me repito—. ¿Em? —aprieta mis manos—. ¿Qué pasa?

Voy a explotar si no se lo digo.

—La semana pasada no llegué a las puertas.

—¿Qué?

—Llegué después de que cerraran las puertas.

Él suelta mis manos.

—¿Cómo en la verde tierra del Altísimo te las arreglaste
para hacer eso?

—Perdí el tiempo…

—¿*Cómo*? —sus ojos se estrechan.

—Yo… estaba recolectando y me puse a soñar despierta
y… —pienso en aquel día en la orilla del río, en él hablando
de mis "elecciones". Tendré que decirle que me fui por aquel
camino después de haberle dicho que no lo haría. Digo la primera explicación que se me ocurre—. Y me quedé dormida
—*que el Altísimo me perdone*.

—¿Cómo lograste entrar?

—Uno de los guardianes —Tom espera—. Juré no decirlo…

Él levanta las cejas. Es claro que no está contento conmigo ni con mi benefactor secreto.

—Eso fue muy peligroso —no tiene idea de cuánto.

—Lo sé —miro la canasta entre nosotros. Puedo sentir sus ojos que me examinan.

—¿Lo sabe el hermano Stockham?

—No.

—Venerado sea el Altísimo.

Debería contarle de la propuesta, pero no quiero explicar todo eso justo ahora. Sólo quiero que me reconforten un poco. Un amigo. Asiento.

—Pero… Tengo sueños. Acerca del bosque. Siento que necesito ir allá.

—Sueños.

Asiento.

—Y después de ver a Jacob estoy… asustada.

Tom sopesa mis palabras por un largo rato.

—No tienes que estarlo —dice al fin. Espero a que me diga que nadie tiene por qué enterarse—. Puedes parar.

Me alejo de él.

—¿Parar? —me sostiene la mirada, su boca apretada.

—No puedo controlar lo que sueño, Tom.

—No me refiero a los sueños —dice él—. Me refiero a todo esto— inclina a un lado la cabeza—. Creo que haces estas cosas a propósito.

—¿Perdón?

—Lo haces con intención.

Frunzo el ceño.

—¿Por qué iba a tener la *intención* de ser una impía?

—Porque crees que es todo lo que puedes ser. Porque crees que no eres buena para nada más.

—Eso es absurdo.

—¿Lo es? ¿Estás segura de que no te estás castigando por una marca que no causaste tú?

—¿Así como tú castigas tus manos?

Hay un destello de dolor en los ojos color azul pradera de Tom. Luego esos cielos se oscurecen. Agita la cabeza, da media vuelta y sale del corral azotando la puerta. Listo. Ya clavé el cuchillo donde más le duele.

Regresa.

Pero no puedo decirlo. Sus palabras me duelen demasiado. Está equivocado... No hago cosas impías por creer que es lo único para lo que sirvo. ¿O sí?

Sin darme cuenta, sujeto la canasta con la mano herida. Uno de los huevos se tambalea, cae y aterriza con un crujido. La yema amarilla que se derrama en el suelo del corral se ve igual a los ojos desorbitados de Jacob.

Después de entregar los huevos en las Cocinas, veo a un grupo de muchachas de mi edad en una esquina del patio. Está atardeciendo y el rocío se asienta en mis brazos descubiertos. Tendremos que encerrarnos pronto.

—¡Emmeline! —Macy me llama hacia el grupo.

Reconozco a las muchachas del baile: son trabajadoras textiles del barrio oeste, pero los muchachos me dan la espalda. Sé que dos son del barrio sur, de los demás no puedo decir nada. Seguro están hablando de Jacob y la Encrucijada: todos han hablado de eso durante todo el día.

Miro alrededor buscando un modo de escapar.

—¡Emmeline! —insiste Macy.

Cuando me uno al grupo me doy cuenta de que uno de los muchachos del barrio sur es Kane.

—Éste es Henri —dice Macy con toda intención, y me señala a un muchacho bien parecido que está frente a mí. Se está arriesgando a una reprimenda o algo peor: aún no tiene dieciséis y ya está conversando con gente de su edad de otros barrios. Tal vez cree que puede salirse con la suya sólo porque su papá es un concejal.

Yo murmuro un saludo. El resto del grupo hace rápidas presentaciones: las muchachas de los textiles son Annabell y Mirabell. Mala suerte llamarse así. Está Charlie Jameson, el hijo del hermano Jameson. Es como su papá: petulante, convencido de que está por encima del resto de nosotros. Mis ojos se posan por accidente en el rostro de Kane y la esquina de su boca se dobla en esa extraña sonrisa. Yo escondo la mía.

El otro chico del barrio sur, que se presentó como Robert, alza la voz.

—¿Entonces alguien sabe qué fue lo que hizo?

Están hablando de Jacob. No quiero estar aquí, ni siquiera quiero pensar en esto…

Macy parece realmente contenta de estar informada.

—Ya lo estaban vigilando por no presentarse a los actos de la aldea. Robó algunos huevos a comienzos del verano. Y la semana pasada se peleó con otro esquilador —está repitiendo lo que le dijo su papá, sin duda, pero el modo en que lo dice me pone la carne de gallina, como si estuviera feliz de que lo hubieran descubierto. Yo no conocí a Jacob, sí, pero el modo en que peleó…—. ¿Y la puntilla? —hace una pausa para generar mayor expectativa—. Se aprovechó de una mujer comprometida del barrio sur —me mira de reojo.

Mi cara se calienta.

—¿Pero lo mataron? Quiero decir, ¿antes de ponerlo en la Encrucijada? —pregunta Robert. O no sabe exactamente lo de mi abuela o está más interesado en los detalles terribles, porque no me mira—. ¿Por qué hicieron eso?

—Tuvieron que hacerlo —dice Macy—. Estaba resistiéndose y había una multitud alrededor. Fue lo mejor.

Lo mejor. ¿Al Concejo le preocupaba no poder controlar a la multitud?

—Oí que fue espantoso —dice Annabell o Mirabell, con los ojos demasiado abiertos.

—Oí que fue escalofriante —dice la otra –abell, estremeciéndose.

Charlie sonríe.

—Yo oí que se ahogaba como un carnero sobrealimentado.

—¡Oh! —la boca de Macy se abre.

Jacob flota delante de mis ojos, desgarrando su garganta, lanzando ese grito horrible, ahogado.

—Al final debe haberse visto como un pollo amarrado —la sonrisa de Charlie se hace más grande.

Sus ojos saltones mientras se agita sobre la tierra. Cierro los ojos por un momento, tratando de borrar la imagen.

—¡Malhaya, Charlie! —maldice alguien. Mis ojos se abren y veo a Robert con el ceño fruncido. Me pregunto qué piensa Kane de esto, su cara no deja ver nada, está cerrada.

—¿Qué? Es desafortunado, nada más —Charlie mira a su alrededor, desafiante, y luego apunta hacia mí con su barbilla—. Macy escuchó que tú lo viste, Emmeline.

—Lo vi —asiento lentamente.

—¿Y?

—¿Y qué?

—¿Cómo se veía el esquilador?

—Su nombre era Jacob —digo.

Las cejas de Kane se levantan.

—Bueno, entonces ¿cómo se veía *Jacob*?

Los ojos asustados, aquel horrible grito de desesperación...

—No soy quién para hablar de esas cosas.

—¿Por qué? ¿Los de tu clase se apoyan unos a otros?

Jacob desaparece. Hay una pausa como si todo el grupo inhalara a la vez.

—¿Perdón?

—Tu clase: los impíos —Charlie sonríe pero sus ojos muerden.

Levanto la barbilla y miro a los del círculo. Macy baja la vista y mete un dedo del pie en la tierra. Henri y Robert miran a lo lejos y las dos Bell dejan escapar una risita. Y entonces encuentro la mirada de Kane. Está esperando mi respuesta.

Miro a Charlie.

—No sé de qué hablas.

—No parece que estés de acuerdo en que tu esquilador se merecía lo que le pasó. A lo mejor crees que tu abuela tampoco lo merecía —sus ojos se estrechan pero su boca sigue torcida en esa sonrisa maligna—. Se te ve la marca impía, Emmeline.

Las palabras me abofetean igual que *La Prise*.

—Cállate el hocico, Charlie —todos miran a Kane, que está de pie con los brazos cruzados. Está mirando a Charlie con aspecto calmado, pero su cara está oscurecida.

Las muchachas retroceden.

—¿Qué dijiste?

—Cállate. El. Hocico —la voz de Kane es baja pero hay un río de violencia en ella—. ¿Te lo tengo que decir de otro modo?

La sonrisa de Charlie vacila. Mira al grupo a su alrededor. Nadie sostiene la mirada de nadie.

—¿Qué pasa si digo que sí?

Kane inclina a un lado la cabeza.

—¿Lo estás diciendo?

Nadie habla.

Charlie ladra una risa forzada.

—Tranquilo. Sólo le estoy haciendo una broma a Emmeline.

Los ojos de Kane no dejan el rostro de Charlie.

—No hay que ser tan delicados —Charlie mira a Henri, pero éste mira el suelo. De hecho, el suelo se ha vuelto muy interesante para la mayor parte del grupo.

Kane no baja la mirada, no se mueve.

Charlie resopla otra vez, da media vuelta y se marcha.

Hay otro silencio y entonces Anna o Mirabell habla.

—Mejor nos vamos a casa.

Robert hace una declaración similar y los tres se desvanecen. En unos pocos segundos sólo quedamos Henri, Macy, Kane y yo. Los brazos de Kane siguen cruzados pero su pose se ha suavizado; ya no parece estar lleno de ira. Henri y Macy están remoloneando... es obvio que esperan quedarse solos un momento. La vergüenza brilla en mi pecho. Y algo más también, algo por Kane...

No quiero deberle nada y no quiero su piedad.

Pero cuando lo miro, esas preocupaciones desaparecen. Su boca está torcida otra vez de ese modo raro, como si compartiéramos una broma secreta. Como si esa broma fuera Charlie. Poso los brazos sobre mi cintura y asiento hacia el suelo, pero mientras me doy vuelta para irme, no puedo evitar que mi boca haga eco de su sonrisa.

—La Afirmación es en menos de dos semanas, Em —dice papá.

Yo avivo el fuego.

—Lo sé.

—¿Has pensado en la propuesta?

Asiento con la vista fija en las llamas.

—¿Y?

Me doy vuelta para mirarlo. No hablamos del esquilador impío. Ni siquiera sabe que lo vi. Creo que prefiere pensar en lo que le da esperanzas, y lo que le da esperanzas en estos días es la propuesta del hermano Stockham. Está sentado frente a la mesa y sus ojos son cautos. Con su cabello enredado y erizado para acá y para allá, parece una lechuza desaliñada.

Recuerdo otra ocasión en que me miró así: como rogando que entendiera lo que quería decir. Fue el día en que mi pie fue aplastado. Me visitó en la Casa de Sanación y trató de explicarme de qué me acusaba la chica del barrio este que me había empujado. Yo me quedé sentada allí, con mi pie sumergido en un baño de hierbas, mirando a mi padre tropezar con las palabras, mirándolo decirme que mi madre había sido impía por algo que no logré entender en aquel momento.

Pero cuando le pregunté cómo él y mamá habían terminado comprometiéndose, sus ojos se ensancharon al recordar. Dijo que la había elegido por su sonrisa, sin importar lo que pensaran los demás. Dijo que mamá era amable y valiente, que supo que sería la elección correcta. Se veía tan esperanzado cuando me lo contó. No lo había visto así hasta el día de hoy.

Él siguió a su corazón al elegir a mamá. Un destello de esperanza se aviva en mi pecho.

—Papá, sé que sería realmente bueno para nosotros. Pero... —trago saliva— no estoy segura.

Hay una larga pausa. El fuego crepita en la chimenea. Me vuelvo a mirarlo, me obligo a sostener su mirada y veo lo equivocada que estoy. En sus ojos hay una desesperación tan profunda que me ahoga.

—¿Pero por qué, Em?

Jacob aparece en mi mente. Los ojos del hermano Stockham. *Te necesito.* Tropiezo al hablar.

—No…, no estoy segura. Siento que… que hay otras cosas que podrían ser buenas para nosotros.

—¿Cómo qué? —él mira mi pie malo.

Trato de enderezarme. ¿Qué le puedo decir? ¿Qué va a escuchar?

—A veces es difícil ver lo que es mejor, mi niña —él me mira de frente. Me advierte que entienda lo que quiere decir.

Y de inmediato puedo ver lo que papá cree que es mejor. Puedo ver que desea tanto que mi marca impía desaparezca, que preferiría comprometerme con un hombre que no quiero. Es claro en su rostro.

—Hablaremos de nuevo, ¿de acuerdo?

Asiento. Es infantil sentirme traicionada. Papá no sabe lo que pienso desde hace años. Aun así, debo haber tenido la esperanza de que me entendiera porque puedo sentir cómo una parte de mi corazón secreto —la parte que mantiene mis memorias infantiles de un papá que bailaba conmigo en la cocina— está muriendo una muerte helada, lenta.

Se siente como si los vientos de *La Prise* aullaran dentro de mi pecho.

14

En la mañana, el agua del cubo me corta como si fuera un hacha. *La Prise* pesa en el viento. Sufro las tareas matutinas mientras la voz de Charlie resuena en mis oídos.

Se te ve la marca impía, Emmeline.

La vergüenza se mezcla con ira en mi estómago. Tom se equivoca al decir que la marca que me heredó mi abuela me importa más a mí que a otros. Se equivoca al decir que me preocupo demasiado de que el Concejo me vigile. Pienso en el hermano Stockham vigilándome durante años.

Y ahí está. El modo de salir de todo esto. Comprometerme con el hermano Stockham es la única cosa que cambiará el modo en que la gente me ve.

Pongo el pensamiento en una caja y lo entierro en mi mente, muy profundo.

Me enfoco con cuidado en las instrucciones de hoy de *sœur* Manon para hacer medicinas. No puedo permitirme pensar en mucho más.

Estoy limpiando el tapete de la chimenea en nuestras habitaciones antes del tiempo libre cuando la hermana Ann aparece, con Edith detrás.

—Estos paquetes de salvia van para las Cocinas —su cara flaca se ve más cansada de lo usual. Ofrece algunas instrucciones sobre dónde y a quién entregar los paquetes y los deja en el suelo. Luego vuelve al interior.

Edith se queda, con sus ojos azules y redondos mirándome.

—¿Qué quieres, ratoncito?

Ella pone un dedo en el borde de su boca y sonríe. Sonrío también.

—¡Anda! —le digo, y señalo a su mamá que se aleja.

En mi camino encuentro a un mensajero que también va hacia las Cocinas.

Adentro, grandes cubas puestas en las mesas esperan a ser calentadas o especiadas. Hay tres hornos de barro y, a juzgar por el tremendo calor, los tres están llenos de leña. La hermana Lucy, sola, mezcla algo en la mesa central de preparaciones. Sus trabajadores deben estar en los graneros. El mensajero llega hasta ella con su mensaje.

Me abro paso hasta los atados de raíces puestas a secar que están cerca de la pared del fondo, donde alguien espera afuera del túnel de los Almacenes.

Es Kane, recargado contra la pared, relajado y sonriente. Como si me esperara. Se empuja para alejarse de la pared cuando yo me acerco.

—Salvia —le digo, y echo un paquete a sus pies.

—Gracias. Estaba esperando —asiente.

Dejo caer el segundo paquete.

—Pero estaba esperando al mensajero usual. Esto es una buena sorpresa, Matthew no es muy bien parecido.

Me muerdo el labio para contener una sonrisa.

—¿Necesitas ayuda para llevarlos a los almacenes? —¡malhaya!, claro que no necesita ayuda.

—Puede esperar. Estoy en mi tiempo libre ahora —se recarga de nuevo contra el muro—. ¿Y tú?

—¡Emmeline! ¡Kane! —la hermana Lucy llama desde el centro de la cocina. Tiene el delantal y los brazos cubiertos de harina gruesa y grumosa. Hace un gesto para señalar el gran bol que está delante de ella—. Estos pasteles de cumpleaños deben estar cocinados para el mediodía —se limpia las manos en el delantal y señala ahora al mensajero a su lado—. Hay un problema con el curado y necesito ocuparme de eso. Ustedes pueden hacer esta tarea: entre los dos la harán más rápido. Mezclen bien. Las fresas están ahí —señala un plato de barro—. No desperdicien nada.

Y se va deprisa.

Me quito el manto y camino hasta el lavamanos.

Kane llega hasta mí arremangándose la camisa. Mientras yo seco mis manos él se lava, y yo aparto la vista. ¿Por qué me inquietan sus manos y sus antebrazos? Lo he visto sin camisa...

Cierro los ojos y saco el pensamiento de mi mente.

Tomamos nuestros lugares ante la mesa de preparación. La masa me mira desde el bol, blanda y sin vida. Odio hacer panadería. Rocío la superficie de la mesa con un poco de harina.

—No es exactamente lo que tenía pensado para mi tiempo libre —comenta. Me mira dar vueltas a la masa espesa con una cuchara de madera.

—Y que lo digas.

—¿Qué ibas a hacer?

Me encojo de hombros y vierto la masa sobre la mesa.

—Yo iba a jugar pelota —me dice.

—Estoy segura de que sí —arrojo más harina en la masa.

—Pensé que querrías unirte.

Me viene el recuerdo del otro día en la ribera del río.

—Pásame las fresas —le digo mirando el plato frente a él.

Me las pasa despacio. Puedo sentir sus ojos sobre mí.

—Entonces... ¿no?

—¿Por qué preguntas? —le digo con brusquedad, con los ojos puestos en la mesa—. Es decir, ya sé que no soy una muchacha *normal*... —trago saliva y levanto el trozo de masa para partirlo en dos. Empujo una parte hacia Kane y golpeo con fuerza la mía.

—Eso seguro —dice él—. Nunca he conocido a nadie como tú.

Golpeo.

—Considérate afortunado.

—¿Por qué?

Vuelvo a golpear.

—Menos riesgo de que te toque estar en medio cuando llegue el castigo.

Quiero que me diga que fue tras de mí y de Edith la noche de la cosecha. El que me ayudara ayer movió algo en mi interior y quiero que sea verdad. Me arriesgo a mirarlo. Frunce el entrecejo como si no entendiera. El silencio se alarga entre nosotros. Entonces sus cejas se levantan.

—Ah, las Pláticas de Virtud —dice él, entendiendo mal—. Esa primera noche que hablamos.

—¿Qué hay con ella?

—Piensas que estaba horrorizado. Por tus infracciones —bueno, eso es verdad. Esa conversación todavía me avergüenza cuando la recuerdo. Mantengo la vista en la masa—. ¿Por eso eres tan enojona conmigo?

—¿Qué?

—Enojona.

—¡No lo soy! —pero cuando las palabras salen de mi boca noto lo enojadas que suenan. Trago saliva y vuelvo a concentrarme en la masa.

—Mira, lo que dije esa noche... salió todo mal —dice.

—¿Qué parte?

—Después de que el hermano Stockham te dijo que fueras a la Guardia. Sonó como si estuviera enojado. Contigo —está tratando de hacer que lo mire.

—Me estaban castigando por actos impíos —sigo amasando, nerviosa.

—Sí —cambia de posición y se queda callado otra vez—. Es sólo que... A veces he pensado en escaparme de esas cosas, las acciones de gracias por la vida de un hermano, cosas así... Y nunca he tenido el valor.

Mi corazón da un salto y dejo de amasar. Kane vuelve la atención a su porción de masa y agrega la mitad de las fresas.

Trato de no ver sus brazos mientras amasa. Pongo el resto de las fresas en mi porción y vuelvo a amasar. Luego tomo el rodillo y empiezo a aplanar. Un gran trozo de masa se desprende del resto y debo empujarlo de regreso a su sitio.

—¿Ya habías hecho pastel de cumpleaños? —pregunta Kane. Da la impresión de estar divertido.

Siento que el calor sube en mis mejillas.

—No, a las Cocinas vengo en general a hacer entregas.

—Bueno, mira —pone sus manos sobre el rodillo, encima de las mías.

Mueve nuestras manos y aplana la masa. Le da la forma de un círculo en unos pocos pases.

Estamos hombro con hombro y el calor de su cuerpo me quema el costado. Sus manos ásperas calientan las mías.

Mantengo la vista baja. Estoy segura de que me pondré roja hasta los pies si nuestros ojos se encuentran. No puedo entender cómo sabe hacer esta tarea. Parece muy distinta de las cosas en las que él querría ser bueno.

Sus manos se detienen un momento.

—Listo.

Cuando se endereza y se aparta, ya extraño su contacto. Lo miro preparar del mismo modo su porción de masa. Entonces va hasta un horno y abre sus puertas de par en par. El fuego nos ruge desde el interior. Saca una larga pala de madera debajo de la mesa de preparación, se aclara la garganta y pregunta:

—Entonces, ¿qué tal es recolectar para *sœur* Manon?

Estoy sin aliento y tardo un poco en contestar.

—Bien —encojo los hombros como si me sintiera cómoda, que no es como me siento—. Ella tiene muchos libros viejos de cosas interesantes.

—¿Qué cosas?

—Plantas, animales, cosas así. Desearía saber leerlos —otra vez siento el calor en mis mejillas. No me avergüenza no saber leer, no muchos saben hacerlo, pero admitir que me *gustaría* se siente como si descubriera ante él una parte de mi corazón secreto.

—¿Podrías enseñarme los libros algún día? —mete la pala debajo de la masa, más concentrado de lo que debería. La levanta.

—¿Por qué?

Kane mete la pala en el horno y la sacude para que la masa quede sobre la piedra.

—Porque… ya leí todos los de mi mamá.

Kane sabe leer. Se voltea hacia mí pero no me mira. ¿Está incómodo? Me apresuro a hablar.

—¡Claro! Es decir, sí, seguro... Un día en el tiempo libre, o cuando tengas un momento, o...

Deja de parlotear.

Él deja la pala en la mesa y sonríe.

—Eso es bueno de tu parte, Em.

—¿Cómo aprendiste?

—Mi mamá me enseñó durante *La Prise*. Dice que es bueno saber.

Papá no sabe leer. ¿Mamá sabría? Me pregunto si me hubiera enseñado.

—Y yo pienso que *es* bueno. Leer siempre me hace pensar.

—¿Pensar en qué? —pregunto yo, un poco ansiosa. La pequeña chispa de esperanza de que Kane sea un curioso, como yo, está brillando con fuerza.

—Modos de entender cosas.

—¿Qué cosas?

¡Deja de hacer preguntas!

Él se encoge de hombros.

—Lo que sucede en la aldea. A veces pienso que debe haber una mejor manera de cazar las manadas de bisontes. Quizá si me permitieran unirme a la caza podría encontrarla.

—Te he visto practicar el lanzamiento de cuchillos. ¿Te refieres a eso?

—Eso es sólo algo en lo que intento ser bueno —dice—. Pero... simplemente algunas veces me hago preguntas sobre ciertas cosas, sobre si podrían ser diferentes. ¿Tú has pensado eso alguna vez?

—Todo el tiempo —pienso en el bosque, en cuántas esperanzas tenía puestas en aquel sendero.

—¿Por eso siempre estás pensando en algo?

—¿Perdón?

—Cuando te veo haciendo labores, o estás pensando mucho con la cabeza agachada o estás mirando más allá de la zona segura, como si observaras algo que los demás no podemos ver.

Tengo que cerrar los ojos un momento para resistirme al vértigo.

—¿Tienes algún gran deseo para tu futuro?

Mis ojos se abren. Levanto la cabeza. Él no sabe de la propuesta. ¿Cómo podría? No se dará a conocer antes de la Afirmación.

Está esperando una respuesta.

—No estar en el barrio este para siempre —digo—. Salir.

—¿Ah, sí? —se vuelve a reír—. Bueno, llévame contigo cuando te vayas.

El calor trepa por mi pecho y hasta mis mejillas, una vez más. Su cara es tan abierta, tan tentadora, como si me pidiera que le mostrara todos mis pensamientos. Mi conversación con Tom acerca de mi marca regresa a mi memoria: la parte de que la gente me vea como soy. *Hay otros.* De pronto quiero contárselo a alguien —no, quiero contárselo a él— y las palabras salen:

—Ya he estado afuera.

—Ah, sí —vuelve a tomar la pala y va hacia el horno—, recolectando, en la zona segura.

—No. Quiero decir, *más allá.*

Se detiene y da media vuelta. El horno arroja un resplandor anaranjado detrás de él que no me deja ver su cara con claridad. Apenas distingo el blanco de sus ojos.

—¿Dónde? —pregunta.

—La Encrucijada.

Sus ojos se abren. El aire se espesa. Bajo la mirada y surco con el dedo los restos de harina. No sé qué esperaba que me dijera, pero ya no estoy tan segura de que haya sido una buena idea confesar tanto. Trato de no apoyarme en mi pie, de estar tranquila sin el dolor.

—¿Por qué? —él respira tan suavemente que apenas lo escucho por encima del rugido del horno. Y está de pie muy quieto.

—No sé por qué —tartamudeo—. Fue un accidente, algo así. Perdí la noción del tiempo y empezó a anochecer…

—¿*Anochecer*? —aunque parecía imposible, sus ojos se agrandan todavía más.

—Es decir, vi la bandera y supe que no debía estar allí, es sólo que… —sacudo la cabeza— necesitaba *ver*.

—Em, eso fue… —comienza, pero lo interrumpo.

—¡Por favor, no le digas al Concejo! No debí hacerlo, lo sé. ¡Pero no tengo *deseos de morir*! —hablo acaloradamente—. Sé que piensas que fue tonto.

—No —él toma aire, como si le faltara. Sus ojos están alerta, pero hay algo suave en su mirada—. No iba a decir "tonto"…

Lo que fuera que *iba* a decir se interrumpe cuando se abre la puerta y entra la hermana Lucy.

—Gracias, Kane, Emmeline. Ya pueden irse.

Me apresuro a recoger mi manto.

—¡Em! —dice Kane mientras camino hacia la puerta de las Cocinas y hacia el patio—. ¡Espera!

Empiezo a darme vuelta, pero me detengo.

Tres concejales se acercan caminando junto a la pared de las Cocinas. Kane sigue mi mirada, luego se vuelve hacia mí y asiente. Mueve la boca en silencio para decir *vete*. Luego va directo hacia ellos.

—Hermanos —les dice, como si tuviera asuntos que tratar con ellos. No puedo imaginar qué va a inventarles, pero es

claro que está intentando darme tiempo de escapar. Mi corazón secreto se hace más grande.

Doy vuelta y desaparezco.

15

No veo a Kane al siguiente día, ni al siguiente. Parece que nuestras labores están en conflicto de pronto, porque en esos dos días me mandan varias veces a las Cocinas y a las Bodegas, pero cada que voy —con mariposas revoloteando en el estómago— me encuentro a todo el mundo menos a él.

Lo veo de lejos en las Pláticas de Virtud, pero algo me dice que hablar con él delante del hermano Stockham es una mala idea. Y lo que sea que haya dicho el otro día al Concejo debe haberles gustado, porque ahora están siempre cerca de él.

No puedo quitarme de la cabeza el otro día... sus últimas palabras. *No iba a decir "tonto"*. Y su cara cuando le conté de mi ida a la Encrucijada: la he visto antes. En Tom. La parte curiosa de Tom, la que le permitiría hacerse preguntas si no tuviera tanto miedo. Eso se vio claro como el día en los ojos de Kane. Él no tiene miedo de seguirme.

La idea de comprometerme con el hermano Stockham ahora es simplemente imposible. Pienso en él en el bosque aquel día. ¿Qué tal que hubiera estado haciendo algo contrario a sus virtudes? En ese caso no se esperaría que me comprometiera con él...

No puedo quitarme la idea de la cabeza. Le doy vueltas y vueltas. Necesito volver, sólo que esta vez debo hacerlo sin perderme y acabar en la Encrucijada.

En mis sueños de esa noche, estoy trepando esa colina cubierta de abetos y los árboles están llenos de hilos de colores brillantes. La voz de la muchacha me llama, insistiendo en que siga adelante. En una mano tengo un pequeño libro con pastas de cuero resquebrajado, que se cae a pedazos. En la otra, el anillo de mi abuela brilla en mi dedo. Hay una luz que viene del otro lado de la colina. Si tan sólo pudiera alcanzar la cima...

Despierto y ha caído una helada.

Cuando voy a que me mande a recolectar, *sœur* Manon me dice que ya no hay nada que recolectar, que regrese al día siguiente para aprender a hacer nuevas cataplasmas. Significa que tengo todo el día para mí, y todos los demás están ocupados en otras labores.

Es una señal. Tiene que serlo. Mis sueños me han dado una forma de explorar los bosques sin perderme. Tengo que irme.

De regreso en las habitaciones, espero a que la mamá de Tom se haya ido a los graneros y entro en la sala común que está al lado de la cocina. Saco su canasta de tela de su sitio en la repisa y escarbo entre las hebras de lana. Ella las ha estado guardando para hacerle a Tom una nueva *ceinture fléchée*, pero todavía le falta mucho. No se pondrá a trabajar en esto por un tiempo y de seguro no se dará cuenta de que algunas de las hebras más brillantes se ausenten por un día.

—¿Qué hay, Em?

Doy un salto. Edith está de pie en la sala común. Sus dedos retuercen un rizo de su cabello rubio. Pongo las manos tras mi espalda, escondiendo los hilos de su mirada curiosa.

—¿Qué haces aquí, ratoncito? ¿Quién te está cuidando?

Me alejo de ella, caminando hacia atrás, hacia la puerta de nuestra cocina.

—Yo —Tom aparece en la puerta que une sus habitaciones con la sala común. Me mira con cautela. No hemos estado juntos en ninguna labor desde aquel día en el gallinero.

—Buenos días —mantengo escondidas las manos.

—Buenos días —él duda y desvía la mirada. Entonces sus hombros se relajan—. Quería... disculparme por el otro día. No debí haber dicho esas cosas —me ofrece la paz como disculpa.

Siento un gran alivio.

—Yo tampoco —le digo deprisa. Pero no puedo mover la mano para ofrecerle también la paz: no con los hilos todavía en ella.

Él sonríe, inseguro.

—¿Adónde vas?

Mi corazón se hunde, tengo que mentirle. Otra vez. No puedo apartarlo para decirle la verdad sin que nos oiga Edith. Él se preocupa por mí, pero echarle encima mis secretos no nos hace bien a ninguno de los dos, eso quedó claro el otro día.

—A hacer algo para *sœur* Manon.

—¿Voy? —Edith da un paso hacia mí.

—Creo que no, ratona —mis dedos buscan el cerrojo de la puerta tras de mí.

—¿Vienes acá cuando regreses? Encontré un poco de menta tardía. Podríamos hacer té —dice Tom.

—Trataré —digo, y sus ojos se opacan. ¡Malhaya! Quiero decir que sí pero no sé cuánto tiempo estaré afuera en el bosque.

Tom se adelanta y toma la mano de Edith.

—Vamos, Edith —tira de ella y desaparece en sus habitaciones.

En mi cuarto, me pongo mis calcetines de algodón y mis mocasines y me envuelvo en un manto de invierno. Me trago un espasmo de culpa. Quiero disculparme bien con Tom. Quiero que haga té y hablemos de nada, como antes.

Pero ir a la arboleda no puede esperar.

Con la esperanza de que parezca que voy a algún encargo, salgo por las puertas del oeste. En el extremo sur del fuerte, unos pocos recolectores recogen los últimos calabacines del jardín. Fuera de los muros algunas mujeres limpian pieles y tapetes. El viento silba por la zona segura, es frío, pero no lo bastante para ser mortal. Todavía no.

Hay un aroma muerto en el aire sobre los matorrales. Avanzo más allá de los zarzales, donde el bosque da paso a *les trembles*. Hojas caídas yacen en montones húmedos alrededor de sus troncos. Menos hojas significan menos refugios para esconderse, pero de algún modo las filas y filas de álamos que se deshojan se ven aún más escurridizas.

Todo se ve igual: sentenciado, sin vida.

En una semana más estos bosques estarán cubiertos de blanco, como señal de *La Prise* y de todo lo que viene después.

Voy hasta el barranco y subo tan silenciosamente como puedo. Mi piel se eriza cuando llego a la arboleda y la atravieso. Camino algunos pasos por el camino de la Encrucijada, pero cuando llego al lugar en el que vi al hermano Stockham me detengo y cierro los ojos un minuto. Él se alejó caminando al… noroeste. Busco en mi bolsa, saco algunos trozos de hilo brillante y los amarro a la rama más cercana. Entonces me dirijo al noroeste, despacio.

Para ser una extensión de bosque muerto, se siente muy vivo. Procuro mirar hacia atrás cada cierto tiempo, así que sigo avanzando con lentitud. Más o menos cada cuarenta pasos ato un hilo a la rama de un árbol. He caminado por unos cinco minutos cuando llego a una colina cubierta de árboles.

Mi corazón se acelera. Es la colina de mis sueños.

Me detengo y escucho atentamente.

Silencio.

Estoy dando un paso adelante cuando algo salta del arbusto a mi derecha. Yo salto hacia atrás con el cuerpo sacudido por el pánico. Entonces veo al urogallo. Aletea, alejándose por el bosque en un hermoso caos de plumas.

Tonta.

Respiro hondo y trato de calmar lo que corre por mi pecho.

Me obligo a avanzar, subo por entre los abetos y trato de llegar a la cima. Me siento como el otro día, cuando encontré la bandera en la Encrucijada: como si fuera a ver algo que necesito ver. Acelero, ansiosa.

Pero cuando llego a la cima, lo que veo abajo me para en seco. La colina desciende, los árboles van raleando y dan lugar a arbustos bajos en una hondonada.

En el centro de la hondonada está una cabaña.

No una cabaña en ruinas como otras alrededor del fuerte, no una confusión abandonada de musgo y viejos troncos podridos que se hunden de vuelta en la tierra. No. Estas paredes de troncos están limpias de musgo, ensambladas a la perfección. El techo de paja está intacto. Es una auténtica cabaña.

Me quedo ahí, estúpidamente, tratando de aceptar lo que veo. Entonces se me ocurre que estoy totalmente expuesta: si alguien saliera de la cabaña me vería al instante. Corro a ocultarme tras un árbol y me agacho, con el corazón retumbando en mis oídos. Los abetos en esta colina son altos y delgados, con ramas espesas que comienzan a brotar un palmo por encima de mi cabeza... muy mal escondite si me miran desde la cabaña.

¿Pero quién estará adentro?

Mi mente gira. Necesito bajar por la colina sin que me vean. No puedo estar segura de que haya alguien, pero tengo la piel erizada como si me observaran. Me asomo desde atrás del árbol para ver mejor la cabaña. No me puedo quitar la sensación de que no estoy sola.

No hay ventanas y no salen sonidos del interior.

Salgo a gatas de detrás del árbol. Me mantengo cerca del suelo y me dirijo a otro árbol de buen tamaño, a algunos pasos de distancia, de modo que pueda ir aproximándome. Empiezo a descender así por la colina, de árbol en árbol. Estoy a la mitad del siguiente abeto cuando las puertas se abren.

Me tiro en el suelo, rogando al Altísimo que mi manto y mi cabello oscuro se confundan con las hojas y ramas caídas.

Espero con el rostro pegado a la tierra. Totalmente quieta. No puedo quedarme aquí. Necesito irme antes de que quienquiera que sea pueda verme. Verme, llegar hasta aquí, sujetarme del pie, arrastrarme hasta el Concejo... Mis pensamientos empiezan a hacerse pedazos. Espero que una mano sujete mi manto...

Nada. Elevo un poquito la cabeza y veo una figura de cabello oscuro que desaparece en el interior de la cabaña. ¿El hermano Stockham? Corro de vuelta a refugiarme tras el árbol.

Hay un pequeño fuego que arde en mi entraña. Tengo que entrar. ¿Pero cuánto puedo esperar? ¿Qué pasa si alguien se da cuenta de que no estoy trabajando para *sœur* Manon hoy y no puede encontrarme? ¿Me reportarán con el Concejo? ¿Qué debería hacer?

Puedo ser cuidadosa. Al menos puedo acercarme lo bastante para escuchar lo que sea que esté pasando allá adentro.

¿Qué, en nombre del Altísimo, podría estar pasando allí adentro? Es tan extraño que me pregunto si lo estoy imaginando. Me pellizco la piel del dorso de la mano izquierda. Duele. No estoy soñando. ¿O sí?

Sólo hay un modo de saberlo.

Estoy por ponerme de pie cuando escucho algo en el bosque a mi derecha. Viene entre los árboles en la distancia, con cuidado, pero no en silencio.

Podría ser un ciervo. O un lobo.

O algo más.

Los abetos delgados que cubren este lado de la colina no son ninguna protección. Tengo que escoger el lado de la colina en que está la cabaña y llegar rápido —demasiado rápido para poder ir en secreto— o regresar a la arboleda. O arriesgarme a encontrar lo que sea que esté acercándose a mí. *L'homme comme l'éléphant.* Las palabras de Andre suenan en mi cabeza.

Puedo echar un vistazo a la cabaña después.

Me arrastro de regreso desde la cima de la colina, doy vuelta y me apresuro tan en silencio como puedo hacia el sendero de la Encrucijada. Piso fuerte con mi pie malo aunque no me lo propongo. Arranco los hilos de las ramas a medida que avanzo.

Un grupo de hilos me da problemas y debo detenerme para tirar con fuerza. Mi último paso, un murmullo a través de las hojas caídas, se aquieta… pero el sonido llega un latido después de cuando debía, me parece.

Me muevo a la siguiente marca de hilos y me detengo. El bosque está en silencio. Empiezo a caminar y me detengo abruptamente. Mi sonido se extingue… tarde, otra vez.

Algo me está siguiendo.

Casi he llegado a la arboleda, pero puedo sentir algo detrás de mí. No demasiado cerca, pero estoy segura de que está siguiendo mi camino. Tal vez incluso se mantiene alejado a propósito.

No.

Esto es confuso. ¿Qué podría estar siguiéndome que no deseara acercarse demasiado?

Fuerzo a mis piernas a detenerse. Me quedo de pie, en silencio, en mitad del bosque, atenta a cualquier sonido. Pero todo alrededor está en silencio: no hay pisadas ni crujido de ramas.

Un escalofrío toca mi cuello. Acelero el paso mientras sigo entre los árboles hacia el barranco. Necesito hablar con Andre.

Lo encuentro aceitando rifles en la armería junto con aquel guardián alto, el de la fea cicatriz. Andre levanta la vista, sorprendido, intrigado por mis mejillas enrojecidas y mi cabello revuelto.

—Luc —le dice al guardián y señala la puerta con su cabeza. Luc me mira largamente antes de poner un rifle en el suelo y marcharse. Andre me indica que me siente junto a él.

Todavía estoy respirando pesadamente a causa de la carrera, así que me tardo un poco en poder hablar.

—Hermano Andre, acerca de la otra semana. Aquel día de la fiesta de la cosecha.

Él levanta una mano. Dejo de hablar. Él mira hacia la puerta un momento y escucha. Entonces habla en voz baja.

—*Oui?*

Bajo la voz también.

—Lo que viste en el bosque. *L'homme comme l'éléphant.* ¿Estás seguro de que no era —los ojos de Andre se agrandan y se me acerca aún más— el hermano Stockham? —retrocede, pero yo sigo: —Creo que podría —busco las palabras— ir a caminar al bosque. Creo que lo acabo de ver allá.

Andre me mira por un momento. Entonces se pone de pie y se aleja hacia la puerta.

—*Non, pas frère Stockham. C'est pas possible.*

—¿Estás seguro de que no lo viste?

—*Non*, seguro estoy de que no lo viste *tú*.

Hago una pausa.

—Lo vi. Hace un rato —me pongo de pie y lo sigo.

—*Mais, sœur Emmeline, il est ici.*

—¿Dónde?

—*Avec* el Concejo —Andre empuja la puerta y señala hacia el edificio del Concejo. Se levanta en el extremo opuesto de la armería y proyecta una larga sombra sobre el patio.

Voy a protestar otra vez, pero las puertas delanteras del edificio se abren y el hermano Stockham, vestido con ropas limpias, sale del interior. Habla un momento con un concejal ante las puertas y luego alza la vista y encuentra mi mirada.

Cierro la boca abierta y fuerzo a mi cuerpo a moverse, levantando mi mano y asintiendo tibiamente. Sus ojos me examinan por un momento. Asiente. Baja los escalones y se dirige al salón de ceremonias. Aparecen concejales en las puertas y, mientras los veo seguirlo, me doy cuenta de que Kane está con ellos. Pienso en él breve, confusamente.

—*Tu comprends?* —Andre pone una mano en mi hombro.

—Yo... —miro al grupo e intento poner en orden la confusión de mis pensamientos.

—¿Emmeline? ¿Qué fue lo que viste?

Me sobresalto. Andre me mira con ojos muy abiertos.

—A nadie. Supongo.

—*Peut-être la même chose de moi?* —se refiere a lo que él vio: el *hombre elefante*.

Siento un mareo y sacudo la cabeza.

—No.

—¿Estás segura?

—¿Por qué?

—*Parce que je l'ai revue* —lo vio otra vez.

—¿Dónde?

—*Le bois.*

—¿Por qué estabas en el bosque esta vez?

Duda.

—Por favor —digo.

Se vuelve a rascar la barba.

—*C'est difficil...* —hace una pausa y busca las palabras en inglés—. Tengo esta sensación. De estar afuera—me mira con detenimiento—. *J'ai des rêves. D'un don de Dieu* —sueña con un regalo de Dios. Pienso en mis sueños de correr por el bosque, la Gente Perdida llamándome, mi curiosidad ardiente por seguir el sendero...—. *Un don de Dieu en le bois.* Así que voy a ver. Pero encuentro... encuentro *l'homme d'éléphant encore.* Desaparece. Sin ruido.

Lo observo. Tiene una capa delgada de sudor en la frente. Es evidente que ha visto algo que no puede explicar. Otra vez. Murmuro palabras reconfortantes y me voy deprisa. Antes de llegar a las habitaciones tengo que parar y poner las manos en mis rodillas. Mi cabeza da vueltas.

¿A *quién* vi? No era el *hombre elefante,* eso seguro. Ningún *regalo de Dios.* Tal vez Andre está viejo y ve cosas. Tal vez ve lo que quiere ver, lo que cree que le dicen sus sueños. ¿Tal vez yo también?

No. La cabaña era real y alguien estaba allí. Respiro hondo y me fuerzo a considerar las únicas explicaciones: o el hermano Stockham puede estar en dos lugares a la vez o alguien más sabe de esa cabaña.

16

Al día siguiente desayuno con papá. Me siento como un animal enjaulado. Él se me queda viendo de un modo inquietante. O sabe que estuve en el bosque ayer o…

Se limpia las manos en su *ceinture fléchée* mientras se aparta de la mesa.

—Emmeline, ¿te puedes cambiar de ropa?

Miro mi túnica y mis calzas.

—¿Para qué?

—El hermano Stockham viene a visitarnos. *Sœur* Manon ya está avisada de que irás después.

—¿Es… una visita de cortejo?

—Claro —papá señala mi túnica y calzas con la cabeza—, tienes que vestirte apropiadamente.

El miedo me aprieta la garganta. El hermano Stockham mirándome, mirando mis pensamientos.

—El vestido de tu mamá se veía muy bien.

El hermano Stockham está de pie en el umbral, bien arreglado y sereno. Su cabello oscuro está recogido detrás de sus orejas, su túnica limpísima.

—Hermano Stockham, por favor —papá lo invita a pasar.

El hermano Stockham no se mueve.

—Pensé que Emmeline podría disfrutar un poco de aire fresco —me ofrece su brazo—. ¿Te gustaría caminar?

Lanzo una mirada a papá, con la esperanza de que insista en que el hermano Stockham se quede en la casa... donde una visita de cortejo apropiada debe tener lugar. Papá tiene una expresión de incertidumbre por un momento. Luego endereza los hombros y sonríe.

—Claro que le gustaría. ¿No es cierto, Em?

El hermano Stockham mueve su brazo en dirección al patio.

—Volveremos en menos de una hora.

Yo bajo la vista y salgo junto con él. Por dentro estoy sudando frío. La tela del vestido de mi mamá me da comezón en todas partes.

Mientras caminamos, el hermano Stockham habla.

—Tu padre es un hombre virtuoso.

Asiento.

—Trabaja muy duro —dice él.

—Tiene... —me detengo—. Sí.

—Ibas a decir "tiene que hacerlo".

—Sólo quería decir... bueno, a causa de la marca de la familia. Él trabaja duro porque...

—Entiendo.

Nos acercamos a la Casa de Sanación. *Sœur* Manon está en la puerta, barriendo su cocina. Cuando pasamos, nos mira con ojos húmedos y se queda quieta. El hermano Stockham la saluda con un gesto de la cabeza y ella le ofrece la paz.

—Tú recolectas para *sœur* Manon.

—No —digo deprisa, mientras mis pensamientos vuelan hacia el bosque. Él inclina la cabeza a un lado—. Es decir, sí.

Pero ahora me está enseñando a hacer cataplasmas. Caldos. Cosas así.

Él levanta una ceja pero no dice nada, mientras me guía como si fuera hacia algún sitio, como si conseguir aire fresco fuera lo último en su mente. Me doy cuenta con sorpresa de que vamos hacia el salón de ceremonias.

Adentro está vacío, muerto de tan quieto. Sin ventanas para dejar entrar la luz del sol de otoño, todo se vuelve negro cuando él cierra la puerta. Por un momento sólo está el sonido de nuestra respiración. La mía es demasiado rápida.

¿Qué estamos haciendo aquí?

Él saca chispas con un encendedor de pedernal.

—Después de ti —hace un gesto hacia el púlpito en el frente del salón.

Va encendiendo las antorchas conforme avanzamos y pronto el espacio está perforado por círculos de luz amarilla. Las sombras de la mesa ceremonial, con su caja de madera y sus velas, se elevan hasta el techo de paja por encima de nosotros.

Subimos las escaleras hacia la mesa. Mi corazón late fuerte. Al llegar arriba me hace girar hacia él. Recuerdo aquella ave de presa sacando al pez del río justo delante de nosotros. Trago saliva y lo miro, rezando al Altísimo para verme nerviosa como una joven ante su pretendiente, y no como una que sabe algo de él que no debería.

—Gracias por acompañarme aquí —acomoda un rizo de su cabello tras su oreja.

—Claro —me pregunto qué alternativas tenía.

—Sin duda te estoy apartando de tu trabajo —dice.

Me encojo de hombros y trato de parecer cómoda.

—Las cataplasmas pueden esperar.

—¿Y la recolección?

¿Por qué me pregunta sobre eso? Siento que mis mejillas se colorean de rosa.

—No hay mucho que recolectar en estos días.

—Pero tú sales del fuerte con frecuencia.

Mis entrañas se congelan. Estoy de vuelta en el bosque, de cara a la tierra en aquella colina...

Di algo cercano a la verdad.

Pienso en las puntas de flecha y las herramientas de hueso guardadas bajo mi cama.

—Paso mi tiempo libre en la ribera del río, buscando objetos abandonados.

—Tienes una fascinación por esas cosas, ¿no es verdad?

—Tom y yo hemos estado recogiendo esos objetos desde que éramos niños.

—Desde que eran niños. Pero —se acerca— ya no eres una niña, Emmeline.

Trago saliva.

—Sólo estoy interesada.

—Interesante —su mirada me recorre el rostro y se detiene en mi boca. Quiero taparla con mis manos. Miro alrededor en busca de algo, lo que sea, donde poner la vista, y me decido por la caja de madera con cerradura en la mesa ceremonial a nuestro lado. Se da cuenta.

—Sacramentos.

Asiento. Sé que los sacramentos para la ceremonia de compromiso de la Afirmación están adentro: un plato sagrado y una copa, una tela. Pero siempre me he preguntado...

—¿Por qué está cerrada con llave?

—Porque lo que está adentro es mucho más que un símbolo ceremonial.

Levanto las cejas.

—Adentro está nuestro compromiso con la vida o con la muerte. Lo que decidamos para los días por venir— él mira a través del salón las llamas danzantes de las antorchas. Cuando vuelve a mirarme, tiene otra vez esa expresión extraña, insegura, en los ojos—. Emmeline, ¿podrías... decirme tus ideas para los días por venir?

—Días por venir —repito sus palabras tratando de entenderlas. ¿Está hablando de la propuesta o de algo más? No quiero referirme a la propuesta así que me desvío con algo distinto—: Yo... quisiera probar mi virtud de Descubrimiento.

Pausa.

—Eso quieres.

—Quiero probarla para que todos sepan que soy... digna.

—Yo ya te encuentro digna —su mirada hace el salón, de pronto, más pequeño. Las paredes se acercan a nosotros. No es apropiado: él y yo solos y juntos en este salón oscuro.

Tengo que bajar la mirada —puedo sentir cómo se calientan mis mejillas— mientras busco algo que decir.

—Es sólo que... Usted dijo que nuestra salvación está en el Descubrimiento. Y yo lo creo también. Pero no siempre estoy segura de que probar un Descubrimiento sea posible sin desobedecer al Concejo...

Sus ojos se estrechan.

¡Por la Gracia!

—Es decir, no podemos poner en riesgo la seguridad de la aldea, eso lo sé. Pero ¿cómo vamos a saber qué puede ayudarnos si no nos aventuramos, si no...?

¿Qué estoy diciendo? Lo estoy haciendo peor. Me detengo, como una trucha ahogándose en aire en la ribera del río.

Pero él sonríe.

—Eres una pensadora, Emmeline. Yo admiro eso.

Agacho la cabeza. ¿El líder me admira? No puede hablar en serio.

—El Descubrimiento es algo en lo que he pensado larga e intensamente. ¿Hasta dónde debemos llegar con el fin de defender esa virtud? ¿Cómo estar seguros de que el riesgo dará por resultado una vida mejor para nuestra gente? —frota su mandíbula con una mano—. Es algo que preocupó a mi abuelo. A mi padre no le gustaban semejantes reflexiones, pensaba que mi abuelo era un viejo tonto.

Otra vez siento el estremecimiento en la boca del estómago. ¿De qué riesgo está hablando? ¿Cómo sabe qué pensaba su abuelo?

—La idea de liderazgo de mi padre era clara. A él le desagradaban las decisiones hechas por un impulso, por un deseo —hace una pausa y me mira fijamente—, por amor.

Trago saliva.

—Me enseñó que podía ser un líder o podía tener deseos. Pero nunca las dos cosas —sus manos van a los lazos de su manto—. He estado esperando por casi diez años, preguntándome si era posible demostrar que se equivocaba. Pensando. Rezando.

Entonces hace algo para lo que no estoy preparada. Desata el nudo de su manto y lo deja caer a sus pies. Mi respiración se detiene mientras toma los lazos de cuero en el cuello de su camisa y los suelta con un movimiento rápido, haciendo a un lado la tela para revelar un hombro desnudo.

Mi cara arde. Debería bajar los ojos, debería mirar hacia otro lado.

Pero no puedo.

No puedo porque veo las marcas profundas, violentas que serpentean por su hombro y hasta su pecho. Me da la espalda y se abre aún más la camisa. Las cicatrices continúan por su espalda y desaparecen bajo la tela.

Al ver su piel dañada... mi estómago se vacía. Las cicatrices danzan a la luz de las antorchas, retorciéndose, curvándose. Sin pensar tiendo una mano hacia su espalda... Mis dedos quieren recorrer esas cicatrices.

Él se congela.

Dejo caer mi mano y aprieto mi pie malo. Con fuerza.

Él se da la vuelta y vuelve a arreglarse la camisa.

—¿Eso... —trago saliva— eso le ayudó a aprender esas enseñanzas?

Un músculo se estremece en su mandíbula. No responde, pero esa mirada indefensa ha vuelto a sus ojos. Como si me respondiera. Como si sólo pudiera hablar con tal franqueza conmigo. La presión de las expectativas de su padre es clara. Y entiendo.

Las antorchas proyectan sombras largas y temblorosas a nuestro alrededor.

Él se inclina hacia adelante y levanta una mano hasta mi rostro. Aparta un mechón de cabello de mi mejilla.

—Dime lo que haces afuera, más allá de los muros —sus dedos se mueven hasta posarse en mi clavícula.

Mis actos impíos están gritando en mi cabeza. Quiero mentir, pero lo que hay en sus ojos... es como ver mis propios pensamientos. Las imágenes atraviesan mi mente: el hermano Jameson estrangulando a aquel esquilador, las jaulas llenas de huesos, la cabaña. ¿Qué quiere oír? ¿Qué ha estado esperando durante cerca de diez años?

Puedo sentir un rubor que sube por mi cuello.

—Yo... bueno, busco objetos abandonados —él espera, con sus ojos líquidos. Esperanzados—. Y... escucho.

Él está hechizado. Sus dedos empiezan a moverse hacia arriba, más allá del cuello de mi vestido hacia mi cuello desnudo.

—¿Qué escuchas?

—Todo. El río, el viento, los pájaros. Es decir, sé que suena extraño, pero —trago otra vez— a veces me parece que el bosque me habla.

Sus dedos se detienen.

—Yo... yo he sentido eso con frecuencia —nos miramos el uno al otro en la penumbra. Entonces sus dedos trazan una línea ardiente en mi barbilla. Inclina mi cabeza hacia él, a su cara firme, su cabello negro y brillante—. Pero no sé qué dicen.

—Yo creo saberlo.

Se acerca. Esa esperanza en sus ojos... me hace querer acercarme también.

Mi voz es un murmullo.

—Dicen *encuéntrenos*.

Se detiene. Por un momento creo que va a apartarse. Pero hay un destello de algo en su rostro... ¿emoción, alivio? Se inclina hacia adelante para poner sus labios en mi frente. El beso es una marca en mi piel y me hace sentir agujas calientes en todas partes.

Él retrocede un poco. Me mira.

—Eres muy parecida a ella.

Inhalo breve y rápidamente.

—¿A quién?

—A tu abuela.

Retrocedo: las puntas y las agujas se convierten en hielo.

—¿Cómo podría usted saber eso?

Su sonrisa vacila.

—Hermano Stockham —los dos saltamos. El hermano Jameson aparece de ninguna parte, caminando desde una esquina oscura del salón.

¡Por la gracia! ¿Cuándo entró?

Su mano está sobre su pecho como si nos ofreciera la paz del Altísimo, pero no hay paz en sus ojos.

—Ésta es una escena de lo más inusual.

Mis ojos vuelan al hermano Stockham, que se aleja de mí. Los lazos de su camisa están desatados, su manto está en el suelo a nuestros pies. La sangre corre, ruidosa, entre mis oídos, enrojeciendo mi rostro.

—Hermano Jameson —dice el hermano Stockham—. No lo había visto.

El hermano Jameson camina hacia nosotros, con las manos entrelazadas a la espalda. Me está dedicando una mirada que conozco bien. Quiero desaparecer.

El hermano Jameson levanta las cejas.

—Estoy interrumpiendo.

—De ningún modo.

Hay un silencio. El salón cruje a nuestro alrededor, las antorchas parpadean.

El hermano Jameson se detiene.

—¿Ha comenzado a ofrecer sermones en forma privada?

—Esto es una visita de cortejo.

Los ojos del hermano Jameson se ensanchan por la conmoción. Luego se estrechan, desdeñosos.

—¿Lo es? —me mira como si no fuera digna ni de limpiar el redil de las ovejas.

—Lo es —el rostro del hermano Stockham parece amable, pero hay una advertencia en su voz.

—¿Y cuándo iba a informar al Concejo que había elegido a una compañera de vida? ¿Qué había elegido a una… impía?

—Se lo estoy diciendo ahora —se miran el uno al otro mientras las sombras bailan en las paredes, en sus caras. Algo muy extraño pasa entre ellos.

Estoy acostumbrada a que me miren feo, pero una parte de mí quisiera que el hermano Stockham le hablara fuerte al hermano Jameson. Que le dijera que debe hablarme con más respeto. Otra parte de mí quiere gritar que la propuesta no es una decisión definitiva, todavía no.

El hermano Jameson se yergue.

—Bueno, le diré al Concejo las buenas noticias —se da vuelta sobre sus talones y se marcha. La puerta se cierra de golpe tras él, dejando ecos en el salón.

¡Malhaya el Altísimo! En menos de un día todos sabrán de la propuesta. Mi corazón secreto muere mil muertes aquí mismo.

Me doy vuelta hacia el hermano Stockham con mis mejillas ardiendo.

—Me tengo que ir. *Sœur* Manon necesita todos los capullos de rosa que pueda encontrar —¡malhaya!, si ya le había dicho que ya no quedaba nada por recolectar…

Pero él sólo dice:

—Por supuesto —y puedo ver que sus pensamientos están en otro lugar. Sus ojos miran la caja de madera tras de mí.

Trago saliva y me dirijo a las escaleras, pero él me detiene tomándome de la mano.

Me detengo, y mientras me vuelvo, lleva mi mano a su boca y deja un beso en mis nudillos. Sus ojos me perforan.

—Vamos a demostrar que se equivoca.

No sé de quién habla: si de Jameson o de su papá. De pronto me siento enferma. Asiento y aparto mi mano con cuidado, y entonces casi me arrojo por las escaleras y hacia las puertas del salón.

Nuestras habitaciones están vacías, gracias sean dadas. Corro a mi cuarto, pensando en buscar alguno de mis objetos encontrados, pensando que tal vez la pequeña figura de barro podrá confortarme. En cambio, mis manos se mueven como por voluntad propia y tomo el anillo de mi abuela de debajo de mi almohada. Lo guardo en mi mocasín. Una ola de cansancio cae sobre mí y por un minuto pienso en acostarme, enterrar la cabeza en la almohada. Pero necesito salir de estas paredes. Necesito volver a esa cabaña.

Salgo por la puerta lateral, doy vuelta en la esquina de nuestras habitaciones y me dirijo a las puertas del oeste.

Una vez que paso la zona segura y llego a la primera línea de árboles, corro.

17

Corro hacia el bosque igual que la rabia corre bajo mi piel como un rebaño de bisontes, atropellando mi buen sentido y reduciéndolo a nada. Las manos del hermano Stockham, sus ojos, el gesto burlón del hermano Jameson... todo se me aparece ante los ojos, se mezcla con mis lágrimas, me nubla la vista. Los matorrales ásperos arañan y golpean mis piernas, tiran de mi pie malo, pero yo sólo corro y corro. El borde de mi vestido se atora en una rama. Tiro con fuerza de la falda y sigo corriendo.

Jadeante, llego hasta la arboleda y caigo de rodillas en la tierra fría. Cuando recobro el aliento y levanto la cabeza, el bosque se yergue gigantesco y me hace sentir pequeñita.

Me siento en silencio por un minuto, pero son sólo los sonidos familiares del bosque a mi alrededor: álamos rechinando, hojas crujientes. La Gente Perdida murmura en lo alto de las ramas, observa. Aquí afuera, lejos del hermano Stockham, lejos de la esperanza en los ojos de papá, puedo respirar. Me siento más segura aquí, entre estos árboles.

Mientras mi corazón se calma y mi piel se enfría, me doy cuenta de que no estoy vestida apropiadamente; es una tarde brillante pero fresca de otoño, y bajo los árboles ya hace frío.

Debí haber traído al menos mi manto. Además, mi vestido se desgarró de un lado, hasta arriba de la rodilla. Aliso la tela y siento un poco de pena. Este vestido es lo único que tengo de mamá. Dentro de mi mocasín, el anillo se entierra en un costado de mi pie malo y ahoga el pensamiento. No tengo tiempo para arrepentimientos, sólo el suficiente para llegar a aquella cabaña y entrar. A menos que...

Trato de sacar el pensamiento de mi mente, pero vuelve de golpe: a menos que el hermano Stockham realmente pueda estar en dos lugares a la vez. O en dos momentos en el tiempo porque ¿qué quiso decir al hablar así de mi abuela? ¿Cómo podría saber cómo era ella? ¿Y por qué siento que puedo contarle del bosque después de que me mintiera sobre haber estado aquí? ¿Estaba tratando de engañarme?

Ya basta.

Me duele la cabeza, haciendo eco del latir de mi pierna. Estoy cansada hasta los huesos, pero sólo hay una cosa que importa y no tengo mucho tiempo. Me levanto otra vez y camino hacia el centro de la arboleda para orientarme. Froto mis brazos con las manos para calentarme y giro al noroeste. Una rama se rompe tras de mí.

—¿Qué estás haciendo aquí?

Giro.

Kane está de pie en el borde de la arboleda, con los brazos cruzados sobre el pecho. Lleva un sensato manto de invierno pero su cabeza está descubierta.

El alivio me llena mientras dejo escapar el aliento. Una chispa de alegría se enciende en mi corazón. Quiero correr hacia él. Pero retrocedo. ¿Qué *estoy* haciendo aquí?

—Podría preguntarte lo mismo.

—Vine tras de ti.

—¿Por qué? —siento que la cabaña, escondida en los árboles tras de mí, me hace señales como una antorcha.

—Te vi marcharte, alterada. Quería estar seguro de que estuvieras bien.

—No deberías venir hasta aquí —le digo.

—Tú tampoco.

Lo miro con cuidado.

—Bueno, aquí estoy.

—Y yo también.

Me muevo hacia un tronco caído en el borde del claro y me siento.

Llega y se sienta junto a mí.

—¿No tienes frío?

—Un poco —admito. Él se quita el manto y lo pone sobre mis hombros. Pienso en protestar, pero estoy demasiado agradecida por su calidez—. Gracias.

—No hay problema.

Hay una pausa y de pronto me doy cuenta de lo cerca que está sentado. Puedo sentir el calor de su cuerpo a través de nuestras ropas. Mi propia piel se siente en llamas.

—Soy bueno en esto —se frota la nuca.

—¿En qué?

—En correr tras de ti.

El falso ataque. Lo está admitiendo. Mis sentimientos acerca de eso, guardados en mi corazón secreto, se abren paso hasta mi garganta. Hablo antes de perder el valor.

—Sé lo que hiciste la noche de la cosecha, cuando fuiste tras de mí y de Edith…

Me interrumpe.

—Está bien, Em, de verdad.

—Pero no tenías que hacerlo.

—Sí tenía —un silencio. Luego sonríe—. Sólo deja de salir corriendo, ¿de acuerdo?

—Trataré —le sonrío.

—Entonces —mira a su alrededor en la arboleda—, ¿qué *estás* haciendo aquí?

Dudo. ¿Le digo?

—Recolectando.

—¿Hasta acá?

Yo me encojo de hombros. Él pasa una mano por su cabeza rapada.

—¿Sin bolsa ni manto?

No respondo.

—No estás pensando en ir otra vez a la Encrucijada, ¿o sí? —sus ojos están tan preocupados que quisiera reír. *Desearía* que la Encrucijada fuera mi problema.

—No volveré a la Encrucijada.

—¿Estás segura?

—Segura —y entonces, como en las Cocinas, quiero decirle: quiero enseñarte la cabaña, contarte del hermano Stockham el otro día. Quiero confiar en él.

—Bueno. No quiero que hagas nada sin pensar. Sé que ya viene la Afirmación.

Me congelo.

—Sí...

—Es decir, yo... Oí sobre la propuesta del hermano Stockham.

Las palabras viajan deprisa. Mi cara se enciende y cruzo los brazos sobre mi pecho.

—No quiero hablar de eso —miro al suelo.

—No tienes que hacerlo.

Entonces, mi lengua se adelanta a mi mente como una carreta sin control y estoy hablando de eso.

—Claro, papá piensa que es lo mejor que podría pasarnos. ¡Al fin! Una oportunidad de limpiar la marca de la familia —cierro los ojos y sacudo la cabeza—. Papá está tan esperanzado... camina con la cabeza en alto por primera vez desde hace no sé cuánto tiempo. No quiere oír que yo no deseo comprometerme con el hermano Stockham. No quiere saber que el hermano Stockham me estremece, me estremece de veras, ¡porque siempre parece estar viendo en mi cabeza, viendo mis pensamientos!

¡Por la gracia! Cierro la boca.

Kane me mira con ojos bien abiertos.

—No debí decir eso —me aparto de él.

—Em, está bien —su tono es tan gentil que me turba las entrañas.

Aprieto más los bordes del manto. Mantengo las manos pegadas a mi cuerpo, para que no vayan a donde quisieran ir. Esto es extraño, yo soy extraña. Mi temperamento hierve otra vez, pero ahora no puedo entender por quién. ¿Papá? ¿El hermano Stockham? ¿Yo misma?

—¿Por qué viniste tras de mí? —me vuelvo para mirarlo con dureza—. De verdad, ¿por qué?

—Ya te dije...

—Seguro, estabas preocupado por la chica impía, la lisiada —miro mi pie malo y siento cómo se acumulan lágrimas de vergüenza detrás de mis ojos. No puedo llorar, no lo haré. Nos quedamos en silencio por un horrible momento. No sé si se va a levantar y me va a pedir su manto.

Cuando habla, sin embargo, su voz es suave.

—¿Por qué te molesta? —él mira mi pie.

Me muerdo el labio. De seguro sabe por qué me molesta. Aun así las palabras llegan, torpes e inseguras.

—Me… marca. No puedo… no puedo hacer bien las cosas.

—Yo no veo que te detenga mucho —dice él, mirando alrededor—. Estás más lejos de la aldea de lo que se atrevería cualquier otro que conozca.

—Lo dices como si fuera algo bueno.

—Bueno o no, requiere valor.

Nos quedamos sentados, en silencio, un momento.

Él vuelve a hablar:

—Hay una historia en uno de los libros de mi mamá que leí una vez acerca de un pueblo infestado de ratones. La gente del pueblo llamó a un flautista para que fuera a llevarse a los ratones. Lo podía hacer con magia. Con la música que tocaba en su flauta atraía a los ratones, por lo que la gente le prometió una gran recompensa cuando los sacara de su pueblo.

Lo miro con el rabillo del ojo. No puedo entender de qué habla, pero las corrientes gentiles de su voz tiran de mí otra vez. Él se inclina hacia adelante, con los brazos descansando en sus rodillas.

—Así que tocó su flauta y fue hacia el río, y los ratones fueron tras él, y la corriente se los llevó y se ahogaron. Pero cuando fue por su recompensa, los del pueblo no le quisieron pagar.

"El flautista les advirtió que si no le pagaban pasaría algo terrible. Y ni así quisieron pagar. Así que él se puso a vagar por el pueblo de noche, tocando una melodía mágica y dulce en su flauta, y todos los niños del pueblo salieron de sus camas mientras sus padres dormían, y lo siguieron."

Ahora yo me inclino. Nunca había oído una historia como ésta.

—Lo siguieron por la ladera de una montaña hasta una cueva. El flautista tocó su música y los niños lo siguieron.

Pero había una niña con una pierna mala que no podía caminar tan rápido como los otros, y aunque quería seguirlos y seguir la música, no pudo mantener su paso.

"El flautista entró primero en la montaña, los niños después y ella llegó a tiempo para verlos quedar encerrados dentro de aquella cueva para siempre."

Me quedo mirando a Kane.

Él mastica un lado de su labio, los ojos en el suelo.

—Cuando leí la historia, pensé: *Preferiría ser aquella niña que cualquiera de los otros que pudieron seguir al flautista* —me mira de reojo—. Ese cuento habla de saldar las deudas, eso es claro, pero siempre pensé que también de cómo las maldiciones pueden ser bendiciones secretas.

No puedo hablar. No puedo ver cómo mi pie podría ser nunca una bendición. Pero que él lo piense... que me cuente esa historia de ese modo...

—Vine tras de ti porque quise. Y para decirte que quisiera que las cosas fueran diferentes —me hace girar la cabeza para verlo, gentilmente, y me impulsa hacia delante. Relajo mis brazos cruzados y dejo que él tire de mí.

Con una mano recorre mi brazo hasta el cuello, mi mandíbula, y me sostiene así, con su pulgar rozando mi labio inferior. Sus manos son ásperas y cálidas. Entonces se me acerca y nuestras frentes se tocan. Puedo oler humo de madera, tibio, y algo que hace que el deseo me atraviese.

No puedo respirar.

No deberíamos estar aquí, él no debería tocarme de este modo, pero justo ahora todo lo que quiero es estar aquí con él. Sólo con él.

Y entonces, más allá del claro, se rompen ramas. Y se vuelven a romper. Y otra vez. Los arbustos se parten con violencia: alguien o algo viene hacia el claro con un paso realmente decidido.

Kane me toma de los hombros y me jala hacia él, lo que nos hace caer del tronco al suelo del bosque. Adelanta una mano para detener nuestra caída, pero yo golpeo duro contra el suelo y doy un grito ahogado. Quedo aprisionada entre la tierra dura y el largo de su cuerpo. Mi vestido se rasgó más y la áspera corteza del árbol caído rasca mi pierna descubierta y se clava en mi codo. Me muevo bajo Kane y contengo un grito cuando mi muslo se traba en un borde afilado de corteza.

Él pone una mano sobre mi boca. Estamos nariz con nariz y él está intentando calmar su respiración con algo de dificultad. Mi corazón late a un ritmo tan violento que amenaza con salírseme del pecho. El brazo de él pesa sobre mi clavícula y sus ojos oscuros me ruegan: *Silencio*.

Todo está como muerto. No cantan las aves, no chacharean las ardillas. Los rayos de luz que se abren paso entre las ramas sobre nosotros son débiles. Incluso el viento se ha marchado. Busco en sus ojos... ¿qué? ¿Valor? ¿La mirada que tenía apenas hace un momento..., sólo para verla por última vez?

Pero él gira la cabeza, posa su mejilla en la mano que cubre mi boca y pone un oído al aire. Su cuerpo es cálido sobre el mío, pero mi sangre se enfría. Pasan varios segundos.

Y entonces lo oigo.

Se mueve a través de los matorrales, con el cuerpo se abre paso sobre hojas secas, murmurantes. Entra en el claro y las ramitas que se rompen a su paso sugieren que es de buen tamaño, de mi peso al menos, tal vez más grande. El ritmo de los pasos es regular, pesado.

Pero el modo en que respira, ay, la *respiración* hace que la piel de mi nuca se estremezca y que se erice cada pelo de mi cuerpo. Es un husmear bajo y gutural, como si siguiera un rastro. Como si estuviera…

Buscando.

El miedo se prende de mi corazón, de mi garganta. Tengo que jalar aire en sorbos cortos, silenciosos.

Ha cruzado el claro. Suena realmente cerca ahora. Justo del otro lado del tronco caído. Si pudiera atravesar el tronco, podría tocar sus ojos bulbosos, su hocico repugnante…

Y entonces los pasos se detienen y el husmear se aquieta. Hay un jadeo áspero. Es *aquí mismo*. El cuerpo de Kane se tensa sobre el mío y una oleada de pánico cruza su cara y yo sé, ay, gracia del Altísimo en el cielo, yo *sé*…

Nos ha encontrado.

Y entonces Kane está saltando sobre el tronco, con algo de metal que resplandece en su mano izquierda. Un cuchillo. ¿De dónde sacó un cuchillo?

Oigo un ruido fuerte, medio ladrido, medio chillido. Me quedo atrapada en el manto por un momento antes de poder levantarme y quedar de rodillas. Me aferro al árbol caído para tratar de levantarme, temerosa de ver…

Kane está encorvado, con las manos en las rodillas, respira con fuerza. Apenas veo unos cuartos traseros, blancos y negros, desaparecer entre los matorrales en el lado remoto del claro.

Kane se endereza, arroja el cuchillo sin mucha fuerza a un árbol y gira hacia mí. Está sonriendo. ¿Ha perdido el sentido? Exhala profundamente.

—Un tejón —dice—. Un maldito *tejón*.

—¿Un tejón? —otra vez lo que pasó en la Guardia con Andre.

—Un tejón —sacude la cabeza, mira los matorrales y de nuevo a mí—. ¿Crees que exageramos?

Me subo al tronco caído y la tirantez en mi pecho se relaja. Y entonces me echo a reír. La sonrisa de Kane se ensancha y empieza a reír también. Caemos sobre el árbol, con el alivio vuelto carcajadas, nos burlamos de nuestro pánico.

—Al menos tenías tu cuchillo —digo, tratando de respirar.

—¡Debiste haber visto la expresión de su cara!

Eso nos hace reír más, hasta que empezamos a llorar. Se siente tan bien reír, o llorar, que cuando finalmente me calmo me siento temeraria, mareada. Limpio mis ojos húmedos y respiro despacio. El momento de antes ya pasó, pero me siento muy cercana a Kane. Quiero decírselo.

—¿Te puedo confiar algo?

Él deja de sonreír. Sus ojos se ponen serios.

—Puedes.

—Tengo que mostrarte.

Kane se agacha a mi lado, mirando la cabaña con incredulidad.

—¿Qué es eso?

—No sé.

—¿Ya entraste?

Niego con la cabeza.

—Apenas la encontré ayer.

—¿Quién más sabe de esto?

—Sólo te he dicho a ti, pero el hermano Stockham sabe que está aquí.

Kane me mira con ojos grandes.

—¿Cómo lo sabes?

—Lo vi aquí ayer.

—Lo viste aquí ayer.

Asiento.

—¿Cuándo?

—Vine en mi tiempo libre… poco después de mediodía.

Kane me mira raro.

—No puede ser.

—¿Por qué? —mi corazón se hunde porque ya sé qué está a punto de decir.

—Porque estuvo en el Concejo toda la tarde.

—Ya sé —miro a Kane, indefensa.

Nos quedamos en silencio un momento.

—¿Para qué necesita una cabaña aquí, tan lejos del fuerte? —Kane se recarga en sus talones. Yo me quedo callada. Él agita la cabeza en dirección a la cabaña—. ¿Vamos a entrar?

Hemos estado aquí ya un rato. Papá puede creer que sigo con el hermano Stockham o que fui con *sœur* Manon. Kane, sin embargo… alguien puede estar preguntándose dónde estoy. Doy un vistazo alrededor. El viento se escurre a través del álamo tras de nosotros: la Gente Perdida murmura secretos. Secretos que necesito.

Y eso lo decide.

—Vamos a entrar. Pero, Kane —lo tomo por el brazo cuando se mueve para levantarse—, alguien podría estar adentro.

Kane me devuelve la mirada por un largo rato. Luego asiente.

—Tendremos mucho cuidado.

18

Empezamos a bajar por la ladera, yendo de un árbol al siguiente tan rápido como nos atrevemos. La alfombra suelta de las hojas cruje cuando camino —¡malhaya mi pie malo!—, pero Kane es mucho más silencioso. Una vida entera después alcanzamos los últimos árboles que pueden escudarnos. Nos quedamos de pie, cada uno con la espalda contra un tronco, como a dos pasos de distancia el uno del otro.

Me arriesgo a mirar al otro lado del árbol. Estamos a veinte pasos de la cabaña. Un pequeño claro de malezas separa los árboles de la puerta del frente. No hay modo de cruzar sin quedar a plena vista por algunos segundos.

Kane se agacha y recoge un trozo de rama del suelo. Luego da, rápido, medio paso alrededor del árbol y lanza la rama hacia la puerta. Mientras se apura a volver a su escondite, la rama golpea la puerta con un ruido seco. Contengo el aliento.

Nada.

Cuando miro a Kane, él hace un gesto con la cabeza. Salimos de nuestros escondites y avanzamos deprisa por el claro.

Mi corazón late deprisa, la sangre retumba en mis oídos mientras nos acercamos. Me duele mucho la cabeza, pero no puedo preocuparme de eso ahora.

No hay luz en la cabaña y el sol en el bosque se apaga. Kane empuja el cerrojo de la puerta y me hace señas para que me quede donde estoy. Da un suave empujón y la puerta se abre con un rechinido.

De nuevo, nada.

Me señala la puerta con un movimiento de la cabeza. Entramos.

Es un cuarto pequeño, sin muebles. Hay una caja de madera en un rincón y a un lado medio círculo de velas, pegadas con cera al suelo de tablas.

—No parece la gran cosa —dice Kane en mi oído. Me hace saltar. ¿Cuándo me sujete a su brazo?

Aparto mi mano y me quedo mirando la caja. Siento algo malo en la boca del estómago. El cuarto se siente demasiado... caliente. Tengo demasiado calor.

—Me quedaré vigilando —Kane cierra la puerta casi por completo y se da la vuelta para fijar la vista en el bosque, más allá.

Llego hasta la caja y me arrodillo. Las velas están a medio consumir pero no tibias. La tapa de la caja se puede quitar fácilmente. Adentro hay más velas y un libro pequeño con cubiertas de cuero negro.

Las páginas del libro están amarillentas y dobladas en las esquinas, como las de los libros de *sœur* Manon, pero en lugar de dibujos y letra clara está lleno de escritura garrapateada a mano. El carboncillo forma manchas en algunos lugares de las páginas, lo que las hace ilegibles.

—Kane —susurro al tiempo que levanto el libro.

Sus ojos dejan el bosque afuera de la cabaña. Cuando ve lo que sostengo deja su puesto y cruza el cuarto. Se tropieza a medio camino y cuando se levanta examina la tabla que atrapó su pie. Le da un tirón violento hacia arriba y una buena porción del suelo se levanta y se dobla. Una trampilla.

Pongo el libro bajo mi brazo y me acerco todavía de rodillas para mirar.

Hay un agujero cavernoso abajo. Es demasiado oscuro para ver más que una poca distancia, pero el aire que sale es húmedo y estancado.

Kane silba bajito y se arrodilla.

—¿Un escondrijo de alguna especie? —hay la semilla de una idea en sus ojos.

—No tenemos yesca —le recuerdo. No quiero admitir que estoy asustada: el aire frío se siente como la muerte y no quiero bajar, no quiero tener esa oscuridad a mi alrededor.

Kane se muerde el labio y mira por el interior de la cabaña. Las velas no sirven sin un pedernal. Mira mi libro.

—¿Qué es eso?

—Los escritos de alguien.

Me lo quita y pasa a la primera página.

—Es una carta. Dice "Querido hijo". Así empiezan las cartas, con "Querido".

—¿Puedes leerla?

Frunce el ceño mientras pasa las páginas.

—Estoy acostumbrado al texto impreso en los libros de mi mamá, no a los garabatos de alguien. Pero mi mamá me enseñó cómo reconocer algunas letras. No será rápido, pero podría hacerlo.

—¿Quién lo escribió?

Avanza hasta la página donde la escritura termina.

—Está firmado —lee las palabras despacio— "Tu padre, H. J. Stockham".

H. J. Stockham.

El abuelo del hermano Stockham.

Kane me mira. Sus ojos se ven inseguros, como si supiera lo que pienso, pero no si debería pensarlo.

Pero debo preguntar:

—¿Me lo lees?

Me observa por un momento.

—Kane, por favor. Necesito saber lo que hace aquí el hermano Stockham. Si me tengo que comprometer con él cuando lleguen las nieves, necesito saber... —no puedo terminar.

Los ojos de Kane se suavizan.

—Por supuesto, Em.

Vuelve a la primera página y comienza:

—"Querido hijo, es la víspera de que cumplas dieciséis años. Pronto asumirás el poder sobre la aldea y estoy seguro de que no podrá haber mejor líder para estas personas. Estoy orgulloso del hombre que tú..." —se encoge de hombros—. Emborronado —dice.

Es una carta al papá del hermano Stockham. El primer fragmento es H. J. Stockham hablando de las virtudes de su hijo y de lo que hace falta para "ser un líder". Es muy lento, y algunas palabras faltan. A veces Kane tiene que hacer una pausa para descifrar alguna palabra, pero yo estoy muy sorprendida de que pueda leer siquiera.

—"Mi padre fundó esta aldea. Me enseñó que nuestra posición descansa en la seguridad de todos. Con este fin, el Concejo ha sido..." —Kane sacude la cabeza; no puede leer esa palabra— "... y con frecuencia despiadado. Hacemos lo que debe hacerse; siempre lo he creído. Pero soy viejo y mi corazón se abruma. Me encuentro reflexionando sobre mis actos. Rezar no me hace sentir mejor. Busco..." —Kane vuelve a agitar la cabeza— "... y deseo el arrepentimiento. Con este fin, debo revelar el asunto de..."

Se detiene, frunce el ceño ante las letras.

—¿Qué?

Levanta la vista.

—"Clara Smithson".

Mi abuela. No sé si quiero escucharlo... si quiero que Kane lo escuche. Su iniquidad, el insinuarse al hombre que escribió ese libro, el ser enviada a la Encrucijada... Todo debe estar allí, en las páginas.

Kane me estudia.

No. Tengo que saberlo. Trago el nudo que se hace en mi garganta —se siente como un cuchillo— y asiento para indicarle que continúe.

—"Se te ha dicho que la hermana Clara era una adúltera, que mandarla a la Encrucijada hace tantos años fue debido a su iniquidad. Pero yo sé la verdad. Yo sé que su muerte fue un pecado contra el Altísimo. Mi confe..." —Kane vacila—, "mi confesión remediará esa falta. La verdad, hijo mío, es algo que te confío para que guardes y es ésta: yo la amaba".

Mi mente se estremece. Kane y yo intercambiamos miradas. Continúa:

—"Y su muerte equivale a la peor de las traiciones. Verás, Clara encontró algo en estos bosques que yo no tuve la Honestidad ni la Valentía de..." —Kane pronuncia despacio la palabra— "... aceptar. Ella no tuvo oportunidad de hablar de su hallazgo con nadie, su muerte logró esto, pero debo compartirlo aquí, porque no puedo permitir que tú cometas el mismo error".

Kane hace una pausa y vuelve a mirarme. Mi cabeza da vueltas. Hay un temblor en mi corazón: quiere salir de mi pecho y volar por el cuarto. La muerte de mi abuela no fue por su iniquidad... Ella no era impía. La marca de mi familia no es real.

—Sigue leyendo —murmuro.

Pero entonces hay un sonido desde el bosque: el eco de algo como un rebaño de ovejas que es llevado por la zona segura.

Kane y yo nos quedamos congelados, mirándonos.

—¿Qué es eso?

Él agita la cabeza, con los ojos muy abiertos.

Se acerca, cada vez más fuerte.

Un frío se asienta en mi garganta. Los bisontes no se agrupan en el bosque, así que no puede ser una manada... no suena a tantos animales, en todo caso. Sea lo que fuere, está subiendo al lado lejano de la hondonada y a punto de llegar a la cima de la colina detrás de la cabaña.

No hay ventanas de ese lado para ver qué es y no hay tiempo de esconderse en el bosque; estaríamos a medio camino de los árboles y a plena vista para cuando llegara. ¿Pero qué pasa si aquello nos encuentra aquí?

Kane suelta el libro, se pone de pie de un salto y cierra la puerta de la cabaña. Los dos miramos la trampilla en el suelo.

Un homme comme l'éléphant. La voz de Andre murmura en mis oídos, se mezcla con el ruido de afuera y me hace imaginar ojos bulbosos, una larga trompa, pies como pezuñas...

Corremos a la abertura en el suelo. Un anillo de metal inserto en la madera ayuda a abrir la trampilla. Hay una escalera decrépita que llega a una pequeña caverna de tierra excavada. Tomo el libro y me meto a ciegas en la oscuridad, y Kane tras de mí. Su cuerpo obstruye la luz de la cabaña. La trampilla se cierra de golpe tras él.

En un instante estamos encerrados en la humedad negra y esa presión en mi garganta regresa. La mano de Kane encuentra la mía y tira de mí hacia él. Me envuelve en sus brazos. Nos abrazamos en la oscuridad mientras tratamos de respirar más despacio. Después de un momento puedo distinguir la escalera delante de nosotros. Un poco de luz se filtra por las rendijas en el suelo de la cabaña sobre nosotros. Está frío y húmedo, pero mi piel está ardiendo.

El ruido afuera de la cabaña se detiene. Entonces... Una exhalación, como un golpe de viento. Toda esperanza de que sea otro animal común del bosque se muere en ese instante.

Hay un silencio espeso.

La puerta de la cabaña cruje. Espero escuchar pasos pero no hay ninguno.

¡Y entonces...! Entonces el suelo rechina directamente sobre nosotros y puedo escuchar que la cosa está cruzando el suelo donde está la trampilla. Tal vez no sepa que hay un sótano. Contengo el aliento y le ruego al Altísimo que el anillo en la trampilla haya quedado plano contra el suelo y no se vea. Hay un silbido sobre nosotros, suave pero familiar. No entiendo por qué. No es el trino de un pájaro... Y entonces entiendo. Es el sonido que oí en el bosque el otro día, el que siguió el hermano Stockham. Hay un suave rozar encima y la trampilla vuelve a crujir. Hay cosas que están entrando en la cabaña, pero no son como nada que conozca. Pasan como fantasmas por el suelo, apenas tocan la superficie.

Me siento mareada y me aprieto a Kane, siento su corazón latir salvajemente contra el mío.

Soy Honestidad. Soy Valentía. Soy Descubrimiento.

Y entonces suenan, bajas y sordas. ¿Voces? No puedo distinguir las palabras. El lenguaje es entrecortado, tiene sonidos que nunca había oído.

Se detiene.

Otra vez el roce y la puerta se cierra, rechinando. Me esfuerzo por escuchar qué sucede afuera de la cabaña. Después de un momento se oye el mismo correr por el suelo del bosque y se desvanece. Nos quedamos congelados, juntos, por un largo rato. Mi corazón es un tambor, mi piel quema y se siente fría a la vez.

—Vamos —la voz de Kane es tan fuerte en el silencio que casi grito. Tira de mí hacia la escalera y sube primero, empujando la trampilla para abrirla y que podamos salir. La trampilla hace un ruido horrible y fuerte y entonces la bendita luz nos muestra el camino. Kane extiende la mano para tomar la mía, y estoy a punto de subir por la escalera cuando la expresión en su cara me detiene.

Su boca está abierta y sus ojos enormes, alarmados. Está mirando sobre mi hombro, mira algo que está detrás de mí.

Me doy vuelta. Los huesos están sucios y amarillentos, casi se confunden con las sombras.

Los esqueletos están alineados contra la pared lejana del sótano. Los cráneos me miran boquiabiertos. Hay grilletes en el suelo. Algunos huesos permanecen en los anillos de metal, separados del resto.

Un temblor cálido me recorre. Y entonces... entonces los huesos se adelantan, me hablan en murmullos confusos. *Encuéntranos*, dicen.

Pierdo el sentido, doy vueltas y me desplomo por la escalera. Subo rápido, me aferro a las manos de Kane y él tira de mí al interior de la cabaña, lejos de los huesos quebradizos y el aire envenenado.

Quiero desmayarme sobre las tablas del suelo, pero Kane me mantiene de pie y cierra de una patada la trampilla. Estoy respirando con dificultad, intento formar las palabras mientras Kane me acerca a la puerta.

Salimos tropezando de la cabaña y subimos la colina. Los ojos de Kane están muy abiertos, su mandíbula se mueve como si estuviera pensando. Yo tropiezo dos veces. La luz se desvanece muy de prisa y estoy empezando a medir mal mis pasos. Ya está cerca el anochecer; seguramente papá se preguntará dónde estoy. Tendrá que hacerse de cenar. Y es un pésimo cocinero.

Alguien se ríe en voz alta. Miro mis manos. Están temblando. Tengo tanto calor y hace tanto frío aquí afuera... Algo está mal. Trato de decirle a Kane, pero no logro juntar el aire para hacerlo.

Muevo la mano derecha, encuentro el brazo de Kane y lo aprieto.

—¿Em?

Les trembles están bailando ante mis ojos, meciéndose a ritmo de vals. Abro la boca.

—¿Em? —puedo oír el pánico en la voz de Kane. Me imagino sus ojos hermosos, oscuros, llenos de preocupación. Hermoso Kane.

Sus brazos están alrededor de mí ahora. ¿Vamos a bailar?

Quiero decirle que no hay música, pero el suelo del bosque se arroja hacia mí y los árboles estallan en mil pedazos.

Y entonces todo se vuelve negro.

19

El río corre abajo. Sostengo el bulto frío con una mano y lo envuelvo apretadamente en la tela para que no se suelte cuando lo arroje. El anillo de mi abuela destella en mi mano. El hermano Stockham está de pie junto a mí.

—Nuestra salvación está en el Descubrimiento —digo, y arrojo al bebé a las aguas espumosas.

Cuando abandona mis manos, el bulto se agita y cobra vida. ¡No! Mis dedos tratan de retenerlo pero ya está más allá de mi alcance y se precipita hacia el río. Cae, retorciéndose, su llanto hace eco por toda la ribera…

Estoy en la arboleda, miro el sendero. El anillo de mi abuela está caliente ahora, brilla en mi dedo. El sol se hunde dos veces más rápido de lo normal y la noche negra llega corriendo a mi alrededor. El sonido de pezuñas llena el bosque. Mis ojos no pueden dejar el sendero, pero siento que las bestias trazan círculos cada vez más pequeños a mi alrededor, los pies con pezuñas retumban, los dedos polvosos intentan tocarme…

Kane está de pie junto a mí. Tiene la frente arrugada por la preocupación. Está diciendo algo sobre el bosque, pero es como si yo escuchara desde abajo del agua. Entonces Kane se convierte en Tom, que se convierte en papá, con sus hombros tristes y encorvados. Se transforman uno en el otro, una y otra vez, para pender sobre mí por turnos, diciendo palabras que no puedo entender. Y entonces se van y el hermano Stockham me mira desde arriba. No habla, sólo me mira con sus ojos grises de halcón. No puedo sentir el anillo en mi dedo. ¿Me lo habrá quitado?

Me muevo para tratar de sentirlo, de buscarlo en una mano con la otra, pero no me puedo mover. Estoy atrapada, con los brazos a mis costados.

Mis ojos se abren.

Miro un techo manchado de humo. Un colchón de hierba está contra mi espalda, pesadas mantas sobre mí. El olor es familiar, fuerte y terroso. Humo de salvia. Lo respiro y toso.

Sœur Manon aparece sobre mí. Pone una mano delgada sobre mi frente y mira de cerca mi cara. Vuelvo a toser. Ella resopla y se endereza.

—Tú come —y se aparta para ir a una olla puesta sobre el fuego.

Empujo las mantas y me esfuerzo para incorporarme en la cama. El camisón áspero que traigo puesto no es mío. Doy un vistazo por su cabaña mísera de un solo cuarto y encuentro mis mocasines bajo una silla cercana. Mi estómago se siente más vacío de lo que lo había sentido en mucho tiempo.

—¿Qué… por qué…? —mi voz es un croar.

—*Ce garçon… du sud* —dice *sœur* Manon por encima de su hombro mientras revuelve algo en la olla—. Te encontró por el río y te trajo —se acerca con un pequeño bol y una cuchara—. *Tu étais très malade,* Emmeline. Dios quiso que estés viva.

Mi cabeza se siente pesada.

—¿Enferma de qué?

Ella me fuerza a tomar el bol en una mano y la cuchara en la otra.

—*Le fievre.*

Retrocede con los brazos cruzados y espera a que empiece a comer.

Tomo una cucharada de caldo y pienso en sus palabras. Tuve la fiebre. Kane me trajo aquí. ¿Desde el río? No, desde el bosque. Desde...

La cabaña.

El caldo se atora en mi garganta y me pone a toser hasta que salen lágrimas de mis ojos. Respiro profundo y las limpio con una manga del camisón. Me obligo a mirar a *sœur* Manon.

—¿Hace cuántas noches?

Sus ojos son graves.

—*Deux.*

He estado aquí dos días. Mis sueños... el hermano Stockham, la arboleda, las caras mirando hacia abajo...

—¿Alguien... alguien me visitó?

Ella hace un chasquido con la lengua.

—Demasiados hombres.

—¿Mi papá?

—*Oui. Ton père, frère Stockham, Tom... mais...* —levanta una ceja— tú sólo preguntabas por ése.

—¿Por cuál?

—El que te trajo.

¡Por la gracia!

—¿Cuándo? ¿Alguien estaba cerca cuando yo pregunté...? —no puedo terminar.

Sœur Manon levanta ambas cejas.

—*Non.*

204

¿Qué más habré dicho mientras tuve la fiebre? Cambio al francés, esperando que *sœur* Manon piense que mi dificultad para encontrar las palabras es por el lenguaje.

—*Et quand... quand je dormais, est que... j'ai parle des... des autres choses?*

—*Je pense que tu as rêvé des fantômes.*

¿Estuve soñando con fantasmas? Un escalofrío sube por mi cuello hasta mi nuca. El sótano... aquellos huesos...

—¿Por qué lo dice?

—Porque en sueños hablaste de —hace una pausa— *les personnes qui sont parties longtemps.*

Frunzo el ceño, tratando de descifrar sus palabras. Hablaba de la gente que se fue hace largo tiempo. Gente que ella cree fantasmas... ¿Aquéllos a los que se llevó el *malmaci*?

Estaba soñando con el *malmaci*, eso es seguro, pero siento que algo pasó en la cabaña que es importante. Algo que estoy olvidando...

El libro. Lo dejé en el sótano. Mi corazón se hunde. Tendré que volver para sacarlo, de regreso a ese pozo de la muerte. ¿Quiénes fueron los que murieron allí? ¿Son lo que mi abuela encontró?

La alegría echa chispas a través de mi miedo. Mi abuela no era impía... no es como todos piensan. Y si puedo conseguir el libro, sabré por qué fue condenada a muerte y por qué sufrió una traición. Puedo lavar mi marca *sin tener que comprometerme con...*

Mis pensamientos se detienen ahí. El hermano Stockham ha estado en esa cabaña. Sin duda ha visto el libro y seguro sabe que no estoy realmente marcada.

Me quiere como pareja aunque el Concejo lo desaprueba. Así que ¿por qué esconderlo? Primero miente sobre estar en el bosque y ahora esconde esto. Un sentimiento helado me atrapa.

Sœur Manon me quita el bol.

—Debes limpiarte. Ve a casa.

Mi pie está ennegrecido y me duele mucho. No puedo evitar cojear mientras camino hacia el lavamanos cerca de la chimenea. Me arriesgo a mirar de reojo a *sœur* Manon, que sacude la cabeza y se ve muy seria.

—*Le fievre n'était pas bon pour ton pied.*

—No entiendo cómo me enfermé.

—Trabajas demasiado.

Levanto las cejas. No creo que nadie pueda acusarme de eso.

—Piensas demasiado —se corrige.

Eso podría estar más cerca de la verdad.

—Creo que lo que te preocupa aquí —se toca la frente— quema bajo la piel —su mano imita el movimiento del fuego y recorre su otro brazo.

Me vuelvo y me lavo deprisa junto al fuego. Luego me pongo algunas ropas que papá trajo. Me estoy atando la *ceinture fléchée* cuando ella pone una mano en mi hombro.

—*Ta robe* —y levanta el vestido de mi mamá. Lo ha remendado... no se nota la rotura a menos que se le busque. Pero... Kane me trajo de la ribera del río, con mi vestido roto... ¿qué debe pensar que estábamos haciendo allá?

Trato de no ruborizarme y la miro. Si cree que estábamos haciendo algo impío, su cara no lo muestra. Tomo el vestido.

—*Merci, sœur* Manon.

Ella asiente con su cabeza gris y se da vuelta hacia la chimenea. Lo usual. Nunca dice mucho. Pero mientras la veo alejarse, se me ocurre que nunca me ha hecho preguntas acusatorias, nunca se ha quejado cuando recolecto poco. Nunca me ha visto feo, aun sabiendo lo que me hago a propósito, aun sabiendo que estoy marcada. Lo único que ha hecho es cuidar de mí. Una pequeña parte de mi corazón secreto se eleva, mientras miro su cuerpo menudo inclinarse para recoger algo de la mesa.

Quiero agradecerle. Quiero decirle que me siento segura en la Casa de Sanación. Pero ella se vuelve.

—También encontré esto.

Miro su mano tendida. El anillo de mi abuela es un círculo brillante en su palma llena de pliegues.

Dejo de respirar.

—Creo que los fantasmas te dan un regalo.

Papá está tan aliviado de verme bien que no me pregunta qué estaba haciendo en la ribera del río, donde Kane supuestamente me encontró.

—Mi niña —dice. Se ve envejecido de algún modo: su frente más arrugada, su barba más gris. Me estruja con sus brazos delgados. Cuando abrazo su pecho frágil siento un espasmo de remordimiento—. Quédate en casa hoy. *Sœur* Manon dice que descanses otro día —se aparta, sostiene mis manos en sus manos huesudas—. Haré té antes de irme.

Todos los secretos que no le cuento me pesan de pronto en el pecho. Lo miro inclinarse para alimentar la estufa y poner el agua. Me indica una silla y me siento, agradecida.

Lo miro abrir con torpeza la bolsa del té. Mis pensamientos se persiguen unos a otros. Sé que quiere una vida mejor para mí. ¿Verá alguna vez que yo también la quiero? Si le digo lo que he encontrado, sin el libro para probarlo, ¿me creerá? ¿O me prohibirá volver a la cabaña? ¿Le diría al hermano Stockham?

Pone delante de mí una taza de té caliente de bergamota. Sus manos tiemblan, como siempre.

—Solamente descansa.

Asiento, mientras llevo la taza a mis labios.

—La Afirmación es en tres días —dice.

Me tenso, mientras el olor de bergamota llena mi nariz. Ya sé por qué está tan preocupado con que descanse. Está preocupado de que yo no esté presentable cuando acepte al hermano Stockham.

Nunca entenderá que yo necesite conseguir aquel libro. No creerá que debe haber alguna razón por la que el hermano Stockham nunca me contó de la confesión de su abuelo. Encierro la idea de contarle en un rincón pequeño de mi corazón secreto.

Cuando se va, me quedo en nuestras habitaciones, remendando ropa invernal y limpiando. Mis pensamientos siguen dando vueltas hasta que me marean. La cabaña, el libro, la trampilla, los huesos…

Debo revelar el asunto de Clara Smithson.

Saco el anillo de mi *ceinture* y lo estudio a la luz del fuego. *Sœur* Manon piensa que es un regalo sobrenatural y no pienso corregirla. Pero sus palabras me han perturbado. Nadie me dio este anillo. Yo lo tomé. Entonces me dio la fiebre y soñé con la "gente que se fue hace mucho". Ese soplo de aliento que oímos afuera de la choza llena mis oídos.

Yo tomé el anillo de mi abuela.

Tal vez ella viene para reclamarlo.

20

Al día siguiente, papá me dice que *sœur* Manon no me necesita, así que voy con la hermana Ann para que me asigne algún quehacer. Su cara está enjuta, muy delgada.

—Hoy quédate cerca, Emmeline —me dice mientras empaca velas en una caja.

—Por supuesto, hermana Ann.

—Lo digo en serio —y frunce el ceño—. Nadie tiene permitido salir de la fortificación a menos que el hermano Stockham lo autorice.

Mi corazón se hunde.

—¿Por qué?

Cuando levanta la mirada de las velas veo el miedo en sus ojos.

—Hubo un rapto anoche.

Sus palabras me caen como un balde de agua helada. En mi tiempo de vida, nunca había habido uno: el último sucedió antes de que yo naciera.

Los sonidos de la cabaña llenan mis oídos. La fuerte corriente de aliento venenoso. El tenue rechinido del suelo.

—¿Quién? —pregunto.

No Kane, por favor, no Kane, rezo al Altísimo en silencio.

—Uno de los guardias.

—¿*Frère* Andre?

¿Habrá ido a buscar a su *hombre elefante* de nuevo? ¿Debí habérselo contado a alguien? En su momento pensé que no, pero habría sido más seguro que dejarlo arriesgarse así.

—No, Pellier. Creo que se llamaba Bertrand —niega con la cabeza como si no debiéramos hablar más del asunto—. Sólo mantente cerca. Tom está arreglando para el invierno la acequia de aguas residuales, las vigas se pudrieron. Ayúdalo a remplazarlas antes de que asegure la compuerta para *La Prise*. Mañana vas a tener que ayudar con las preparaciones para la Afirmación. Ve al salón cuando termines con las tareas que te asigne *sœur* Manon.

Me abrigo y salgo con una sensación de náusea en el estómago. Cuando cruzo el patio, veo a un grupo de cinco concejales; sus mantos barren los escalones del edificio del Concejo. Entonces mi corazón da un salto: él está con ellos, su cabeza rapada lo hace resaltar.

Doy un paso en falso y se me dobla el tobillo de mi pie malo. Siento una punzada ardiente de dolor cuando tropiezo. El grupo sigue ahí, pero Kane se ha ido.

Ellos voltean a verme mientras me dirijo a la muralla sur.

Es entonces cuando noto que están por todas partes: los otros siete concejales están en lo alto de las murallas. Y, aunque es de día, los vigías están en sus puestos. De pronto siento una docena de pares de ojos sobre mí, examinándome, vigilándome mientras respiro hondo. Cojeo al lado sur del patio tan rápido como puedo.

—¡Emmeline! —Tom me llama desde la acequia.

Viste su ropa de invierno y trae en la mano una pala.

El pie me duele pero me apresuro a llegar junto a él.

—¿Te está doliendo? —me pregunta mientras me ofrece una mano para ayudarme a cruzar la zanja.

—Nada más me cansé de fingir —no le digo que no podría sobreponerme al dolor aunque lo intentara.

Nos miramos uno al otro en silencio.

—Me da gusto que estés bien —dice.

—A mí también.

—Mi mamá y yo fuimos a visitarte, pero estuviste dormida todo el tiempo.

—*Sœur* Manon me contó. Estoy muy agradecida con ustedes.

Sonríe. En ese momento es mi Tom: despreocupado, amable.

Señalo con un gesto de la cabeza la extensión de la fortificación a nuestras espaldas.

—Todos están muy nerviosos por lo del rapto —le digo.

—Lo sé —me responde y cambia su expresión por un ceño fruncido, preocupado.

—¿Escuchaste algo sobre eso? —le pregunto.

—No. Pero estoy realmente agradecido de que no estuvieras en la guardia cuando pasó.

Hay una pregunta en sus ojos: quiere saber qué estaba haciendo cuando me atacó la fiebre. Podría decírselo ahora. De hecho, quisiera decírselo… pero sólo le respondo:

—Yo también.

Él hace un esfuerzo por no mostrarse resentido, pero lo conozco muy bien: sabe que le estoy ocultando algo. Se aclara la garganta y hace un gesto hacia la compuerta. La acequia mide una zancada de ancho y pasa por debajo de la muralla. Su compuerta, sostenida por las vigas que tenemos que remplazar, se desliza hacia abajo en la zanja y deja sólo un espacio húmedo apenas suficiente para que alguien pase arrastrándose sobre el estómago. Ya está cavado un agujero para el nuevo poste en el lado más cercano a nosotros.

—Será mejor que nos pongamos a trabajar —dice.

Tom cava un segundo agujero del otro lado y yo espero a un costado, lista para ayudarlo a colocar el nuevo poste ahí. Usamos su *ceinture* para arrastrar la viga a su sitio y para levantarla. El silencio crece entre nosotros hasta que se vuelve palpable en el aire. Quisiera decirle algo que lo tranquilizara. Quisiera que él dijera algo, cualquier cosa.

Sostengo con fuerza su *ceinture* mientras llena de tierra el espacio alrededor del poste. Cuando terminamos con el segundo, Tom mira la compuerta, que está levantada en lo alto contra la muralla. Desata sus cuerdas y la deja caer sobre la zanja. Entonces desliza una viga gruesa sobre el borde, entre la muralla y los nuevos postes, de modo que no haya forma de abrir la compuerta desde afuera. Se sacude las manos.

—Listo —dice, y comienza a recoger sus cosas.

Yo no puedo más:

—Tom, ¿podemos hablar sinceramente?

Él me encara.

—Te lo agradecería —dice.

Tomo aire mientras trato de decidir por dónde empezar.

—Yo... quiero que sepas que todo está bien.

Él mira el suelo mientras se ajusta su *ceinture* en silencio.

—¿Tom?

Cuando levanta la cabeza, es claro en su rostro que no me cree.

—Mira —le digo—, los dos sabemos que no te estoy diciendo todo, pero necesito que me creas: estoy haciendo lo correcto.

—¿Escaparte al bosque es lo correcto?

—Yo no me escapo al bosque.

—Claro que sí. Es lo que hiciste el otro día. Y te tuvo que traer de vuelta Kane, cargándote en sus brazos, inconsciente por la fiebre.

Niego con la cabeza mirando el suelo, pero no tengo palabras para contradecirlo. Tom suspira.

—Sé que fue algo muy feo lo que te dije el otro día, lo de que eres impía a propósito. Pero, ¡por el Altísimo, Em! ¿Qué esperas que piense?

—Tengo mis razones.

—Me decepcionas.

Entonces me enojo. Estoy harta de que Tom juzgue mis virtudes y se meta en mis cosas. No he hecho nada que lastime a nadie. De hecho, es justo lo contrario.

—Quizás hay cosas peores —le digo.

—¿Peores que qué?

—Que ser impío.

Tom hace una pausa antes de hablar:

—No lo dices en serio.

—¿No? Seguro prefieres que Edith esté a salvo a que yo esté cuidando mis virtudes.

—¿De qué estás hablando?

—De la fiesta de la cosecha, Tom. Edith no estaba conmigo cuando sonó la alarma. Estaba completamente sola. Estaban cerrando el salón y yo corrí fuera para alcanzarla. Nos escondimos en el pozo hasta que todo estuvo en calma.

Tom me mira boquiabierto.

—Pero mi mamá me dijo…

—Tu mamá te dijo lo que le dijo a todos. Lo que *yo* le dije a todos.

Su cara palidece.

—Pero… alguien tendría que haberte visto…

—Andre no dirá nada —¡malhaya!, ¿por qué dije su nombre? Me apresuro a cubrirlo—. El punto es que tu mamá cometió un error y lo ocultó. Y yo cometí un acto impío porque no pude soportar la idea de dejar a Edith al alcance del *malmaci*.

Él se queda en silencio un momento, mirando con atención el suelo. Cuando me mira de nuevo, sus ojos son claros y sinceros.

—Gracias —dice muy quedito.

—No me agradezcas, no es por eso que lo hice.

—Lo sé. Lo hiciste porque… porque quieres a Edith y te preocupas por ella. Pero… este asunto de la iniquidad… —y suspira de nuevo—. Es sólo que no quiero que te pase algo malo.

Mi enojo disminuye.

—No me va a pasar nada malo.

—Últimamente no te reconozco. No eres tú misma.

Contengo una respuesta. Quiero decirle que soy exactamente yo misma, que soy más yo misma de lo que he sido hasta ahora.

—Ya no puedo adivinar qué estás pensando.

—¿Y quieres saberlo? ¿De verdad quieres saber qué es lo que pienso?

Tom se quita el cabello del rostro.

—Ya sé de la propuesta.

Levanto las manos al cielo.

—¡Todo mundo lo sabe, Tom!

—¿Y?

—Y no quiero unirme a él.

—¿Por qué no?

—Porque… porque no. No puedo.

—¿Por Kane?

—¡No! Bueno… Yo…

—Em, si tiene algo que ver con el sendero… —no termina.

Otra vez esa mirada. Como si quisiera saber y, al mismo tiempo, no pudiera admitirlo. Tomo una decisión.

—Tengo que decirte algo, algo que no le puedes decir a nadie.

Él asiente con la cabeza.

—Es acerca de mi abuela. Ella no fue impía. Al menos no del modo que todo mundo cree.

Sus ojos se abren más.

—¿Por qué dices eso?

—Encontré una carta. En el bosque.

—¿Una carta?

—¡Sí! No puedo explicarte todo en este momento, pero por favor créeme cuando te digo que ahí está. Y esa carta demuestra que yo no heredé una marca impía.

Él ni siquiera parpadea.

—Y tengo que ir a buscar esa carta.

Esto rompe el hechizo y Tom deja de mirarme. Cierra los ojos, se rasca la cabeza. Puedo ver que ya viene con su sermón sobre las virtudes y necesito cortarle el paso.

—Em…

—Sólo necesito ir una vez más. Va a ser difícil con todos en alerta por lo del rapto, así que voy a necesitar tu ayuda.

Él me mira, sus ojos del color del cielo cargados de nubes que amenazan lluvia.

—¿Pero por qué te importa eso, Em? Vas a unirte al hermano Stockham.

—¿No te das cuenta? Puedo limpiar el nombre de mi familia. Borrar la marca —*puedo descubrir lo que mi abuela encontró en el bosque*, pienso.

—A mí nunca me ha importado esa malhadada marca. Lo único que quiero es que estés a salvo.

Las nubes en sus ojos amenazan con estallar. Y entonces caigo en cuenta de que no le puedo decir lo demás: lo de la cabaña y los huesos y mis sueños, lo del hermano Stockham y Kane. Tom está tan acostumbrado a tener miedo, es lo único que conoce. Eso significa que siempre agachará la cabeza y vivirá su vida dentro de este fuerte. Pero si no puede levantar la cabeza y no puede ver más allá de esas murallas, entonces yo tengo que hacerlo por él. Y necesito ese libro para hacerlo.

—Lo sé, sé que quieres que esté a salvo—digo mientras toco su brazo para calmarlo—. Y lo estaré. Por favor, no le digas a nadie lo del bosque. Siempre hemos guardado los secretos uno del otro...

Me mira boquiabierto.

—¿Dando y dando? ¿Así es como va a ser? ¿Tengo que dejar que te expongas a cambio de que guardes mi secreto? ¿Tu iniquidad es igual a la mía?

—Eso no es lo que quise decir, Tom...

—¡Yo no puedo evitarlo! Lo que tú estás haciendo... —sus hombros se hunden—. Me preocupas.

Mi estómago se hace nudo.

—Eres mi amigo a pesar de que el resto de la gente me señala desde que era una niña. Te estoy contando que voy a hacer lo que tengo que hacer —se lo digo despacio y calmadamente, porque tengo miedo de romper en llanto. Me muerdo el labio para que no me tiemble.

Sus ojos están al borde de las lágrimas.

Aprieto su brazo.

—No haré nada que pueda llevarme a la Encrucijada.

—¿Me lo prometes? —su expresión de confianza me parte el corazón.

—Te lo prometo.

Pero estoy mintiendo. De nuevo. La Afirmación será en dos días y, después de eso, *La Prise* caerá sobre nosotros y estaremos encerrados en el fuerte hasta el Deshielo. Y yo seré la compañera de vida del hermano Stockham. Promesa o no, tengo que regresar a esa cabaña. Y creo que ya sé cómo hacerlo.

Entierro en lo profundo mi sentimiento de culpa. Le obsequio a Tom una sonrisa que no siento y voy a buscar a Kane.

21

Me detengo con *sœur* Manon, esperando que tenga algún encargo que me lleve a las Cocinas. Frunce el ceño cuando me ve llegar, pero cuando le pregunto, sus ojos se iluminan como si hubiera descubierto algo. Sonríe. Entonces busca entre sus cosas y encuentra un manojo de hierbas.

—*Ils sont des "herbes d'amour"* —me dice.

¡Por la gracia! Me sonrojo hasta el cuero cabelludo, tomo el manojo y me voy tan rápido como puedo.

Cuando entro a las Cocinas, la hermana Lucy está colgando cebollas para ponerlas a secar. Me señala con la barbilla las Bodegas cuando ve mi manojo.

Kane está cerca de la entrada, con la camisa arremangada como siempre, la cabeza desnuda, los ojos como estanques oscuros. Su rostro muestra alivio cuando me ve. Descruza los brazos y me dedica esa sonrisa rara. Yo no puedo sonreírle de vuelta. Siento que la sangre se agolpa en mis orejas. También me duele mucho el pie, pero eso no me preocupa en este momento.

Conforme me acerco, su sonrisa titubea, su ceja se arruga. Por primera vez lo noto inseguro. Y me parece tan honesto, tan expuesto, que las polillas que ya revoloteaban en mi estómago comienzan a golpetear tan fuerte que apenas puedo pensar.

Y sé que estoy a punto de hacer algo tonto.

Miro sobre mi hombro. La hermana Lucy está inclinada sobre los hornos. Arrojo las hierbas en una caja que está en el suelo. Entonces, antes de que pueda cambiar de idea, doy un paso adelante y escondo el rostro en el pecho de Kane.

Él me jala hacia él con fuerza y siento su pecho firme bajo la camisa. Mi cara está en su cuello ahora: piel suave y olor ahumado. El millón de polillas sube de mi estómago a mi pecho, dejándome sin aliento.

Kane me arrastra a la primera despensa y cierra la puerta. Entonces me toma de los hombros y me mira a los ojos.

—Em —dice con voz ronca y suave, como un viento susurrando entre los brotes —, ¿estás bien?

Logro asentir con la cabeza.

—Estaba preocupado. Tú… bueno, estabas tan enferma.

Me mira tan largamente que tengo que desviar la mirada. Por fin consigo hablar:

—¿Te ha preguntado alguien qué hacías? Cuando me encontraste.

—No —suelta mis hombros y da un paso atrás.

Extraño de inmediato sus manos, pero mi cabeza se despeja un poco.

—Lo siento. Por llevarte a la cabaña. No debí…

—Mejor eso a que hubieras estado ahí sola.

Paso saliva con dificultad.

—Bertrand Pellier, del barrio norte…

—Ya supe —su rostro muestra aflicción.

—¿Crees que pasó porque… como fuimos al bosque…? Es decir, ¿crees que nosotros lo hicimos enojar? ¿Que sea nuestra culpa?

—Fue un rapto, Em. No fue nuestra culpa.

—¿Era el *malmaci*? ¿Lo que estaba ahí afuera?

—No lo sé de cierto. Pero —y se pasa una mano por la cabeza rasurada—, bueno, al principio pensé que era mi imaginación, pero mientras más lo pienso más estoy seguro.

—¿Seguro de qué?

—Esas voces arriba de nosotros, en la cabaña. Usaban palabras que sonaban como las que acostumbraba usar mi *kokum*.

Kokum. La parte de su sangre de los Primeros.

—¿*Kokum*? ¿Tu abuela?

Asiente.

Miro su rostro. Intento entender lo que está tratando de decir. Las voces sonaban como su *kokum*. Como el idioma de los Primeros. ¿Los pueblos primigenios que vivían en esta tierra? El sonido que escuchamos en el bosque... El rechinido de las tablas de madera sobre nosotros... Mi estómago se hunde cuando las piezas del rompecabezas encajan.

Verás, Clara encontró algo en el bosque.

Se me eriza la nuca. Los fantasmas de los Primeros, mi Gente Perdida. ¿Será eso lo que mi abuela encontró allá afuera?

—Pero ¿y el hermano Stockham? ¿Y los huesos que encontramos?

—No sé —admite—. Pero puedo leer más en ese libro para buscar las respuestas.

—Se me cayó en el sótano —se me quiebra la voz. Las lágrimas empiezan a brotar.

—Tranquila, está bien —Kane se acerca, toma mi cara en sus manos y acaricia mis mejillas con sus pulgares—. Lo traeremos de vuelta.

Paso saliva. Tengo que decirle mi plan.

—¿Deberíamos contarle a alguien? —pregunta Kane—. A tu papá o...

—¡No! —digo—. Es sólo que... todavía no sabemos qué está pasando. Y papá está tan esperanzado con esta propuesta... no.

No le cuento a Kane acerca de Tom, y no puedo admitir que incluso después del susto en la cabaña, incluso sabiendo cuánto estamos arriesgando, no puedo renunciar. Quiero lavar mi marca por mí misma. Quiero probar mi Descubrimiento a mi manera.

Kane se muerde el labio inferior mientras mira mi rostro.

¿Se estará arrepintiendo? No es justo que espere que él haga algo de lo que no está convencido.

—No tienes que... que ir conmigo...

—No te voy a abandonar en esto —y se encoge de hombros—. Lo haremos juntos.

Me siento aliviada. Tengo que hacer acopio de toda mi voluntad para no lanzarme de nuevo a sus brazos.

—Pero necesitamos ir al bosque sin que nos vean —dice.

—No va a ser fácil.

—No con los guardias y los concejales vigilando a todos —suspira—. Altísimo.

Dile.

—Ya pensé en una forma de hacerlo —digo y respiro hondo—. Voy a decirle al hermano Stockham que acepto.

Él retrocede como si lo hubiera quemado.

Hablo velozmente.

—Sólo por ahora. Creo que lo puedo convencer de que me deje ir al río. Sólo una vez más antes de la Afirmación. Si puedo llegar al río, puedo ir a la cabaña. Pero —y lo jalo de la camisa para mantenerlo cerca— no va a ser real. Una vez que tenga el diario...

Los ojos de Kane muestran desagrado ante la idea, me doy cuenta de que no está seguro.

—Em…

—No va a ser de verdad —insisto. La lana áspera de su camisa quema mis dedos—. Tú dijiste que deseabas que las cosas fueran diferentes. Yo lo deseo también. Quiero decir… yo quiero…

No puedo terminar. Lo jalo de la camisa.

Él se deja atraer.

—¿Qué quieres? —su voz es tan suave. No puedo soportarlo.

No puedo decirlo. Mi corazón late tan aprisa que va a saltar de mi pecho. Pero él está aquí, está tan cerca, y no quiere dejarme sola.

—A ti.

Él inhala y cierra los ojos. Cuando los abre, ya no están indecisos: me mira con total seguridad. Pone sus manos a los lados de mi cuello, debajo de mi mandíbula, y atrae mi cara hacia él con suavidad.

Mi corazón se detiene.

Su boca está cerca, más cerca… y entonces… estamos besándonos.

Sus labios suaves como plumas rozan los míos. Y los rozan de nuevo. Yo suelto su camisa y pongo mis manos en sus brazos desnudos. Al contacto con su piel, algo comienza a hervir bajo la mía.

Dejo de pensar, me empujo hacia él, muerdo su labio. Él hace un sonido que debilita mis rodillas. Su mano comienza a acariciar mi cabello. Toma mi trenza en una mano, desliza la otra por mi espalda y me atrae más cerca. Me besa como si yo fuera aire y él se estuviera ahogando. El calor aumenta dentro de mí y hace que todo me dé vueltas. Nos presionamos uno contra el otro, una hoguera ardiendo a través de nuestras ropas. Es terriblemente incorrecto pero, aunque parezca imposible, al mismo tiempo es perfectamente correcto.

Él se separa de mí sin aliento.

—No podemos.

—Lo sé —pero me inclino de nuevo hacia él.

Me toma de los brazos y me aleja.

—No tienes que decirle que sí. Yo puedo volver a la cabaña y...

Se escuchan pisadas por el pasillo de las Bodegas. Nos separamos mientras se abre la puerta. Yo me inclino y finjo que examino las conservas secas mientras él se estira para mirar una repisa arriba de él.

—¿Encontraron lo que buscaban? —pregunta la hermana Lucy mientras se limpia las manos en su delantal.

Entra y va directo hacia un barril en el extremo del cuarto.

—Ya lo tengo —dice Kane mientras toma una caja vacía de la repisa—. Yo me encargo, hermana Emmeline.

Sus ojos están muy abiertos mientras se apresura hacia la puerta.

—Está bien —digo en voz baja y temblorosa, tratando de controlarla—. *Sœur* Manon me necesita.

Camino hacia la puerta y lo rozo al pasar. Mi hombro arde en llamas al contacto.

Me arriesgo a mirar su rostro una vez más al salir. Esa mirada... Tengo que apoyarme en el marco de la puerta para recuperar la fuerza en las piernas antes de irme.

22

En mi sueño, estoy parada al pie de la colina salpicada de árboles. Un grupo de guardias está de pie en la cima. El halcón vuela en círculos sobre mí.

Los árboles alrededor pierden las hojas y se transforman en huesos blancos que emiten un brillo mortecino, se levantan hacia el cielo estrellado. Una corriente de aire silba entre los esqueletos.

Encuéntranos.

Giro la cabeza y la veo. Está corriendo entre los árboles hacia mí, un manchón borroso de color azul que se mueve entre los huesos, con el largo cabello oscuro azotando detrás de ella.

Y entonces veo que los guardias llevan una mano al hombro para tomar sus armas. Trato de decirle a ella que retroceda, que se esconda, pero mi lengua está congelada y no me puedo mover.

Los disparos despedazan el bosque y el chillido del halcón hace eco de mi grito silencioso.

En la mañana me preparo para visitar al hermano Stockham. Kane dijo que no debo decirle que sí, pero está equivocado.

Nadie podrá salir de las puertas sin permiso del hermano Stockham, y mis sueños me indican que no tengo mucho tiempo.

Miro a papá por encima de nuestros tazones de avena. Me concentro en el temblor de sus manos mientras come. No quiero decirle. No soportaría verlo estallar de alegría ante una noticia que no es cierta. Su alegría, causada por esto que yo no deseo hacer, esto que nunca podría aceptar, me hace sentir enojada y triste a la vez.

Pero no sería creíble si no se entera él primero.

—¿Papá?

Deja a un lado su tazón y se limpia el bigote con el borde de su *ceinture*.

—Voy a ir a ver al hermano Stockham —le digo.

Él arquea las cejas.

—Voy a aceptar.

Tengo que mirar mis manos mientras lo digo. No quiero ver su felicidad. Su alivio. Nos quedamos en silencio. Levanto la mirada. Él me está observando con atención y su expresión no es la que yo imaginaba. No es alivio, es... preocupación.

—¿Estás segura? —me pregunta.

¿Que si estoy segura? ¿Me ha estado tratando de convencer de esto por semanas, ha estado haciéndome sentir culpable para aceptar al hermano Stockham y *ahora* quiere saber lo que siento? Siento que la ira me inunda.

—Por supuesto —digo escuetamente.

Él asiente.

—Sólo quiero estar seguro de que eso es lo que quieres.

—Tú mismo dijiste que es lo mejor.

—Sí.

—Dijiste que a veces es difícil ver lo que es mejor.

Asiente de nuevo.

—Entonces ¿por qué me preguntas ahora?

—Yo sólo… —duda y se mesa la barba—. Dije eso porque no quería que pensaras que no eres suficientemente buena para nuestro líder.

Mi enojo se extingue como la llama de una vela cuando le soplan.

—¿Perdón?

—Porque lo eres, Em. Eres suficientemente buena para cualquiera. No quería que pensaras que no podías aceptar por…—y su mirada se dirige a la mesa, a mi pie debajo de ella— por nada que pudiera preocuparte —me mira a los ojos antes de seguir—. Tú eres digna, mi niña.

Mi corazón cae dentro de mi estómago.

—Pero me da mucho gusto, si es que de verdad estás segura.

Me quedo sin palabras y sólo puedo asentir con la cabeza. Él se aclara la garganta.

—Será mejor que vaya al ahumadero —dice.

Se para y pone su tazón en el balde de los trastes. Cuando pasa a mi lado, pone una mano en mi hombro. Lo aprieta con suavidad y sale.

Me pongo de pie, temblorosa, y voy a mi cuarto. Mis ojos arden como si fuera a llorar y mis pensamientos son turbios. ¿Podrá ser cierto? ¿Le preocupaba que yo no aceptara incluso si era algo que quería? Todas esas veces que me miró con gesto preocupado… Trato de sacar todo eso de mi mente, no tengo tiempo ahora. En estos momentos, aceptar la propuesta del hermano Stockham es la única forma hacia la verdad. Paso saliva, me cepillo el cabello y me lo trenzo de nuevo, me pongo una túnica limpia y mi manto de invierno. Escondo el anillo de mi abuela dentro de mi *ceinture*. Es extraño, pero siento que me dará fuerza hoy.

Mientras me aproximo al edificio del Concejo, el pánico comienza a dominarme.

Me detengo un minuto y pienso en la visita de cortejo.

Podemos cambiar las cosas.

El hermano Stockham ha mantenido oculto ese diario y ha escondido el hecho de que no tengo una marca impía, pero prácticamente me está empujando al bosque. Sé que aceptar nuestra unión me permitirá obtener lo que quiero. Pero al mismo tiempo siento que estoy perdiendo de vista algo. Algo que está frente a mi nariz. Y ahora, con papá diciendo que no le molestaría si no acepto...

El hermano Jameson aparece en lo alto de los escalones del edificio del Concejo. Apresuro el paso. No quiero que me encuentren aquí parada como si no supiera qué hacer.

Sus brazos están cruzados sobre su pecho, su cara es de piedra.

—Hermana Emmeline.

Le ofrezco la paz y trato de mantener la voz firme.

—Buenos días, hermano Jameson. Vine para hablar con el hermano Stockham.

—Ah, sí. Su propuesta.

Asiento con la cabeza y me dispongo a subir las escaleras, pero él me detiene por un brazo. Me jala hacia él y se inclina.

—Supongo que piensas que unirte al buen hermano hará que la gente se olvide de la marca de tu familia, ¿verdad?

Paso saliva con dificultad y retiro el brazo.

—Supongo que usted hará su mejor esfuerzo para que no lo olviden.

Su voz se vuelve mortífera:

—Es mi deber mantener a salvo la aldea.

Levanto la barbilla y sostengo la mirada de sus ojos helados.

—El hermano Stockham no puede verte como realmente eres, Emmeline. Pero yo sí. Y cuando repitas los errores de los impíos que ya se han ido, yo estaré ahí. Y me encargaré de poner las cosas en orden.

Subo las escaleras. Siento que sus ojos marcan con fuego mi espalda mientras me alejo de él.

Adentro, el edificio de madera está en silencio. Pero este silencio no es tranquilizante como el de la ribera del río. Aquí se siente enfermo.

—Emmeline.

Casi brinco al escuchar la voz del hermano Stockham, que aparece en el corredor a mi derecha. Su cabello oscuro resplandece en la luz.

—Fue un gran alivio saber que estás bien.

Me trago el miedo que subía por mi garganta.

—Te visité.

Asiento, con la esperanza de no verme tan espantada como me siento.

—Al principio estaba muy preocupado. Pero entonces entendí que todo está pasando como debe ser.

—¿Perdón?

Él sonríe.

—No puedo perderte.

Esa mirada extraña, la que tenía cuando estábamos en el salón de ceremonias, está de vuelta en sus ojos. Necesito decirle lo que tengo planeado antes de perder el temple. Obligo a mi lengua a funcionar.

—Hermano Stockham, estoy aquí para discutir su propuesta.

—Entra —me dice.

Lo sigo a un cuarto que tiene una gran mesa ante dos ventanas. Las ventanas tienen cortinas pero no son de cuero de vaca como en nuestros aposentos. Me atrevo a acercarme y me asomo. Este cuarto da al patio. Puedo ver las Cocinas más allá de la armería.

—¿Cómo es posible que después de haber tenido varios días de fiebre hoy estés tan hermosa como siempre? —pregunta desde atrás de mí.

Pongo mis dedos sobre mis labios. Los siento hinchados por lo que pasó ayer. Por lo de Kane. Me vuelvo y lo encuentro mirándome con detenimiento. Mi lengua parece de trapo dentro de mi boca. Necesito terminar con esto. Pero la forma en que me está mirando... ¡Altísimo!

Bajo la mirada, esperando que parezca recatado, y digo:

—Hermano Stockham, sobre su propuesta. Yo... me siento muy halagada y... acepto.

El silencio que sigue no es lo que yo esperaba. Cuando levanto la vista, su cabeza está ladeada. Mi corazón sube a mi garganta. Dos, tres veces.

—Emmeline, yo... —su voz suena estrangulada.

Una oleada de pánico me cubre. Quizá no me cree. Me obligo a sonreírle.

Su cara se ilumina y me devuelve la sonrisa.

—Ésta es una muy buena noticia.

No soporto la idea de demorarme en este momento.

—¿Habló con papá acerca de los arreglos?

—Desde el principio. Seremos la primera pareja que se una después de la Afirmación.

Miro el escritorio, lo recorro con un dedo, me preparo para lo que le tengo que pedir sin que parezca sospechoso. Él habla de nuevo.

—No tienes idea de cuánto significa esto para mí.

La honestidad en su voz me derrumba. Pero él escondió la verdad sobre mi abuela. Trago saliva. ¿O no lo hizo? ¿Sería posible que él no haya estado afuera en el bosque, que no haya visto el diario? ¿Será posible que fuera otra persona la que estuvo allá? Me obligo a decir:

—También significa mucho para mí.

Él sonríe.

—Yo sabía que podríamos sobreponernos a nuestras cargas familiares.

Mis ojos se posan en su hombro, en la camisa blanca que esconde las cicatrices que hay debajo. Las enseñanzas de su padre. Se me revuelve el estómago. ¿Qué hice?

Él se aclara la garganta.

—Difundiré la noticia.

Un movimiento en la escalinata llama mi atención. Fuerzo otra sonrisa y me volteo a mirar por la ventana. Kane está parado en los escalones, hablando con el hermano Jameson.

He visto esto antes. Ayer, antes de reunirme con Tom en la acequia, Kane estaba con el Concejo. Y antes de eso, cuando estaba con Andre en la armería, él estaba con el Concejo también. Estaba tan sorprendida al encontrar la cabaña que no pensé demasiado en ello. Pero lo estoy pensando ahora. ¿Por qué tendría relación con el Concejo un chico común del barrio sur? Y con Jameson, nada menos.

Con esfuerzo, me obligo a mirar de nuevo al hermano Stockham.

—Hermano Stockham…

—Dime Gabriel, por favor.

—Gabriel —me corrijo. El nombre suena extraño en mi lengua—. Me necesitan en el salón para los preparativos.

—Por supuesto —responde y se aparta, alisando su túnica—. Te acompaño.

Su mano se siente caliente en mi espalda mientras paso por el corredor, pero mis pensamientos son un remolino. Kane en la escalinata con Jameson. El hermano Stockham en el bosque. *Yo no voy al bosque.* Un pensamiento explota entre todos los que dan vueltas en mi cabeza: la razón por la que estoy aquí.

—Herman... Gabriel, quiero pedirte algo.

—Por supuesto.

—Me preguntaba si podría ir a la ribera del río una última vez, antes de que llegue *La Prise*.

Él se detiene en seco. Yo hablo rápido.

—Sé que debo ser muy cuidadosa, pero sería una sola vez. Sólo una visita antes de que no sea posible ir ahí antes del Deshielo.

Cuando me encara, de nuevo tiene esa expresión extraña.

—Esperaba que me lo pidieras —dice.

Siento un escalofrío. Y ahora entiendo qué es esa mirada: es regocijo. El pelo de mi nuca se eriza. Me da un beso en el dorso de la mano.

—Por supuesto que puedes ir. Avisaré al Concejo.

Estoy a punto de irme cuando él me detiene por el brazo.

—Emmeline, esto va a cambiar todo —y me sostiene la mirada—. Gracias.

Yo asiento con la cabeza, casi sin poder respirar. Entonces le doy la espalda y bajo aprisa los escalones. El hermano Jameson se ha ido; Kane se aleja por el lado de la armería.

Me arriesgo a mirar a mi espalda, pero el hermano Stockham ha cerrado la puerta.

Camino a paso tan vivo como mi pierna me lo permite y me dirijo a la armería. No quiero ser vista desde las ventanas del edificio del Concejo. Casi grito cuando doy vuelta a la esquina:

—¡Kane!

Él va casi a la mitad del patio, pero cuando voltea, se ensanchan sus ojos. Regresa sobre sus pasos hacia mí.

—Los establos —digo cuando está cerca—. Busca un pretexto para dejar tus tareas.

No escucho cuando Kane se aproxima, pero su sombra se alarga en la pared enfrente de mí. Mi corazón me late en la garganta.

Me giro. Él viene con un andar seguro, pero yo levanto una mano para detenerlo.

—Pasas mucho tiempo con el Concejo.

Él mira alrededor velozmente, entonces me toma del brazo y me jala dentro del establo. Está vacío: sacaron a las ovejas para asearlas y quitarles las garrapatas antes de La Prise.

En la tenue luz, Kane me encara. Se pasa una mano por la cabeza.

—Em...

—Dime por qué.

—Estaba tratando de decirte en la bodega. Pero llegó la hermana Lucy.

Espero en silencio. El establo rechina.

Kane respira profundo.

—Él... Ellos, ellos te están vigilando.

—¿Quiénes?

—El hermano Stockham. El Concejo.

Lo miro fijamente. ¿Vigilándome? ¿Cómo puede él saber que me están vigilando?

—Lo han estado haciendo por cerca de un mes. Desde que ataste aquellos hilos a los árboles.

Frunzo el ceño.

—Nunca te conté de los hilos.

—Ya sé —responde sin desviar la mirada.

Me congelo por dentro.

—Eso es lo que estaba tratando de decirte. El Concejo ha estado vigilándote por cerca de un mes. Lo sé porque su informante… —y cierra los ojos un momento— su informante soy yo.

Mi boca se abre. Se cierra. Cuando recupero la voz, es áspera.

—¿De qué estás hablando?

—Hace unas semanas el hermano Stockham fue a verme. Dijo que tenía una tarea para mí. Que quería… que te vigilara.

—¿Para qué?

—Actos impíos.

Estoy mareada. Lo miro fijamente.

—Era el único modo de cuidar que estuvieras a salvo.

—¿Vigilando mis *actos impíos*?

—Lo iban a hacer de todos modos. Pensé que de esta manera… —se detiene a buscar las palabras—. Pensé que de esta manera al menos esperarían a que yo les informara. Y si yo no lo hacía, no tendrían nada contra ti.

Doy un paso atrás y mi pie malo se atora en una tabla, enviando oleadas de dolor a mi pierna. Sus ojos se ensanchan.

—Em…

Pero mi mente gira y gira. Los hilos. El día que escuché pisadas siguiéndome en el bosque. Kane había estado siguiéndome, escuchándome, por semanas.

—¿Qué les contaste?

—¡Nada!

Miro en sus enormes ojos. Los recuerdos me inundan como la corriente de un río: Kane encontrándome en el claro, mirándome raro durante la plática del hermano Jameson, la vez que se me acercó en el río.

¡Malhaya el Altísimo!

—¿Por qué habría de creerte?

Él retrocede como si le hubiera dado una bofetada, pero mis pensamientos ahora corren. Toda esa charla acerca de encontrar nuevas cosas e ir a lugares donde no debería estar, ¿estaba tratando de descubrir en qué había estado metida?

Puedes confiar en mí.

Y lo hice. Lo hice porque él...

Siento un hueco en el estómago.

Lo hice porque él me salvó durante la falsa alarma.

Fui tras de ti porque quise hacerlo.

¿Y si el hermano Stockham hizo sonar la alarma y le dijo a Kane que me siguiera para ganarse mi confianza? ¿Y si... y si me defendió de Charlie Jameson, si me contó esa historia de la niña lisiada y el flautista... si *todo* lo hizo para ganarse mi confianza?

Sus ojos buscan mi rostro. Sus hombros se desploman.

—Nunca haría nada que te lastimara —me dice suavemente—. Tienes que saber eso.

Pero eso no es una respuesta, no realmente.

—¿Por qué no me lo dijiste de inmediato?

—Porque yo pensé que sólo estabas siendo la soñadora de siempre, escapándote a la ribera del río y a los bosques. Pero hay algo más serio que eso, ahora lo veo —su voz tiene una nota de histeria.

Desvío la mirada de su rostro.

—Em, por favor. No valía la pena decírtelo entonces. Pero ahora... así como están las cosas... —trata de tomarme del brazo.

Ahora. Ahora estoy al borde de probar mi virtud de Descubrimiento, ahora soy más que una soñadora con una pierna lastimada. Merezco la verdad ahora. El dolor y la ira le dan fuerza a mi lengua. Quiero herirlo otra vez.

—¿Y el Concejo te prometió una recompensa por vigilar a la lisiada marcada? —retiro con brusquedad mi brazo.

—Em...

—¿O sólo te gustó sentir que eras uno de ellos por unas cuantas semanas?

—¡Por supuesto que no!

—Porque te veías muy a gusto con ellos...

—¿Qué opción tenía? —grita.

Me lanzo contra él y lo empujo con las dos manos. Con fuerza. Él tropieza y retrocede, pero no contraataca. Mi voz es áspera y acusadora.

—No me hables acerca de *opciones*.

Nos miramos uno al otro. Los ojos que estaban al borde del pánico ahora se ven tan perdidos que quiero morirme.

—Em —me dice—, cometí un error. Pensé que te estaba protegiendo.

Mis lágrimas hacen que vea borroso su rostro perfecto.

—Y quería protegerte porque... porque te amo.

Un viento cálido sopla por mi cabeza y enturbia aún más mis pensamientos. Miro el suelo. Nos quedamos así un largo rato. Yo observo el suelo de tierra, Kane me mira a mí. El chico con los ojos que me beben y me ahogan, el chico cuya piel enciende la mía en llamas.

Cuando vuelve a hablar, su voz está quebrada:

—Voy a traer el libro. Mañana tú ve a la ribera del río; el Concejo pensará que te estoy siguiendo para vigilarte. Tú te quedas a la vista de los guardias en la atalaya y yo iré a la cabaña. ¿Me permitirás hacer eso? ¿Recuperar el libro para ti?

Mi corazón secreto se desgarra. Ya no distingo entre arriba y abajo.

El hermano Stockham sabe que no tengo una marca impía pero escondió las pruebas. Me hizo la propuesta de ser su compañera de vida y me vigiló para descubrirme en actos impíos. Y cuando acepté unirme a él, se comportó como si yo fuera el mismo Altísimo dándole una bendición.

Kane me ocultó todo esto. ¿Y ahora dice que me ama?

Quiero pensar que es verdad. Quiero volver a estar en la bodega, apretada contra él, besándonos. Pero... ¿quién sabe qué es lo que Kane ama? ¿Amará la emoción de romper las reglas y de descubrir cosas? ¿Me amará a mí? No lo sé, y no tengo tiempo de analizarlo. Así que hago algo en lo que me estoy volviendo realmente buena: le miento.

—Está bien.

Su rostro se ilumina como los árboles cuando reciben los rayos del sol. Siento que se me rompe el corazón.

—Te lo traeré, Em.

No puedo mirarlo cuando se da la vuelta y deja el establo. Dejo que mi cabeza se llene de pies apaleados y vientos invernales de muerte.

Cuando llego esa tarde al salón, un grupo de mujeres arregla las mesas. Mañana, primer día de la Afirmación, habrá una cena para dar gracias. El segundo día, el hermano Stockham dirigirá un ritual en el que todos afirmaremos nuestro compromiso con nuestras virtudes. El tercer día, las futuras uniones serán declaradas. Mi unión con el hermano Stockham.

Dos concejales merodean en un rincón del salón, supervisando a las mujeres. Veo que Kane entra por una puerta lateral e intercambia un apretón de brazo con uno de ellos.

Mi estómago se agita.

Inclino la cabeza y le ayudo a la hermana Ann a colgar guirnaldas de salvia. Entonces le digo que tengo que ir a ver a *sœur* Manon y me apresuro fuera.

En nuestras habitaciones me envuelvo bien para mantener el calor, meto el anillo de mi abuela en mi *ceinture* y me ato con fuerza el manto bajo la barbilla. Cruzo el patio hacia la puerta del este. A cada paso tengo que obligarme a no correr y siento que me toma una eternidad llegar allá.

La gente está cerrando bien las ventanas y metiendo a sus casas carretadas de leña. Todos tienen expresión preocupada, pueden sentir que *La Prise* se acerca.

El hermano Jameson está parado a las puertas con los brazos cruzados. Levanta una mano para detenerme.

—Nadie sale de la fortificación —dice con firmeza.

Echo atrás mi capucha.

—Ah, hermana Emmeline.

—Tengo autorización del hermano Stockham para ir al río un rato.

—Eso oí.

Esperaba verlo molesto, pero parece satisfecho de sí mismo, engreído. Es su actitud habitual, pero hoy me hace sentir un estremecimiento. Señala con la cabeza hacia la parte alta de la muralla. Hay cuatro vigías patrullando esta parte.

—No vayas lejos —me dice.

Está comenzando a nevar. Camino con calma hasta la zona segura y avanzo hacia el río. Encuentro una roca y me siento a plena vista de la atalaya. Los trozos de hielo son copos de nieve gigantes en el agua, que giran despacio mientras avanzan a la deriva por el torrente. Pronto la superficie entera estará congelada y convertida en un listón sólido, cente-

237

lleante al sol invernal. Se verá sereno, pero será mortal, con hielos impredecibles bajo los que correrá el agua tan fría que podría parar tu corazón.

Miro hacia las murallas silenciosas. Luego de unos momentos, me levanto y me acerco al agua. Me quedo ahí un rato, sintiendo cómo golpetea mi corazón. Entonces avanzo unos pasos río abajo.

Cuando llego a la curva del río donde la ribera se vuelve escarpada, me apresuro hacia la pared. No hay espacio ahí para caminar junto al río, pero estoy fuera de la vista de los guardias. Con un poco de suerte, el vigía en turno pensará que estoy a la orilla del agua.

Gateo por la empinada ribera, me aferro a raíces y matas de salvia, mientras le pido al Altísimo que no me deje resbalar. Trozos de hielo pasan en silencio tras de mí. Voy muy despacio, pero sólo tengo que lograr avanzar un poco más, hasta donde los sauces se vuelven densos. Habrá un instante en el que los guardias podrían verme si están mirando hasta acá, pero yo espero que estén volteando a otro lado.

Me levanto y mi pierna grita en protesta cuando me aplasto contra el suelo y escarbo en la ribera con las manos. Me aferro a las raíces de los sauces y avanzo a gatas, arrastro mi pierna mala, me ruedo hacia el lado y me escondo entre los arbustos.

Me cubro bien la cabeza con la capucha y me arrastro hacia adelante, serpenteo sobre mi vientre y me detengo de tanto en tanto a desenredar mi manto de los arbustos en los que se atora. Cuando estoy lo suficientemente lejos en el bosque y estoy segura de que los guardias no me ven, me pongo de pie. Entonces me dirijo al oeste para llegar al claro.

No soy Honestidad. No soy Valentía.

Por favor, que sea Descubrimiento.

23

Cuando llego al claro, el bosque congelado está en silencio. En las filas de desnudos álamos brilla la escarcha, resplandeciente como rocío en una telaraña.

Me detengo en medio del claro y pienso en estar ahí con Kane. Él dijo que hubiera querido que las cosas fueran distintas.

Bueno, las cosas *son* distintas.

Saco el anillo de mi abuela de mi *ceinture* y me lo pongo. Estuve siempre tan segura de su culpabilidad, la odiaba tanto por ello. Pienso en cómo obtuve este anillo y siento una oleada de vergüenza.

Te pareces mucho a ella.

Si eso es cierto, entonces estoy cortejando mi propia muerte. Podría terminar en la Encrucijada por esto. Pero ¿qué queda para mí en la aldea si no puedo probar que no tengo una marca impía?

La brisa pasa entre los álamos. Es un viento helado: el aire pesa con la amenaza de nieve. Necesito seguir adelante antes de que me detenga la sola idea del atardecer y todo lo que viene con él.

Miro a mi alrededor para orientarme.

Hay una chica parada en el lado más lejano del claro, mirándome. Se mueve. Levanta su mano en un saludo.

No.

Eso no puede ser. Mis ojos me están engañando...

Pero la veo claramente. Es de mi edad, con cabello largo y oscuro. Tiene ojos grandes y viste de manera extraña. Su ropa es azul, como el cielo.

Ella sonríe con timidez. Entonces se da la vuelta y desaparece.

—¡Espera! —el eco de mi grito se pierde en el bosque. Me apresuro hacia el lugar donde la vi. Cuando me meto entre los árboles, veo un destello de cabello oscuro detrás de un árbol grueso.

Avanzo a trompicones entre los arbustos detrás de ella. Siento que mi pie grita y mi mente se retuerce.

¿Quién es ella? ¿De dónde viene?

Alcánzala. Encuéntrala.

Las ramas pegan contra mi cara, se enredan en mi manto. Fijo la mirada en su cabeza y los árboles son manchones que pasan a mis lados. Ella es mucho más rápida que yo, pero parece que se retrasa a propósito. ¿Quizá *quiere* que la siga?

La pierdo de vista y me detengo, jadeando. Los árboles se ven todos idénticos. Al seguirla, no presté atención y no sé en qué dirección nos alejamos del claro. Miro a mi alrededor, trato de encontrar el sol entre las ramas de los árboles.

Con el rabillo del ojo percibo movimiento. Ella está a unas veinte zancadas de donde estoy, se asoma atrás de un tronco. Entonces desaparece de nuevo en completo silencio.

Demasiado silencio.

Ella no hace nada de ruido al avanzar, mientras que yo choco con los árboles y matorrales como si fuera un bisonte de tamaño descomunal.

Me detengo.

Quizás estoy soñando. Quizá lo estoy imaginando.

Mi mente está confundida. Tengo calor: ¿me regresó la fiebre o es a causa de la carrera? Me pellizco en la parte interior de la muñeca, pateo con fuerza el suelo congelado con mi pie malo. En los dos casos siento claro e intenso el dolor. Se siente real, pero la chica... es como si hubiera salido de mis sueños.

Mis sueños. Eso. Ella es la chica que he estado soñando, la que me llama, pidiendo que la encuentre.

Giro sobre mí misma: sigo sin saber dónde estoy. Parecería que estoy al oeste del claro, pero no podría estar segura. Un sendero angosto se extiende delante de mí. Camino por él sin dejar de buscar con la mirada entre los árboles, a la espera de que la chica vuelva a aparecer. Cuando retiro una rama que me impide el paso al final del sendero, me detengo en seco: el poste con la tela roja se mueve al ritmo de la brisa helada.

Estoy de nuevo en la Encrucijada.

Cierro los ojos y respiro profundo para que mi mente no se rompa en pedazos. Calma. Es de día. He estado aquí antes y sobreviví. No hay forma de que la chica sea un fantasma impío en busca de venganza.

¿Verdad?

El anillo de mi abuela se siente caliente y brilla en mi dedo.

La chica aparece en la cima de la colina que lleva a los patíbulos. Me dedica de nuevo esa sonrisa tímida, me hace señas de que la siga y desaparece, bajando por el otro lado de la colina.

Mis manos tiemblan mientras me ajusto bien el manto en el cuello. ¿Debería seguirla? Trato de pensar en lo que me espera de vuelta en la fortificación, pero lo único que siento es que la nada me quiere tragar entera.

Soy Descubrimiento.

El viento me pega con fuerza mientras subo por la ladera, así que tengo que bajar la cabeza. Cuando llego a la cima y levanto la vista, mi corazón se detiene. Estoy a unas cien zancadas por arriba de los patíbulos pero desde aquí es claro que las jaulas están vacías.

Vacías.

Trato de recuperar el aliento y respirar pese al viento agitado. La chica se mueve con seguridad entre los patíbulos, se aleja.

Mis pies comienzan a moverse de nuevo, resbalando hacia abajo. Cuando llego al fondo, mi piel está resbaladiza bajo las ropas de invierno. Mi labio superior está perlado de sudor y respiro agitadamente mientras miro las jaulas herrumbrosas. Todas tienen las puertas abiertas, como si los esqueletos las hubieran empujado desde dentro y se hubieran escapado. O...

O como si nunca hubieran estado en ellas.

No puede ser. Me doblo, apoyo mis manos en las rodillas y dejo que mi cabeza cuelgue mientras trato de recuperar el aliento. El anillo de mi abuela me lanza un destello.

¿Me habré vuelto loca?

El eco de un silbido aflautado me llega desde la Encrucijada. Esta vez lo reconozco de inmediato: es el mismo sonido que escuché cuando Kane y yo nos escondimos en el sótano de la cabaña, el mismo que el hermano Stockham siguió el día que lo espié en el bosque.

Busco con la mirada el origen del silbido.

Es la chica, parada junto a una línea de árboles, con sus dedos sobre los labios. Ella hace el sonido de nuevo y me hace señas de que la siga. Ahora no está sonriendo y su gesto revela urgencia.

—¡Espera! —grito en un graznido.

Pero no lo hace.

Avanzo a tumbos detrás de ella. No quiero quedarme sola aquí.

El viento sopla sobre las colinas y hace que los patíbulos se balanceen mientras paso entre ellos. Siento lágrimas tibias sobre las mejillas. ¿A qué hora comencé a llorar?

De vuelta en el bosque nos refugiamos del viento. Ella sigue delante de mí, sin parar, y voltea de tanto en tanto a mirarme; así me anima a avanzar. Los álamos desnudos parecen huesos blanqueados por el sol y copos blancos caen a nuestro alrededor como ceniza.

Cuando me tropiezo con un arbusto y caigo sobre mis rodillas, ella se detiene y espera a que me vuelva a poner de pie. Y entonces reanuda la marcha. Llegamos a una colina salpicada de árboles. Ella se detiene y silba de nuevo. El eco del silbido se pierde entre los bosques.

Y entonces, otro silbido le responde.

La chica sonríe y comienza a subir la colina que se levanta frente a nosotras.

Mi pierna está en llamas y cada uno de mis huesos se siente pesado como roca. Avanzo con dificultad sobre las resbaladizas hojas de árbol que cubren el suelo y me obligo a seguir. Cuando llego arriba, reconozco la colina que hemos escalado. Venimos desde otra dirección y la estamos viendo por un lado.

Ahí, al fondo de la hondonada, con una luz parpadeante como de velas, está la cabaña. La chica me está llevando a la cabaña.

Cojeo por la pendiente tan rápido como puedo, pero ella es muchísimo más veloz. Llega a la cabaña y sube aprisa los escalones para llegar a la puerta. Respiro entrecortadamente, el dolor es una llama al rojo vivo que arde en mi cadera. Siento que me arrastro y que mi mente flota a la deriva como un trozo de hielo en el río.

Llego a la cabaña. Siento un sabor de sangre caliente en la garganta. Subo casi a gatas los escalones y alcanzo la puerta con las manos húmedas y pegajosas. Estoy a punto de empujarla cuando se abre de golpe y una figura a contraluz me impide el paso.

Unas manos toman el frente de mi manto y me jalan desde el umbral. La luz es tan brillante que veo puntos bailando frente a mis ojos. La puerta se cierra tras de mí y alguien me empuja contra la pared y me sostiene ahí con fuerza.

Una voz amortiguada llega a mis oídos, diciendo palabras que no entiendo. La figura se mueve como si estuviera tratando de alcanzar algo.

Más luces iluminan el lugar y hacen que la figura frente a mí sea más clara.

Quiero gritar pero me he quedado muda.

Estoy mirando al *hombre elefante*.

24

Retrocedo, trato de huir, pero no hay adónde ir. Estoy atrapada, mi espalda está presa contra la pared y mi manto aferrado con fuerza por un puño de piel curtida. Detrás del *hombre elefante* acecha otro. Son dos, y me observan con ojos bulbosos y malignos mientras respiran rasposamente.

La chica fantasma me dirigió a mi muerte: me llevó al *malmaci*.

Me lanzo hacia adelante, pateo y araño al *hombre elefante*. Él afloja el puño que apresa mi manto y cae de espaldas. Bajo la cabeza, me impulso contra la pared y embisto contra el otro. Lo hago perder el equilibrio y corro a su lado, pero entonces me detengo por una sensación dolorosa: me están estrangulando. Todavía tengo el manto atado al cuello y el *hombre elefante* que lo apresaba aún tiene una orilla de la tela en la mano. Mis ojos están llenos de lágrimas, pero puedo ver dos paredes y el cajón con velas que está en el suelo. ¿Dónde está la puerta? No la encuentro. Estoy arrinconada.

Giro sobre mí misma. Ellos gritan palabras extrañas, avanzan hacia mí con las manos en alto, como si estuvieran acorralando a un animal salvaje. Esta vez no voy a poder sorprenderlos y no hay forma de que yo tenga la fuerza para derribarlos de nuevo. Me encojo contra la pared, me hundo en el suelo, y me cubro la cabeza con los brazos. No puedo morir aquí. No así.

Una voz de mujer joven grita:

—¡*Nakana*!

Todo queda en silencio. Estoy a la espera de que pongan sus manos sobre mí, pero no sucede. Me asomo por encima de mi brazo y veo cómo los *hombres elefante* retroceden y se miran uno al otro. Entonces aparece la chica fantasma, que los empuja para llegar hasta mí. Señala sus caras, me señala a mí.

—*Mâkweyihtam* —dice.

El que está más cerca de mí levanta la cabeza y le habla con esa voz apagada. Son mitad humanos, mitad... no sé, no puedo adivinarlo. Sus caras de pesadilla son brillantes y tersas, y los sonidos que están haciendo...

Ella se arrodilla enfrente de mí y sus manos se acercan con intención de tocarme. Yo me encojo y agacho la cabeza.

—No vamos a lastimarte.

Está hablando en mi idioma. Me arriesgo a mirar de nuevo sobre mi brazo. Ella me está sonriendo. Pero entonces veo a los *hombres elefante*, ahí parados, imponentes y jadeantes. Ella mira por encima de su hombro y señala sus caras otra vez.

Uno de ellos lanza un sonido de protesta.

—Es *ella* —dice la chica.

Hay una pausa mientras los *hombres elefante* se miran uno al otro; su pesada respiración llena la cabaña. Entonces, el que está más cerca de mí lleva una de sus manos cubiertas de cuero a su cuello. Escucho un chasquido cuando él toca algo bajo su barbilla y lo jala hacia su cara. Sus ojos bulbosos y su larga nariz quedan en su mano, y en donde deberían estar hay un joven hombre con una cara afilada y profundos ojos castaños. Sostiene su cara de elefante en las manos y me mira.

El otro hace lo mismo. Tiene una cara más redonda y los mismos ojos hermosos. Muy en el fondo de mi mente quiero pensar en algo al ver que ambos muchachos son de cabello oscuro, piel morena como la de la chica y usan ropa azul, pero no alcanzo a concluirlo.

—*Akhop* —les dice la chica.

El muchacho del rostro angulado se apresura a una esquina de la cabaña y regresa con una manta de lana. Se la da a la chica y retrocede de nuevo.

Ella avanza hacia mí con la cobija. Mi mente vaga de un lado a otro. Permito que me envuelva con ella por encima de los hombros. Mis dedos son de madera cuando sujeto la cobija y trato de respirar.

—No vamos a lastimarte —dice de nuevo.

Quiero hablar pero mi lengua está muy lenta, mis pensamientos son un caos. ¿Es ésta mi Gente Perdida?

—¿Me entiendes? *¿Tu comprends?* —me pregunta mientras pone una mano tibia en mi rodilla.

Yo exhalo.

Ella se acerca más.

—*¿Parlez-vous français ou anglais*? ¿Inglés o francés?

Me obligo a contestar.

—In… inglés.

Ella se sienta junto a mí y dice:

—Te hemos estado buscando por mucho tiempo.

Frunzo el ceño. Hay una larga pausa en la que no hacemos otra cosa que mirarnos una a la otra. Sus ojos son brillantes.

Digo lo único que puedo pensar:

—¿Por qué?

Ella sonríe.

—Porque tú eres la Gente Perdida.

Me envuelven en otra cobija y me dan una bebida que la chica (se llama Matisa) dice que me calentará. No puedo imaginarme cómo: se siente fría en mi lengua. Pero cuando la trago, un calorcillo muy agradable se expande por mi pecho.

Los miro moverse en silencio pero con seguridad por la cabaña, van en silencio hacia un paquete en una esquina, luego hacia la extraña antorcha que está en el suelo, luego a hablar entre ellos. De vez en cuando hablan en su idioma y a mí me hablan en inglés con palabras que suenan a la vez entrecortadas e interminables.

Matisa se queda junto a mí. Señala a los muchachos.

—Mi hermano, Nishwa —y señala al del rostro redondo— y mi primo, Isi —el muchacho que me tenía sujeta por el manto.

Nishwa inclina la cabeza y me mira con curiosidad. Isi me observa con la desconfianza a la que ya estoy tan acostumbrada. Usan la ropa más extraña que he visto en mi vida. Pantalones y camisas ajustados, casacas similares a las que hay en los libros de cuentos, mocasines.

Son de verdad, definitivamente no son una fantasía mía, y no parece que quieran lastimarme. Hay algo en sus ojos oscuros y pelo lacio que me jala a mis pensamientos. No se parecen a nadie que conozca. No, eso no es verdad. Se parecen un poco a la gente del barrio sur, a la parte de los Primeros que hay en ellos. Me recuerdan a Kane.

—Me llamo Emmeline —les digo.

Matisa asiente.

—Lo sé —y sonríe—. Te he soñado, Emmeline. Te he soñado desde hace mucho tiempo.

—Yo también te he soñado —respondo.

Nunca he visto su cara en mis sueños, pero sé que es ella. Puedo sentirlo. Nos analizamos una a la otra, como si fuera lo más natural del mundo.

—¿Por qué me llamaste así? ¿La Gente Perdida?

Matisa mira a los muchachos. Ellos se sientan en cuclillas en el suelo y ella se acomoda de modo que queda frente a mí. Sus ojos castaños son cálidos, su cara es franca.

—La respuesta es larga.

Pero tengo tantas preguntas que no quiero esperar.

—¿De dónde vienen?

Ella corta el aire con la palma:

—De muy lejos. Más lejos de lo que podrías caminar en una semana.

—¿Cómo han sobrevivido?

—Soñé que podríamos sobrevivir aquí —Matisa levanta la barbilla y lanza una mirada a los muchachos—. Cuando seguimos los caminos de nuestros sueños, sabemos esas cosas.

Nishwa juguetea con su máscara de elefante.

Ella me mira de nuevo como si ya hubiera explicado todo.

—¿Tus sueños te dijeron como sobrevivir al *malmaci*?

Matisa pone cara de no comprenderme.

—El espíritu maligno que vive en estos bosques —le explico.

Matisa intercambia una mirada con los muchachos.

—¿Cómo han logrado sobrevivir aquí afuera? —pregunto de nuevo.

Tres pares de ojos castaños me examinan. El viento fuera de la cabaña aúlla.

Isi se acerca y le habla a Matisa en su idioma. Sus ojos apenas se han despegado de mi cara desde que se quitó la máscara. Matisa asiente y hace un ademán con la mano, como restando importancia a lo que él le dice. Entonces me da más de la bebida mientras él vuelve a sentarse.

—Nuestra gente se fue de este lugar hace mucho, mucho tiempo. No sé nada de este *malmaci* —dice.

Examino su rostro. Me está diciendo la verdad. ¿Será posible que no se hayan encontrado al *malmaci* aún?

—¿Cuándo se fue tu gente?

—Hace varias generaciones.

Mi corazón brinca. Pienso en los vestigios.

—¿Por qué se fueron?

—Hace muchos años los animales con los que compartíamos la tierra comenzaron a morir de una enfermedad que no podíamos explicar. Hubo personas que murieron también. Y cuando nuestros líderes de esos tiempos de paz empezaron a soñar que llegarían visitantes y que más muertes seguirían a su arribo, nos fuimos. Tomamos a nuestra gente y nos fuimos a las montañas.

Ella habla de la llegada de mi gente. Un estremecimiento me recorre. Ella es La Gente Perdida; eso es lo que les pasó.

—Los años pasaron y nuestros ancianos empezaron a soñar que los visitantes habían muerto. Todos, excepto un grupo de personas —y sonríe—. Tu gente, Emmeline. Enviamos exploradores para aprender más de ustedes, pero cuando ellos no regresaron, estos bosques se volvieron un lugar prohibido.

Mis pensamientos corren con sus palabras. El *malmaci* apareció como una enfermedad primero, y luego empezaron los raptos. La miro fijamente. Es sólo por la gracia del Altísimo que ella y estos dos chicos han sobrevivido todo este tiempo.

—Sus exploradores fueron raptados por el *malmaci* —le digo—. Venir aquí los ha puesto en peligro.

Isi murmura algo en su lengua. Matisa se mira las manos.

—Yo escucho mis sueños —dice—. Cuando empecé a soñar acerca de la Gente Perdida, y acerca de una muchacha que me estaba soñando a mí, supe que teníamos que encontrarte.

—¿Vinieron por mí?

Me mira y asiente.

—Pero... ¿por qué?

—La respuesta a eso es todavía más larga, pero yo creo que tus sueños te han estado diciendo lo que los míos me han dicho a mí. Estábamos destinadas a encontrarnos.

Mis sueños. Mis sueños me trajeron aquí, a esta cabaña, al diario. A la verdad acerca de mi abuela. Mis sueños me empujaron a probar mi virtud de Descubrimiento.

Lo he hecho. Descubrí a la Gente Perdida. Los miro a los tres. La bebida me calienta por dentro y aclara mi cabeza. Ellos traen ropas y objetos muy extraños, nada parecido a los vestigios que Tom y yo hemos encontrado. Están tan limpios, y ninguna de sus prendas tiene desgarraduras o manchas. De pronto me siento avergonzada de mis ropas raídas y mi trenza enredada. Pero un pensamiento barre con los otros:

Ellos han sobrevivido aquí afuera.

Me quito la cobija de los hombros.

—Tienen que venir conmigo a la aldea.

Matisa niega con la cabeza.

—No. Mis sueños me guiaron a encontrarte. Sólo a ti. Hemos estado esperando en el bosque, tratando de hacer contacto contigo —y mira a los muchachos—. Nishwa e Isi se aventuraron un poco demasiado cerca algunas veces.

Matisa señala la máscara en las manos de Nishwa.

Él baja la mirada, manso, pero Isi frunce el ceño.

—Al menos ahuyentamos al viejo.

Andre.

—Pero ¿por qué necesitaban ahuyentarlo? —pregunto.

Matisa me sostiene la mirada.

—Si nos encuentra quien no debe, todo estaría perdido. Eso es lo único que sé.

—Pero ellos deben saber que ustedes están aquí. Ustedes pueden ayudarnos.

Matisa no dice nada, sólo me mira con sus pacientes ojos cafés.

—¡Hemos estado atrapados aquí por cinco generaciones! La gente necesita saber que podemos salir, encontrar a otros.

Otra vez intercambian miradas. Isi le habla a Matisa en su idioma

Ella me mira.

—Nuestro *moshum*, nuestro abuelo, es el jefe de nuestros guerreros en casa. Él estudia los hábitos de guerra de otros pueblos. Él le dijo a Isi que la Gente Perdida podría ser belicosa.

—¡No lo somos! —insisto. Pero pienso en mi sueño, con todos los guardias disparándole a Matisa justo cuando al fin la he encontrado, y una punzada de miedo me perfora. Tiene razón. Llevarla a la aldea no es una buena idea. La gente está demasiado asustada.

—Vine a encontrarte a ti —vuelve a decir Matisa—. Mis sueños me anunciaron que tú sabrás en quién confiar.

La miro con atención y trato de entender lo que acaba de decir.

—Pero estás diciendo que no puedo confiar en nadie.

—Soñé una y otra vez un halcón volando en círculos alrededor de su presa —y me mira con cuidado—. Emmeline, *tú* eras la presa.

Isi se acerca y me pasa un trozo de carne seca. La carne está un poco dura, pero me sirve tener en qué ocupar la boca mientras mis pensamientos corren.

Encontré a la Gente Perdida. Puedo demostrar mi virtud de Descubrimiento, demostrar que mi abuela no era impía como todos creían. No tendré que unirme al hermano Stockham...

No tendré que unirme al hermano Stockham.

Ese pensamiento me llena de alivio. Pero lo hago a un lado. Tengo que pensar en todo esto. Matisa no vendrá conmigo a la aldea, no ahora, y nadie va a creer en la palabra de una muchacha con una marca impía, ¿verdad?

Un halcón volando en círculos sobre su presa.

Exactamente como en *mis* sueños. ¿Será el hermano Stockham? Lo que sea que esté escrito en el diario es algo que él no quiere que los demás vean. No entiendo por qué él no lo quemó. A menos...

A menos que él no lo haya visto, que no haya sido él quien estaba en la cabaña. El día que creí verlo en dos lugares a la vez. ¿Podría haber sido Matisa o alguno de los muchachos? ¿O alguien más?

Si nos encuentra quien no debe, todo estará perdido.

Mis pensamientos vuelven al momento en que vi a Kane en la escalinata del Concejo. Entierro bien profundo el recuerdo de sus ojos oscuros, de su pulgar en mi labio. No puedo permitir que mi corazón decida. No esta vez.

El halcón de mis sueños siempre vigilándome. Pienso en la sonrisa despectiva de Jameson.

Cuando repitas los errores de los impíos que ya se han ido, yo estaré ahí. Y me encargaré de poner las cosas en orden.

¡Por la gracia! Me froto los ojos y me doy cuenta de que estoy muy cansada. No tengo idea de cuánto tiempo he estado fuera del fuerte.

Piensa.

Necesito la ayuda de alguien realmente virtuoso. Alguien a quien la gente respete.

Sœur Manon es frágil, la gente podría pensar que son cosas de la edad. Y ella no lee en inglés. ¿*Frère* Andre? ¿Mi papá? La hermana Ann sabe leer. Pero antes necesito de alguien que me ayude a hablar con la gente…

Necesito a Tom. Él es virtuoso, respetado. Sus padres podrían ayudarle a descifrar el diario y él me diría.

Y siempre hemos guardado los secretos uno del otro. Siento un nudo en la garganta. Quizá no tengamos que guardar esos secretos después de esto. Quizás allá afuera haya algo mejor para nosotros dos. Sólo necesitamos convencer a la gente correcta de tomar la oportunidad.

Debo apresurarme. Si los guardias han empezado a buscarme, no tendré oportunidad de decirle nada a Tom. Pero mis sueños me han traído aquí, como los de Matisa la guiaron hacia mí. Seguramente estoy destinada a llevar la verdad de vuelta a la aldea.

Entonces pienso que aún no tengo la respuesta más larga de la que ella hablaba, pero que eso tendrá que esperar. Tengo que regresar.

—Muy bien, ustedes tres tendrán que esperarme aquí.

—¿Vas a regresar? —pregunta Matisa.

Asiento.

—Pero antes necesito recoger algo.

El sótano es frío pero menos tenebroso cuando lo ilumina la extraña lámpara de Nishwa. La luz rebota en las paredes revelando un espacio de unas cuatro zancadas por cinco. Los muchachos entran detrás de mí. El libro está donde se me cayó, justo enfrente de la pila de huesos.

Nishwa chasquea la lengua mientras Isi me empuja y pasa antes que yo. Veo que Isi se arrodilla junto a los esqueletos, murmurando. Pasa las manos sobre los huesos, los jala de los grilletes de hierro. Nishwa sostiene la luz en alto.

Doy un paso adelante, tomo el libro y volteo hacia Matisa, conteniendo la urgencia de empujarla y correr de vuelta a la escalera.

—¿Qué está haciendo Isi? —le pregunto.

—Quiere enterrarlos, como hizo con los otros.

Los otros. Frunzo el ceño y entonces entiendo el significado de sus palabras: la Encrucijada. Me dirijo a Isi.

—Quitaste los huesos de las jaulas.

Me sostiene la mirada y asiente.

—¿Por qué?

—Merecen descanso —dice y aprieta la mandíbula, mira hacia otro lado.

Descanso. Él enterró a mi abuela y lo que quedaba de los otros. Nosotros no enterramos a nuestros muertos, no lo hemos hecho por generaciones. No hay suficiente tierra para eso cerca del asentamiento, así que las Aguas Purificadoras han sido nuestra opción. Me inquieta pensar en sus huesos yaciendo bajo tierra. Pero saber que Isi quería que tuvieran descanso, incluso sin saber quiénes eran…

Trago saliva.

Isi se mantiene ocupado juntando todos los huesos en una pila mientras la luz de la lámpara de Nishwa proyecta largas sombras en la pared de tierra detrás de él.

Matisa y yo salimos del sótano helado.

—¿Qué es este sitio? —pregunta ella yendo hacia el paquete y trayendo de él otro trozo de carne seca. Me la da.

—No lo sé. Pero creo que este libro me lo dirá.

Desearía tener tiempo suficiente para que Matisa me lo leyera. Lo meto dentro de mi *ceinture fléchée*, ato el nudo de modo que oculte el bulto y me amarro el manto con fuerza. La luz de la cabaña es intensa debido a la extraña lámpara que está en el suelo, pero sé que la luz afuera está menguando y necesito volver. Miro a mi alrededor en la cabaña, me fijo de nuevo en el paquete de la esquina. No hay modo de que puedan esperar por mí aquí toda la noche, no con las pocas cobijas que tienen.

—Matisa, ¿cómo han sobrevivido aquí afuera?

—Tenemos nuestras provisiones en una cueva. Yendo a caballo, está bastante cerca de aquí.

—¿A caballo?

—Sí, venimos a caballo. Están amarrados afuera.

Caballos. Mi corazón brinca. Nunca he visto uno, sólo he visto dibujos en los libros de *sœur* Manon. Siempre quise conocerlos. Son altos, con grandes agujeros en la nariz y enormes pezuñas... Me acuerdo entonces del momento en que nos escondimos Kane y yo en el sótano de esta cabaña: el sonido que escuchamos eran pisadas de caballo, no de alguna bestia del infierno. Y el sonido, pienso ahora que mi mente no está confundida por el miedo, debe haber sido el caballo resoplando. Matisa y los muchachos me estaban buscando y yo desaparecí bajo la cabaña. Me dan ganas de reír.

Matisa me mira, espera que diga algo.

—Volveré —digo—. Encuéntrame aquí mañana por la tarde.

25

Cuando subo de la ribera del río, siento como si fuera la primera vez que mirara la fortificación. Quiero decir, mirarla *de verdad*. Después de estar con Matisa y los chicos, los postes erosionados me parecen cansados y tristes, en vez de fuertes y fieros. Las siluetas que se mueven por la parte alta de las murallas me lo parecen también. Pero entonces veo el destello de un catalejo en la mano de uno de los vigías y la idea de que me descubran me revuelve las entrañas. Ruego al Altísimo que nadie esté usando el catalejo cuando trate de escurrirme.

Sin embargo, las puertas del lado norte del río están abiertas, lo que me hace sentir que estoy a salvo. Si alguien hubiera mirado hacia el río y hubiera descubierto mi ausencia, habrían pensado en un rapto y estarían en alerta, con las puertas cerradas. Parece que ninguno de los vigías ha puesto mucho interés en mi ubicación desde que salí. Ser la lisiada marcada tiene sus ventajas. Es un pensamiento agridulce, considerando que Kane me dio la idea en primer lugar.

Cruzo la zona segura y me escabullo dentro de las puertas. El hermano Jameson está a unos pasos de ahí, hablando con una mujer delgada, una recolectora. Mi estómago se contrae pero me deslizo a un lado con una respetuosa inclinación de cabeza y cojeo hacia mi barrio. Él no me llama. Cruzo el patio sin sentirme observada.

Adentro de nuestras habitaciones, cierro la puerta tras de mí y respiro profundo. Mientras cruzo por la cocina, saco el libro de mi *ceinture* con la intención de esconderlo en mi cuarto, pero golpes en la puerta de la sala común me detienen.

Vuelvo a poner el libro dentro de los dobleces de mi cinturón y me digo a mí misma que debo tranquilizarme. Abro la puerta y encuentro a la hermana Ann de pie, su boca en una línea curvada hacia abajo.

—Emmeline, ¿dónde has estado? No estabas en la Casa de Sanación cuando fui a buscarte. Tendrías que haber estado ayudando en los preparativos de la Afirmación.

Siento que me ruborizo al contestar:

—El hermano Stockham me permitió salir al río.

—¿Para qué? —pregunta con el ceño fruncido.

Abro la boca y la cierro de nuevo. ¿Qué le puedo decir? Ella me mira con esos ojos cansados, esperando la respuesta, así que le respondo con la única cosa cierta que puedo compartirle:

—Acepté su propuesta. Nos uniremos durante *La Prise*.

Espero que resople y me diga que eso no tiene nada que ver con nada, pero sus ojos se suavizan, la línea sobre su ceja cede y sus hombros caen.

—Eso escuché —dice.

Nos miramos una a la otra. Y hay algo en sus ojos que nunca había visto. Una especie de tristeza. Como si estuviera viendo a la que ella fue cuando tenía mi edad.

—Fuiste a pensar.

—Algo así —digo, y no puedo imaginar que la hermana Ann considere "pensar" algo útil, pero aquí está, mirándome como si me comprendiera.

—Recuerdo el otoño previo a que me uniera a mi compañero —dice muy quedo, como si tuviera que hacer un gran esfuerzo para evocarlo—. Yo quería que ese otoño durara para siempre.

Quedo boquiabierta al escucharla. Pienso en el papá de Tom. Es de sonrisa fácil, pero modales serios; Tom se le parece un poco. No hay nada malo en él, al menos no a mis ojos, pero quizás ése no sea el punto. Quizás el hecho de que se espere que te unas a alguien, a quien sea, es suficiente carga.

Miro a la hermana Ann de otro modo: nunca pensé que tuviéramos mucho en común. Ella es tan virtuosa y yo tan... Pero ahora que la veo ahí, de pie, con esa expresión comprensiva, me doy cuenta de que sí nos parecemos un poco. Y que ese día, hace dos años, cuando ella estuvo a punto de salir de la aldea para encontrar a Edith... bueno, ése es el tipo de actos impíos en los que yo caigo, ¿no es así?

Ella sacude la cabeza, como si quisiera ahuyentar los recuerdos.

—Suficiente charla. Necesito que ayudes a llevar las velas al salón.

El libro quema mi piel a través de la túnica, ahí bajo mi *ceinture*. No puedo llevármelo: supongamos que alguien espera que use mi *ceinture* para algo y tengo que quitármelo? No es demasiado probable, pero no quiero tentar a la suerte.

—¿Dónde está Tom? —pregunto.

—En los establos —responde y me hace señas de que la siga—. Tengo dos cajas esperando en la cocina.

Me quedo en el pasillo, mirando a mi alrededor en busca de un lugar para esconder el libro. Descubro el morral de trampero de papá recargado en la puerta. En estos días no lo usa, dado que la fortificación está cerrando para *La Prise*. No lo necesitará en meses.

—Voy por mi bufanda —digo.

—Apresúrate.

Cojeo fuera de su vista y saco el libro de mi cinturón. Cuando lo dejo caer en el morral, ella me habla de nuevo:

—¡Nos están esperando!

La alcanzo en su cocina, donde me señala una caja en el suelo.

Afuera, el aire es frío y el sol comienza a bajar. Necesito encontrar a Tom antes de que nos encerremos para la noche. La hermana Ann se apresura al salón y yo la sigo. Ella se dirige a una mesa donde varias mujeres realizan diversas tareas. Los concejales han desaparecido.

Cuando cruzo el umbral, Kane se interpone en mi camino, los brazos cruzados sobre el pecho. Mi pulso se dispara al verlo. Una parte de mí quiere llevarlo a un lado y contarle lo que descubrí. Pero las palabras de Matisa vuelven a mi mente:

Sabrás en quién confiar.

—Hermana Emmeline —dice, lo suficientemente fuerte para que lo escuche la hermana Ann—. La hermana Lucy necesita un encargo.

La hermana Ann nos mira y asiente, luego sigue su camino hacia el extremo del salón. Kane me ayuda a cargar la caja y se acerca a mí.

—Encuéntrame en mis habitaciones —dice muy, muy quedo.

Sus mejillas están sonrojadas. Sus ojos brillan. ¿Es miedo? ¿Tiene miedo por mí o por él mismo?

—Por supuesto —digo, y le entrego la caja. Entonces me escurro fuera del salón.

Trato de no pensar en él y me concentro en lo que tengo que hacer. Debo ser rápida y discreta. Necesito encontrar a Tom.

Cojeo aprisa por los establos, cuidando que no haya concejales. Pero incluso el hermano Jameson ha desaparecido de las puertas del norte, sólo permanecen los vigías en lo alto de la muralla. El sol llega a la cima de las colinas, muy pronto oscurecerá. Dentro de los establos, el calor con olor terroso me cosquillea en la nariz. Me toma un momento acostumbrarme a la penumbra. Comienzo a moverme, presto atención a las voces.

Encuentro a Tom. Está solo, por suerte, limpiando los comederos. Cuando me ve, pone cara de alivio.

—Em, estaba preocupado. Mi mamá me dijo que no estabas con *sœur* Manon...

—¿Podemos hablar? —lo interrumpo.

Deja lo que está haciendo y yo tomo su brazo y lo arrastro al lado más lejano del establo. Las palabras amenazan con salir en cascada.

—Tom —digo e inhalo profundamente—. Los encontré.

—¿Qué cosa?

—A la Gente Perdida.

Sus ojos se ensanchan.

—Regresé al sendero y los encontré. No son fantasmas, Tom, son de verdad. Gente de los Primeros que vivía antes en estas tierras.

Tom me toma del brazo y me jala hacia él.

—Em, eso es absurdo.

—¡Lo sé! Pero te estoy diciendo la verdad. La Gente Perdida no fue raptada: decidieron irse. Y están de vuelta para ayudarnos.

Tom me mira fijamente.

—¿Tom? No estamos solos.

Él parpadea.

—¿Cómo sobrevivieron al *malmaci*?

—Aún no lo sé, pero quizá nos puedan enseñar a hacerlo —digo y toco su brazo—. Tom, sí existen.

—Sí existen —repite despacio.

—Sí.

—Aquí, en estos bosques.

Asiento con la cabeza mientras contengo el aliento.

El cielo de sus ojos cambia de nublado a azul brillante.

—¿Cómo son?

Tomo sus manos.

—Son increíbles. Saben muchísimas cosas... tienen muchísimas cosas que nosotros no. Una antorcha que se prende... así —y trueno los dedos enfrente de sus ojos—, sin tener que usar pedernal. Y esas... esas máscaras y... todo tipo de cosas... —las palabras se me agolpan—. Y están aquí para ayudarnos, Tom. Al fin.

Él sonríe y aprieta mis manos de vuelta.

—No puedo creerlo.

—Lo sé.

—Todo el tiempo que pasaste pensando en esos huesos y vestigios. Y ahora... ¡Por el Altísimo, Em! ¡Los encontraste!

Una risita escapa de mi boca.

—¿Qué dijo el Concejo? —me pregunta con los ojos brillantes.

Hago una pausa. Sólo se escucha el suave sonido que hacen las ovejas al rozar unas con otras.

—¿Em? Cuando les dijiste, ¿qué te contestaron?

Trago saliva.

—No puedo decirles. La Gente Perdida, la chica, me dijo que no puedo confiar en ellos.

La sonrisa desaparece del rostro de Tom. Me mira con dureza un rato. Luego baja la mirada a sus pies.

—Tom, te estoy diciendo la verdad.

—Te creo —dice suavemente. Pero cuando me mira de nuevo, lo hace como el día que le dije que podía hacer algo para limpiar mi marca impía. Tiene miedo—. ¿Cómo sabes que no es una trampa?

—No lo es.

—Te dijeron que no le hables de ellos al Concejo. ¿Y si quieren entrar a la aldea porque planean hacernos algo terrible?

—Son sólo tres. No están planeando nada terrible.

—¿Estás segura de que sólo son tres?

La verdad es que no lo sé de cierto. Pero si ellos quisieran lastimarnos, ¿por qué tendrían que merodear y esperar a que fuera yo quien los encontrara? Una vocecita en mi cabeza se pregunta si me necesitarán para eludir a los guardias. No. Quizá no sé mucho ahora, pero sé lo que siento dentro de mí.

—Están aquí para ayudarnos.

—Pero ¿cómo lo sabes?

—Porque he estado soñando a esta chica, a esta gente. Mis sueños me dictaban que debía encontrarlos.

El miedo de Tom se convierte en duda.

—Tus sueños.

—Así es.

Tom frunce el ceño.

—Tom, por favor. Ellos nos pueden ayudar.

Me mira y luego se pasa la mano por el cabello, impaciente.

—¿Ayudarnos a qué, Em?

—¡A vivir! A salir de este páramo, a encontrar una mejor vida. A hacer algo más que sólo sobrevivir.

—¿Estás diciendo que el Concejo no nos permite hacer eso?

—No lo sé. Pero sé que pasó algo extraño que el hermano Stockham guarda en secreto. Y que es algo que mi abuela descubrió. Y que por eso la mataron.

—¿Cómo sabes todo eso? ¿La Gente Perdida te lo dijo?

—Encontré un diario.

—Un diario —repite Tom y frunce más el ceño, si es que esto es posible.

—Una confesión de H. J. Stockham a su hijo.

—¿Y dónde está el diario?

—Lo escondí en el morral de trampero de papá.

Los ojos de Tom se ensanchan.

—¿Por qué hiciste eso?

—¡Porque no tenía dónde más ponerlo! —digo con un tono desesperado. No esperaba que Tom pusiera tantos reparos—. Debemos descubrir todo lo que dice.

—¿*Debemos*?

—¡Sí! Te lo estoy contando porque necesito tu ayuda —aferro su brazo—. Voy a traer a la Gente Perdida para que todos lo sepan. Pero necesito que hables con gente en la que confíes y le dejes saber lo que encontré. Hay un vigía que me ayudará. Mañana, antes de que empiece la ceremonia, conseguiré que me deje salir de la fortificación. Tú dejarás abierta la compuerta de la acequia. El vigía dejará esa zona sin vigilancia. Llegaré con la Gente Perdida por la ribera y, una vez que logre meterlos, todos verán la verdad por sí mismos. Verán que ellos están aquí para ayudarnos.

Digo todo eso sin respirar, con prisa: es mi plan a prueba de fallas. Mi gran idea. Tom me mira.

—¿Tom? —aprieto más su brazo—. Necesito tu ayuda. Por favor. Tienes que abrir la compuerta.

Silencio. Inhalo y lo intento de nuevo.

—Eres el único en el que puedo confiar.

Pero sus ojos están vidriosos y, mientras habla, su voz es distinta.

—Te dije que te detuvieras, Em. Te lo dije.

—¿Detenerme?

—Detener todo esto.

Ahora soy yo quien frunce el ceño.

—¡Encontré a la Gente Perdida!

—¡No sabes nada de ellos! ¡No tienes la menor idea del peligro en el que podrías estarnos poniendo a todos! —con brusquedad, zafa su brazo de entre mis manos—. No puedo ayudarte.

Sus palabras me pegan como un golpe tan fuerte que casi pierdo el aliento. Miro su cabello rubio y despeinado, sus ojos del color del cielo. Ahora están tan oscuros que pareciera que el sol jamás hubiera brillado en ellos. Su mandíbula está apretada y sus manos tiemblan. Puedo ver que tiene tanto miedo que prácticamente es otro, no el Tom que conozco.

—¿No puedes o no quieres?

—No quiero. Y si tu papá no entrega ese libro al Concejo, yo voy…

—Tú vas a… ¿qué? —mi voz es apenas un susurro.

No me responde. Sólo me mira. Su labio inferior tiembla, sus ojos están enrojecidos.

Tú sabrás en quién confiar. Siento que el suelo de tierra del establo se me acerca. Tengo que poner una mano en la pared para no caer.

Y entonces la ira me inunda. Voy a soltarla toda sobre él, a sacudirlo, a gritarle. Voy a decirle a gritos que nos está sentenciando a otro invierno terrible. Que me está sentenciando a unirme en una relación que no podré soportar. Todo porque tiene miedo.

Una ráfaga de viento pega en mi espalda cuando la puerta del establo se abre detras de mí. No alcanzo a voltear, estoy demasiado abrumada, mirando el rostro de Tom. Está pálido. Aterrorizado.

Y entonces una mano me aferra el hombro.

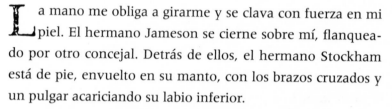

26

La mano me obliga a girarme y se clava con fuerza en mi piel. El hermano Jameson se cierne sobre mí, flanqueado por otro concejal. Detrás de ellos, el hermano Stockham está de pie, envuelto en su manto, con los brazos cruzados y un pulgar acariciando su labio inferior.

—Hermana Emmeline, tenemos que hablar —dice el hermano Jameson. Su expresión es petulante, satisfecha. Y llena de odio.

El hermano Stockham hace un ademán hacia la puerta, invitándome a seguirlo. No parece enojado, pero me mira con detenimiento.

Trago saliva y camino delante de los hombres. Cuando lanzo una mirada por encima de mi hombro, Tom está parado en la penumbra con los brazos a los lados y sus ojos llenos de miedo y angustia.

El hermano Jameson me hace salir del establo. Afuera, el sol se está poniendo, pero aún brilla con fuerza. Por un momento enceguezco y pierdo el paso. Mi tobillo se dobla y tengo que contener un grito.

Una mujer esparce semillas para los pollos afuera de los gallineros. Nos mira con curiosidad, pero de inmediato vuelve a su trabajo. Un hombre que transporta pieles pasa a un lado con la mirada baja. El hermano Jameson mantiene su mano en mi hombro mientras caminamos y el hermano Stockham se me empareja.

Mira mi mano.

—Qué anillo tan poco común, Emmeline. ¿De dónde lo sacaste?

¡Malhaya! Olvidé esconderlo cuando salí de la cabaña. Estaba tan preocupada con regresar al fuerte con el diario...

Trago saliva y me obligo a mirarlo a los ojos.

—Era de mi abuela.

El hermano Stockham levanta las cejas.

Miro a los tres hombres y siento mi pecho tenso mientras mis pensamientos se agolpan. Mientras avanzamos por el patio, alcanzo a ver algo con el rabillo del ojo. Giro la cabeza para verlo mejor. Una cabeza rapada, los brazos cruzados, mirando desde una esquina de la armería: es Kane. Siento que me mareo y necesito sostenerme del brazo del hermano Stockham para no caer. Escondo el rostro en mi capucha mientras los ojos se me llenan de lágrimas.

Subimos la escalinata al edificio del Concejo con el hermano Jameson a la cabeza y el hermano Stockham y el otro hombre a mis espaldas. Ya que estamos dentro, el hermano Stockham me encara.

—Emmeline, el Concejo se ha enterado de que dejaste la ribera del río hoy. Un vigía y una recolectora te vieron salir del bosque.

No puedo moverme, no puedo hablar.

—Traicionaste mi confianza —dice—. Cometiste una ofensa muy seria. Me duele como no tienes una idea, pero debo impartir justicia por la seguridad de la aldea.

Se me va el alma a los pies. Me acuerdo de Jacob Brigston, amarrado, arrastrado por el Concejo.

Mi voz suena rasposa:

—¿Qué tipo de justicia?

—El Concejo ha decidido el castigo más severo.

Él aprieta los labios y el peso de sus palabras se hunde en mí. Se refiere a la Encrucijada.

El pánico me domina.

—Ir al bosque no puede ser una ofensa tan grande...

—Si fuera sólo eso, no —me interrumpe el hermano Jameson —. Pero sabemos de tus vagabundeos. Eres peligrosa, Emmeline. No crees que tus acciones impías ponen en riesgo a la aldea —y mira fijo al hermano Stockham—. Ese muchacho Cariou hizo lo correcto.

Mi sangre se vuelve de hielo.

El hermano Stockham toma la palabra.

—He pedido al Concejo un día, de modo que pueda orar al Altísimo antes de castigarte. El Concejo me advirtió de esta posibilidad. Estoy devastado al darme cuenta de lo ingenuo que fui al proponerte una unión.

Pero no parece estar devastado, ni siquiera un poco. De hecho, hay cierto brillo en sus ojos. ¿Admiración? ¿Emoción?

Los concejales se revuelven con impaciencia. El hermano Stockham inclina la cabeza y los hombres me llevan por el pasillo que termina en una enorme puerta. Parece pesada, como la puerta de un sótano, y tiene una aldaba del lado de afuera.

—Aquí pasarás la noche.

El hermano Jameson me empuja con fuerza. Tropiezo dentro del pequeño espacio con la pierna en llamas.

—El hermano Jameson le avisará a tu padre que fuiste detenida —dice el hermano Stockham.

—Tu iniquidad no causará la caída de la aldea, Emmeline. No lo permitiremos —ruge Jameson.

La puerta se cierra de golpe detrás de mí y escucho cómo pasan el cerrojo.

Sus pisadas se alejan hasta desaparecer. No hay ventana, sólo un colchón de paja en una esquina. Es un cuarto pequeño, no medirá más de tres zancadas por lado. Huele a encerrado y siento que no hay suficiente aire. Me volteo y empujo la puerta, aunque sé que no tiene caso: está cerrada desde fuera. No hay modo de salir.

Me quedo de pie. Escucho el silencio. Entonces el rostro espantado de Tom y los ojos confiados de Matisa flotan frente a mí. *Si nos encuentra quien no debe, todo estará perdido. Eso es lo único que sé.*

Un gemido nace en mi pecho como un viento incontenible.

Pienso en el libro escondido en el morral de papá, en sus ojos tristes cuando le digan…

Mi corazón secreto se rompe en pedazos. Mis rodillas ceden y caigo en el suelo, hecha un ovillo con el rostro contra los tablones, el gemido brota en un llanto desesperado. Las lágrimas bajan por mi cuello como un río que me escalda.

Fallé.

No sé quién sepa del diario, quién lo estaba escondiendo. No sé qué dice. Si Tom lo entrega, pensarán que papá lo estaba escondiendo. Necesito sacarlo de esto.

Pero…

Incluso si salvo a papá, ¿qué con Matisa? Si no llego a hablar con ella, nadie sabrá la verdad. Y ellos van a vendarme los ojos y a amordazarme para arrastrarme a la Encrucijada. Seré para siempre la chica con una marca que siguió su legado impío. Pero si entrego a Matisa a la persona incorrecta…

Todo estará perdido.

¿Qué significa eso? ¿Qué no estaría sentenciándome sólo yo, sino a todos?

Ese muchacho Cariou hizo lo correcto.

Me acuerdo de Kane parado en el patio, mirando. Sollozo. Me estaba mintiendo a mí misma. En el fondo, debajo de toda mi ira y de lo lastimada que me sentía, creí en él. Creí que me amaba. Todo mi cuerpo duele con el recuerdo de sus caricias en la bodega. La historia que me contó...

Lloro por horas, hasta que ya no me quedan lágrimas, hasta que mi cuerpo entero queda débil e inútil. Entonces me arrastro por el suelo hasta el colchón y caigo en un sueño inquieto y profundo.

El ruido que hace el pasador al descorrerse me despierta. Alguien está abriendo la puerta. Está demasiado oscuro, aún no es de día. Y por un momento, me parece ver a Kane.

Entonces aparece el rostro del hermano Stockham, iluminado por una sola vela.

Trae en las manos un recipiente con agua. Me lo ofrece.

Me pongo de pie y siento el cuerpo tieso. El frente de mi túnica aún está húmedo por mis lágrimas. Mi pie me duele mucho cuando tropiezo y fuerzo mi peso sobre él. Tomo el recipiente y bebo rápidamente el agua fría. Estoy acostumbrada al sordo dolor del hambre en mi estómago, pero nunca había tenido tanta sed.

Le devuelvo el recipiente. Él sonríe.

El hermano Jameson aparece detrás de él, torciendo una cuerda entre las manos.

Yo me alejo de ellos hacia la pared mientras mi corazón late muy aprisa en mi garganta.

—Por favor…

—Emmeline, todo va a estar bien. Por favor, no te resistas mientras el hermano Jameson amarra tus manos —dice el hermano Stockham.

El hermano Jameson se adelanta. En mi mente puedo ver al esquilador impío arrastrándose en el suelo, reflejado en los ojos de color azul brillante de Jameson. Los nudillos del hermano Jameson palidecen mientras aprietan el lazo…

Estoy a punto de confesarles todo. Pero entonces miro al hermano Stockham y me congelo: tiene el dedo sobre los labios en gesto de pedirme guardar silencio. Y hay algo en sus ojos, algo tranquilizador. Como si realmente *todo* fuera a estar bien.

Jameson jala mis muñecas por detrás de mi espalda. Las amarra con un nudo y el lazo muerde mi piel. No grito. Trato de llenar mi mente con imágenes: *álamos dorados, el río brillante, el fresco olor de la salvia.*

Jameson mete una tira de tela en mi boca y la presiona en su lugar con otra que amarra detrás de mi cabeza. Arranca algunos cabellos al hacerlo.

Puedo sentir una nota de pánico asomándose entre mis pensamientos. Aprieto los ojos y visualizo golondrinas revoloteando en la ribera, insectos zumbando, tréboles tiernos.

Me dirigen fuera del edificio del Concejo hacia la fría madrugada; el sol aún no ha salido. Todo se ve pacífico, como el río cuando se congela. Hay concejales parados en la parte alta de las murallas. Los vigías no están. El hermano Stockham apaga la vela y se la entrega junto con el recipiente vacío al hermano Jameson. Entonces toma mi brazo y caminamos hacia el este. ¿Estamos yendo a ver a papá? ¿Me conducen a despedirme de él antes de que me lleven? ¿Debería decirle al hermano Stockham lo del diario, que lo puse en el morral de papá?

Los árboles meciéndose al viento, los copos de nieve cayendo con suavidad...

No vamos a los aposentos. Seguimos hacia las puertas, donde está de pie otro concejal. Él abre las puertas cuando nos acercamos. El hermano Stockham inclina la cabeza hacia el hermano Jameson, quien se queda atrás. Entonces el hermano Stockham apresura el paso mientras atravesamos las puertas.

Somos sólo él y yo en la zona segura. Me jala de modo que tengo que apresurar el paso. Arrastro la pierna mientras avanzamos. ¿Por qué estamos yendo al este? ¿Qué decidió el hermano Stockham anoche? El lazo corta mis muñecas y siento que voy a ahogarme con la saliva que se junta en el fondo de mi boca.

El río brillante, las golondrinas revoloteando.

Las paredes del acantilado están cubiertas con una ligera capa de nieve; el viento es helado. El hermano Stockham me lleva más allá de donde el río da vuelta y toma el sendero hacia las Aguas Purificadoras.

Cuando llegamos a los peñascos, ahí donde la corriente del río se acelera y pasa por la abertura en un rugido, todos mis pensamientos tranquilizadores se desvanecen en el viento. Trozos de hielo se arremolinan contra la abertura. Cuando chocan con los peñascos, se astillan y se apresuran o se hunden. Me acuerdo de aquel bulto que tiré en las aguas hace apenas unas semanas. Me acuerdo de mi sueño: estaba vivo cuando lo lanzaba...

Escucho un balido suave, similar al de un cordero que busca a su pareja. Miro alrededor, buscando al animal, pero entonces me doy cuenta de que soy *yo* quien lo emite: estoy llorando de nuevo. Mis lágrimas se secan en ríos helados en mis mejillas.

El hermano Stockham me mira con el ceño fruncido.

—Emmeline —me reprocha. Me quita la mordaza y acaricia mi mejilla con su pulgar—. Te dije que todo va a estar bien.

27

Mi voz, ronca de tanto llorar, sale como un graznido:
—¿Por qué estamos aquí?

—Es lo mejor. Allá las paredes oyen.

Mis lágrimas dejan de brotar. Lo miro.

—El Concejo. Ellos suponen que estamos aquí para que me encargue de tu castigo. Ellos no entenderían.

Parpadeo y siento mis ojos hinchados.

—¿Qué no entenderían?

—Tú y yo. Los bosques.

Como si le respondieran, los árboles se mecen por el viento. Miro a mi alrededor. Ligeros copos de nieve giran a nuestro alrededor. El sol comienza a salir por la ribera alta del río.

—No quiero más secretos entre nosotros —dice y da un paso hacia adelante. Pasa sus brazos alrededor de mí. Pienso que va a abrazarme, pero sus dedos comienzan a trabajar en el cordel que ata mis muñecas. ¿Me está dejando ir? Termina de deshacer el nudo y se retrasa un momento, abrazándome. Cuando da un paso atrás, estoy a punto de desmayarme del alivio. Me froto las muñecas lastimadas mientras lo miro con los ojos muy abiertos.

Él señala mi mano y pregunta:

—¿Dónde lo conseguiste?

Miro el anillo. Siento la boca muy seca. Me obligo a hablar:

—Era de mi abuela.

—Eso dijiste. Esperaba que pudieras ser honesta conmigo acerca de *cómo* llegó a tu mano.

Cierro los ojos, trato de aclarar mi mente, pero lo único que puedo ver es a Jacob, aterrorizado, arrastrándose en el suelo.

Cuando los abro, el hermano Stockham está observándome. Yo sacudo la cabeza.

—Tienes miedo —me dice—. Miedo de ser arrastrada de vuelta a la Encrucijada, de donde tomaste ese anillo. ¿Temes que puedas morir ahí, colgada en una jaula?

No le respondo y su rostro se suaviza.

—Tú y yo vamos a unirnos, Emmeline. ¿Crees que permitiría que eso te ocurriera? —dice y toma mi cara en sus manos—. Voy a enmendar los errores del pasado.

Entonces se inclina y pone sus labios en los míos, me besa suavemente. Su cabello cae hacia adelante, roza los lados de mi cara.

Yo me hago a un lado.

—¿Por qué estamos aquí? —pregunto de nuevo.

—Ya te lo he dicho. Para que podamos hablar sin rodeos.

Hay algo en su voz que dispara una punzada de miedo en mis entrañas. Me envuelvo en mi capa.

Él se aleja un poco y extiende sus brazos abarcando con un gesto los árboles helados y el río.

—¿Qué dijiste el otro día acerca de escuchar a la tierra? Tu instinto era correcto: los bosques tienen secretos que intentan comunicarnos. Pero nadie, desde tu abuela, se ha molestado en escuchar —él deja caer los brazos e inclina la cabeza—. Dime qué has escuchado en estos bosques.

Un cuervo grazna desde la copa de un árbol. Miro alrededor. La Gente Perdida ya no nos está mirando desde los bosques. No hay nadie ahí afuera. Sólo él y yo.

—Emmeline —dice. Mis ojos vuelven a su rostro—. Ya te dije que no te mandaré a la Encrucijada. ¿De qué tienes miedo?

Soñé una y otra vez un halcón volando en círculos alrededor de su presa. Emmeline, tú eras la presa.

—¿No confías en mí?

Trago saliva con dificultad.

—Es sólo que aún no es de día... y estamos cerca del bosque y apenas hubo un rapto...

—No corremos peligro.

Vuelvo a mirar alrededor. Si tratara de correr, él me alcanzaría en un instante.

—¿Cómo puede estar tan seguro?

Da un paso hacia mí.

—No puede haber raptos sin mi consentimiento.

Mi corazón se detiene.

—¿Perdón?

—Los dos tenemos cargas familiares, Emmeline —murmura y me da la espalda para mirar los trozos de hielo que arrastra la corriente—. Pero nuestra unión superará eso.

—No entiendo.

Mi mente vuela a una imagen de él en el bosque, el extraño medio círculo de velas en el suelo de la cabaña. No hay raptos sin su consentimiento. Él... ¿controla los raptos del *malmaci*?

—Mi padre me heredó una carga creada sobre el consejo de su padre y asegurada sobre el terror de la gente hacia lo desconocido.

Él toma las orillas de mi manto con las dos manos y me jala hacia él.

—Pero yo no cometeré los mismos errores que ellos tuvieron —continúa.

Está tan cerca que puedo percibir el olor a jabón de bergamota en su piel. Suspira.

—Mi abuelo no pudo arriesgarse a lo desconocido. Lo lamentaba, necesitaba arrepentirse. Quería la salvación.

—¿Arrepentirse de qué?

—Asesinato.

El viento sopla a través de mis huesos. Trago saliva.

—El de mi abuela.

Él retira un cabello rebelde de mi cara y lo acomoda dentro de mi capucha. Sus ojos brillan.

—¿Lo ves? Muy en el fondo, tú conoces la historia, tienes las respuestas —una sonrisa triste cruza su rostro—. Ellos estaban enamorados.

—¿De verdad?

—Como lo estamos nosotros.

Evado lo que acaba de decir y trato de decir otra cosa. Las palabras se me agolpan.

—Pero ella… ella…

—Era una viuda. Él, un hombre casado.

—¿Pero ella se le insinuó?

—No.

Él jala mi manto cada vez más conforme hablo, pero tengo que seguir haciéndolo. Necesito saber.

—¿Y entonces? ¿Tuvo miedo de que el asentamiento se enterara de lo de ellos? ¿Por eso enviaron a mi abuela a la Encrucijada?

—Ciertamente, ese amor ilícito habría destruido su posición.

—Pero... todo mundo piensa que ella actuó sola. Que ella...

—Las acciones de tu abuela no fueron sancionadas, Emmeline —replica en un tono apacible—, y mi posición, el legado de mi familia, depende de que esa historia se mantenga en secreto. ¿Por qué arruinar dos familias por un solo pecado?

Abro y cierro la boca pero no logro proferir palabra. Lo observo mientras mis pensamientos giran a gran velocidad. Mi cabeza está llena de confusión, dolor e ira.

—No creo que él haya querido que las cosas terminaran así. Creo que ellos mantuvieron su amor como un secreto, escondido en la cabaña que él construyó, lejos, dentro de la espesura, donde pocos se atrevían a aventurarse. Creo que habrían podido vivir el resto de sus vidas con esa vida secreta, de no haber sido por la curiosidad de tu abuela, su falta de miedo hacia lo que acecha más allá.

—¿De qué está hablando?

—Su Descubrimiento, Emmeline. Su curiosidad fue su ruina.

—Mi abuela fue enviada a la muerte por tu abuelo.

Él asiente con la cabeza.

—Tu abuela escogió lo desconocido por encima de mi abuelo. Él escogió su posición como líder por encima de ella. Pero nosotros haremos las cosas de otro modo. Cuando estuve vagando por el bosque y encontré su confesión, me di cuenta de que tú y yo somos dos mitades de un todo: dos personas cargando con la responsabilidad de nuestros antepasados.

Trato de inhalar en el viento helado, pero respiro tan entrecortadamente que siento como si estuviera tragando agua. Algo falta, una pieza del rompecabezas.

Clara encontró algo en estos bosques que yo no tuve la Honestidad ni la Valentía de aceptar…

—No quiero más secretos entre nosotros —dice de nuevo.

Pienso de nuevo en la cabaña y las velas.

—¿Usted controla al *malmaci*? —pregunto.

Por un momento pienso que va a reírse, pero entonces sus ojos se tornan serios.

—Vivo con una carga familiar, como tú.

—Usted sigue diciendo eso. Pero yo soy la única con una marca impía.

Él suspira y hace un gesto hacia los peñascos.

—Las Aguas Purificadoras son para algo más que sólo deshacernos de los que mueren por causas naturales.

Causas naturales. Frunzo el ceño.

Él mira el río con cuidado.

—Mi padre comenzó con los raptos. A menudo me he preguntado si acaso creía en el *malmaci*. Nunca lo dijo. Sé que mi abuelo no lo creía, de acuerdo con lo que escribió en su diario. Él se preocupaba de los peligros ordinarios: predadores grandes, visitantes no deseados. Pero la creencia en que había un ser maligno aquí era fuerte. Para algunos, fue creciendo con los años.

El viento sopla con furia dentro de mí y revuelve mis pensamientos.

—¿Usted no cree en el *malmaci*?

—Lo que sé es que nunca lo he visto. ¿Y tú?

Niego con la cabeza.

—No puedo contestar con certeza si el *malmaci* existe o no. Lo que es más importante aquí, Emmeline, es que la gente asustada es más fácil de guiar.

Estoy confundida. No puede ser. Pero su expresión es tan honesta, tan sincera…

—Mi padre lo entendió y encontró un modo de mantener fresco el miedo.

El hermano Stockham mira de nuevo hacia el agua que se precipita hacia los peñascos.

Mi corazón golpea con fuerza en mi pecho.

—Él... ¿mató a nuestra propia gente?

Una ráfaga de dolor cruza el rostro del hermano Stockham. Él asiente con la mandíbula apretada.

—¿Por qué?

—Para guiarlos.

Miro su expresión torturada.

—Era un hombre ambicioso. Creía que la gente necesitaba un líder que no tuviera miedo de sacrificar un cordero de vez en cuando por el bien del rebaño.

—¿El bien?

—Orden, Emmeline. Algo que la gente necesita desesperadamente. Basta con mirar al Concejo para entender la disposición de esta comunidad de ser guiada. Nuestros concejales ni siquiera necesitan armas para mantener el control.

El viento nos pega con fuerza. Pienso en la multitud mirando a Jacob mientras el Concejo lo estrangulaba. Algunos incluso elogiaron la medida. Dijeron que era la voluntad del Altísimo.

—Mi padre mantuvo la amenaza del *malmaci* para disuadir a los arriesgados, gente que habría preferido enfrentarse a lo desconocido que contribuir al asentamiento —su mirada deja de ser de dolor para convertirse en admiración—. Pero no te disuadió a ti.

—Pero... los raptos han ocurrido por años, desde que nuestra gente llegó aquí.

—Quizá —dice—. O quizás fueron meros accidentes. Gente que se alejó demasiado y fue atacada por animales salvajes, o que se congeló en las praderas o cayó a su muerte en los acantilados. Pero la gente creerá en lo que quiere creer. Y el miedo es poderoso.

¿Podría ser cierto? ¿Quién podría recordar aquellos raptos del pasado? Sólo queda un puñado de gente que vivió durante el mandato de su padre. *Sœur* Manon y *frère* Andre entre ellos. Recuerdo a *sœur* Manon diciéndome que preguntara a los bosques, y a *frère* Andre estableciendo una amistad conmigo a partir de nuestros vagabundeos. ¿Podría ser porque hay algo de verdad que ellos guardaron en sus corazones y luego olvidaron?

¿Como si creyeran, muy en el fondo, que el *malmaci* podría no existir?

Inhalo profundamente y trato de calmar mi corazón.

—Los primeros habitantes del asentamiento fueron casi destruidos por el *malmaci*, hace años —digo.

—Es verdad que fueron atacados por algo. Pero ¿fue un monstruo o esa historia cobró vida propia en la imaginación de la gente?

El río ruge.

¿Cómo sobrevivieron afuera?, le pregunté a Matisa. Su expresión consternada, como si no pudiera entender lo que le decía, flota frente a mis ojos.

Un trozo grande de hielo choca contra los peñascos. Me imagino a alguien siendo arrojado aquí al agua, su cuerpo despedazándose contra la roca…

—El hermano Pellier… —digo. Es mi prueba de que el hermano Stockham está equivocado. Pero cuando digo su nombre, me doy cuenta de que no hay prueba alguna, y que no quiero que me responda.

—No quiero más secretos entre nosotros —dice una vez más, con un brillo en los ojos que me da miedo.

No sé qué hacer, así que sólo asiento.

—Mi padre insistía en que el amor y el deseo eran el camino a la ruina.

Mi padre me enseñó muchas lecciones.

Pienso en las cicatrices que lleva bajo el manto, bajo la camisa. Cristales agudos de nieve pinchan mis mejillas desnudas.

—Pero todo ha sucedido como debe ser para probar que él estaba equivocado. Hemos repetido una historia que estaba destinada a suceder de nuevo.

Su expresión ahora anuncia que está sopesando algo. Se pasa una mano por el rostro antes de continuar.

—El hermano Bertrand fue un sacrificio desafortunado. Necesitaba distraer al Concejo para que no te vigilaran tan de cerca, necesitaba avivar su miedo. Estaban comenzando a dudar de que ese chico Cariou fuera confiable.

Él se da cuenta de mi desconcierto y sonríe.

—Un hombre ordinario se sentiría celoso: la forma en que te mira, como si fueras la lluvia de verano después de una sequía. Pero su amor por ti no es nada comparado con el destino que compartes conmigo. Cuando te siguió después de la fiesta de la cosecha, supe que había encontrado en él un aliado, aún cuando él no lo supiera.

Siento un dolor en el alma. Kane fue por su propia voluntad tras de mí durante la falsa alarma. El recuerdo de sus ojos espantados viene a mi mente. *Encuéntrame en mis habitaciones.* Él sabía lo que planeaba el Concejo para mí, estaba tratando de advertirme.

—Sé que has estado en el bosque porque yo también he estado ahí. He estado leyendo, orando, tratando de determinar mi camino. En ocasiones ha sido insoportable —dice mientras toca la cicatriz de su cuello—. El dolor nos ayuda a recordar lo que es importante. Pero creo que tú lo entiendes. Sé también cómo te castigas a ti misma cuando sientes que flaqueas —mira fijamente mi pie.

Su espalda. La piel llena de cicatrices, marcada por latigazos.

—Yo pensé que había sido su padre...

—Mi padre me habría lanzado a las Aguas Purificadoras de haber sido necesario. Nunca le di un motivo para hacerlo.

—Pero...

Debí haberlo sabido. Las marcas en su piel eran rojas, llenas de ira, como las de las manos de Tom. No eran cicatrices de antiguas heridas, sanadas hace tiempo. La sangre se me agolpa en la cabeza. Yo pensaba que nuestras preocupaciones con respecto a nuestros padres de algún modo nos habían marcado de la misma manera. De verdad lo pensaba, incluso cuando sabía que papá jamás me habría hecho lo que yo creía que le había hecho su padre. Ahora sé lo que de verdad nos hace parecidos...

Me seco las manos sudorosas en el manto y el anillo de mi abuela refleja un rayo de sol.

Sus ojos se centran en la joya.

—Entiendo tu curiosidad, tu determinación de probar tu valía. Te he estado vigilando para saber si serás capaz de llevar a cabo el Descubrimiento que vive en mi corazón.

Sus palabras no tienen sentido. Yo me concentro en lo que sé de cierto.

—Usted me entregó al Concejo —le digo—. Usted les dijo acerca de mis vagabundeos, haciéndoles creer que Kane le reportó eso a usted.

A pesar del miedo y la confusión, una chispa de alivio surge en mi corazón.

—Estaba jugando mi papel, como se espera. ¿Crees que mi posición es tan segura? Si yo desafiara hoy a Jameson, mañana estaría colgado en la Encrucijada. Jameson es un fanático y los otros son ovejas que lo siguen sin pensar. Están a gusto con su idea atrofiada de lo que es Descubrimiento. Como lo estaba mi padre.

Lo dice como si fuera algo obvio y entonces me doy cuenta de que una cosa es cierta: el miedo puede ser causa de toda clase de horrores, de toda clase de traiciones.

Se acerca a mí de nuevo, aparta mi manto y toma mis hombros en sus manos, presiona con fuerza.

—Pero nuestro amor me ayudará a forjar un nuevo camino —dice.

Se me cierra la garganta. *Nuestro amor.*

—Indícame nuestro camino —pide.

Sabrás en quién confiar.

No quiero equivocarme de nuevo.

Piensa, Em, piensa. Él está expectante.

Nuestra salvación está en el Descubrimiento…

—Necesitamos… —tropiezo al buscar las palabras— necesitamos una nueva forma de probar nuestra virtud de Descubrimiento.

Él cierra los ojos por un momento. Entonces suelta mis brazos y da un paso atrás. Cuando me mira de nuevo, parece aliviado.

—¿Estás segura?

—Lo he soñado.

Él ladea la cabeza y pasa un pulgar desde su mejilla hasta la mandíbula.

—Yo creo que no sólo lo has soñado: que lo has *visto*.

La sangre se apresura por mi pecho hasta agolparse en mis mejillas. Él puede ver la verdad en mi rostro. Yo asiento con la cabeza mientras un nudo en la garganta me impide respirar.

—Dime —me presiona.

Dudo.

—Emmeline, esto es importante. Necesito saber qué es lo que has visto.

—La Gente Perdida. Están aquí.

28

Tan pronto como he dicho las palabras me siento enferma. Pero él sonríe.

—Él dijo que "aparecieron como fantasmas del bosque, lengua extraña, efectos más extraños". Él dijo: "Si regresan, la descendencia de Clara los encontrará".

Aparecieron como fantasmas... Si regresan... ¿Mi abuela encontró a gente como Matisa?

—Todo está en el diario de mi abuelo. El que sacaste de la cabaña.

—Yo...

—Sé que no sabes leer.

Su curiosidad fue su perdición.

El miedo se asienta en mi pecho. ¿Tom tenía razón? ¿Matisa vino a hacernos daño? No. No puede ser verdad.

Sus ojos perforan los míos.

—¿Dónde están ahora?

—La cabaña —respondo. El hermano Stockham mira hacia el bosque, al oeste—. Están demasiado asustados como para ir a la aldea —agrego de prisa.

—Te estaban buscando.

—Sí.

Mi corazón late con fuerza. Mi estómago está hecho un nudo.

—Eres muy parecida a tu abuela, Emmeline. Por eso ha ocurrido exactamente lo mismo —se queda mirando el bosque—. Hemos cerrado el círculo.

Cerrado el círculo. El diario. Mi abuela.

Su muerte fue un pecado contra el Altísimo. La peor de las traiciones.

Mi voz es un murmullo.

—¿Qué pasó aquella vez?

Él voltea hacia mí. Y ahora, *ahora* es como si pudiera ver lo confusa y asustada que estoy. Sus ojos se suavizan.

—Todo lo que sé es lo que confesó mi abuelo. He pasado muchas horas tratando de imaginarlo: su conflicto, su confusión —frunce el ceño—. Él tenía miedo. La gente que encontró tu abuela era misteriosa. ¿Eran benevolentes, o acaso él había estado equivocado todo el tiempo en su negativa a creer en el *malmaci*? ¿Serían ellos sus agentes? ¿O algo igualmente peligroso? Tu abuela creía que estaban aquí para ayudarlos; ella quería contarle a la comunidad su Descubrimiento.

"Él pidió tiempo para decidir, pero la curiosidad de tu abuela era grande, su deseo de compartir su Descubrimiento demasiado fuerte. Desesperado, encontró un modo de mantenerla callada sin mancharse las manos con su sangre.

La imagen se aclara.

—Él contó mentiras a los oídos del Concejo, rumores sobre su adulterio, su iniquidad —estoy pensando en voz alta—. Ella no les gustaba a los demás, ya le temían por vagabundear en el bosque, por soñar despierta —esto lo sé porque lo he vivido.

—Insinuársele a un hombre casado, y al líder, nada menos, fue todo lo que el Concejo necesitó para mandarla a la Encrucijada.

—¿Pero por qué ella no se defendió? —pregunto, con un peso en el corazón—. ¿Por qué no les dijo lo que había encontrado?

Él levanta las cejas.

—¿Quizá por la misma razón por la que no le dijiste tú al Concejo lo que habías encontrado? Ella esperaba que mi abuelo dijera la verdad, que la eligiera por encima de su posición.

Cree que yo *deseaba* que él me salvara. Hago a un lado el pensamiento cuando algo peor brota en mi mente.

—¿Qué pasó con la gente que encontró?

—Él actuó impulsivamente. Fingiendo que les iba a compartir comida, los drogó con dulcamara y los encerró. Tenía miedo de soltarlos y de revelar su prisión. ¿Cómo explicar la cabaña? ¿Cómo explicar lo de Clara? Murieron encadenados.

El malestar en mi vientre se vuelve peor.

Nuestros exploradores no regresaron.

Los huesos en el sótano de la cabaña son los exploradores perdidos. El hermano Stockham lo sabía, y él esperaba que yo siguiera los pasos de mi abuela.

Hemos cerrado el círculo.

Pero ¿por qué importa? Una aguja de horror me atraviesa.

—¿Qué va a pasar con la Gente Perdida que he encontrado?

—Mi padre se cerró al mundo exterior e hizo cosas despiadadas para mantener su posición. Yo puedo elegir. Puedo elegir ese camino, o el camino que mi abuelo deseaba haber tenido: abrir su mente y su corazón a lo desconocido. Abrir su corazón al deseo —con un movimiento me acerca a él, me ahoga en su manto. Su boca está muy cerca—. Mi camino está claro.

Aprieta su boca contra la mía. Con fuerza. Se mueve hacia delante y me fuerza a ir hacia atrás, hacia los sauces. Me tropiezo y me atrapa, tira de mí hacia sus brazos, me hace bajar a una alfombra de ramas. Estoy atrapada entre el suelo y su boca insistente.

Imágenes gritan en mi mente: las agitadas Aguas Purificadoras, los ojos saltones de Jacob, aquel libro empolvado y escondido por años. Él ha estado esperando que yo llegara a la edad casadera para que pudiera probar que su padre estaba equivocado...

A mi padre no le gustaban las decisiones tomadas por amor.

Me doy cuenta y es como un cuchillo que me atraviesa, y con él, un miedo helado: todo esto descansa en su creencia de que yo lo amo como él a mí. Retengo un grito de pánico.

Él respira deprisa y sus manos están ahora dentro de mi manto, recorriéndome.

—Podría haber mantenido el secreto de mi familia —dice, contra mi cuello—. Pero nos elegí a nosotros —me besa otra vez. Todo lo que puedo oler es la bergamota en su piel. Quiero tanto apartarme que me duelen los dientes. Trato de poner la mente en algo que me aparte de este momento, pero los álamos dorados han desaparecido, así que busco, busco cualquier cosa...

Él deja de besarme y retrocede. Sus ojos se pasean por mi cara.

—Hemos probado que mi padre estaba equivocado —sonríe—. ¿No es así?

Asiento, mientras cada parte de mi cuerpo grita. Trato de sonreír, de igualar su esperanza, el entusiasmo en su cara.

—Sabía que ese chico Cariou no significaba nada para ti.

Y ahora mi corazón secreto me traiciona. Siento una punzada de emoción, tan profunda, tan verdadera, que casi me quita el aliento. De inmediato me doy cuenta de que algo en mis ojos ha hablado claramente. El júbilo en los suyos se apaga. Él aparta la cabeza.

—Aceptaste mi propuesta.

La sangre huye de mi cara.

—Lo hice.

—¿Y sin embargo...? —hay un trasfondo amenazador en su voz.

—Debemos casarnos. Cuando... cuando *La Prise* venga, Gabriel, nosotros... —no lo puedo decir y hacer que suene creíble, así que levanto la cabeza y aprieto mi boca contra la suya, peleando contra todos mis instintos para no empujarlo y salir corriendo. Mi piel se eriza bajo su cuerpo, pesado, tan pesado, encima de mí.

Él me deja besarlo un poco más. Entonces pone su brazo en mi clavícula y me empuja de vuelta a la tierra.

Trato de tomar aire, pero su peso me lo impide. Trato de hablar.

—Gabr... —no puedo terminar. Toso, trato de hallar mi voz. Pero si hablara no importaría, porque puedo ver por su expresión que ya lo sabe. Ya *sabe*.

El dolor tuerce sus facciones mientras me hace a un lado y se pone de pie. Se aleja de mí, la cabeza gacha, las manos en las caderas.

Aspiro y me paro en mi pie malo.

El viento sopla con fuerza, dobla los sauces deshojados como si fueran hojas de hierba. Doy un vistazo al bosque y vuelvo a mirarlo a él.

Su torso se llena con una respiración profunda mientras pasa las manos por su cabello, recogiéndolo en su nuca.

Cuando se vuelve a mirarme su cara está en calma, pero sus ojos están afligidos.

—No me amas —sus palabras son una flecha envenenada que me atraviesa. No me puedo mover. No puedo negar sus palabras; no puedo decir que sí lo amo y hacer que suene siquiera cercano a la verdad. Sus siguientes palabras son tan suaves que apenas puedo oírlo—. Él tenía razón —su padre.

—No, Gabriel, no tenía razón —pero no sé qué decir. Él ha estado esperando todo este tiempo, abrigando la idea extraña de que nuestro amor era la respuesta.

—Esperaba que me ayudaras a probar que no la tenía —su voz se vuelve más fuerte—. Me arriesgué a eso. Si me hubieras negado, si nunca te hubieras aventurado en el bosque o encontrado a aquella gente, hubiera sabido que debía mantener el curso. Que debía mandar —su rostro cambia, su boca se convierte en una línea maligna—. Pero mentiste. Y vas a arruinarme.

Avanza hacia mí, su cuerpo tenso.

—No lo haré, yo...

—Me traicionarás, como tu abuela —se acerca—. Le dirás a la aldea de los raptos y yo no seré ni su líder ni tu amante.

—¡No! —me tropiezo al retroceder. Estoy justo al lado de la ribera, el río ruge con fuerza a mis espaldas. Mis manos se yerguen, temblando, delante de mí—. ¡Gabriel, por favor! La gente que encontré... todavía puede ser *nuestro* Descubrimiento.

Se detiene. Sus ojos se apagan.

—La gente que encontraste no existe.

Me quedo mirándolo y el miedo se escurre por mi frente.

—¿Qué quieres decir?

—Me aseguraré de que así sea. Como mi abuelo.

Contengo un grito de desesperación.

—Pero todavía puedes…

—¡No! —me mira como si estuviera mirando a la mismísima *La Prise*—. Mi padre tenía razón.

El viento no me deja respirar. Sus ojos de halcón están llenos de un dolor tan profundo…

Se arroja, me toma del manto y me arrastra con fuerza hacia él. Me sostiene. Lucho para soltarme, pero él me hace girar y aprieta mis brazos contra mis costados. Gira para que quedemos encarando el río. Grandes trozos de hielo se atoran en los peñascos. Algunos logran pasar y son triturados al caer por la cascada. Él me empuja, me acerca al borde del río. Mis mocasines se resbalan cuando trato de retroceder.

—Éste no era el camino que yo deseaba —deja de empujarme y me levanta. Mis brazos gritan de dolor cuando me aprieta contra su pecho. Mis pies cuelgan, inútiles, en el aire—. Pero tú me has enseñado el camino, Emmeline —murmura en mi oído—. Tendré que mandar. Sin ti.

Y entonces me arroja ribera abajo, hasta el agua del río.

29

El agua helada me saca el aire de un golpe mientras me hundo por debajo de la superficie. Todo es negro, todo gira y me aprieta desde todas direcciones. Mis pies tocan algo sólido, pero entonces la fuerza del agua me arrebata y ya no puedo saber en qué dirección está arriba. Las corrientes me jalan con sus dedos codiciosos, trozos de hielo me golpean la espalda y las piernas. Todo está retumbando con un grito hueco y ensordecedor.

Estoy de vuelta en la superficie, emergiendo del agua. Tengo un momento de claridad para inhalar profundamente, y entonces la puerta de piedra viene deprisa hacia mí. Manoteo en el agua que me hace girar. Golpeo el fondo al pasar por la puerta, algo me golpea a mí, y entonces estoy de vuelta hundida en el torbellino rugiente. Me ciega, llena mis oídos con sus aullidos, me toma del pecho y me aplasta.

Me estoy muriendo. Lo puedo sentir.

Kane, papá, *sœur* Manon, Tom... Aquí están. Sus caras penden sobre las aguas revueltas. Sus ojos están tan tristes y tan perdidos...

¡Kane!, grito en mi mente. *Lo siento.*

Pero ahora son arrastrados por un agujero negro y nuevas imágenes flotan hacia mí y sobre mí: Matisa y su familia encadenados, muriéndose de hambre. El esqueleto de mi abuela, boquiabierto, su mano esquelética sosteniendo el anillo.

La muerte me grita desde una nube helada y negra.

Pero ahora… ahora el golpear de las aguas se calma y se sienten realmente pacíficas. Como si estuviera en el frescor del bosque, a donde pertenezco. Se siente como si la Gente Perdida estuviera aquí, bajando de las ramas de *les trembles*. Abren sus brazos hacia mí, me acunan, me dicen que todo está bien. Me hablan desde lejos, pero puedo oír sus voces como música, siento sus dedos de sombra tocando mis ropas y mi piel. Apartan mi cabello de mi frente.

El girar termina. Mi boca está llena de agua. Me atraganto y escupo. Y siento el bendito suelo duro contra mi espalda.

—¡Emmeline! —Matisa está sobre mí, gritando. Toma mi cara entre sus manos—. ¡Emmeline, mantente despierta! —un remolino de caras aparece frente a mí: Matisa, Nishwa, Isi, Kane…

¿Kane?

Están gritando, se mueven confusamente a mi alrededor. Y entonces alguien me levanta y me echa sobre su hombro. Me mueve por el aire. Me arrojan más alto aún, sobre algo ancho y oloroso a tierra. Toso dolorosamente y entonces nos estamos moviendo por el bosque. Las ramas se confunden y las hojas caídas pasan rápido, como en mis sueños. Suena algo como el trueno de una gran manada de bisontes a mi alrededor. Pezuñas golpean la tierra y llenan mis sentidos.

Cada parte de mi cuerpo ha sido estrujada por manos heladas como el hielo; pinchazos diminutos me muerden por todas partes. El bosque grita al pasar. Sigue siempre, en un latido.

Y entonces estoy de nuevo en el suelo del bosque. Mis pies se derrumban debajo de mí.

—¡Sosténganla! —me toman por debajo de los brazos, me mantienen de pie.

Me tropiezo al avanzar, dejo que esos brazos me guíen. Hay un espacio brillante en la barranca ante nosotros… una cueva, alumbrada desde adentro. Mis ojos no pueden enfocar bien, pero cuando entramos veo un resplandor amarillo.

—¡Emmeline! —Matisa está gritando de nuevo—. ¡Hey!

¿Qué quiere? Quiero decirle que deje de gritar, pero mi lengua está entumecida. No puedo emitir ningún sonido.

Hay un tumulto a mi lado. La gente se mueve y habla un lenguaje que no logro comprender. Y entonces el rostro de Kane está ante mis ojos. De veras me alegro de verlo. Necesito decirle algo.

—Em, ¿puedes oírme?

Trato de asentir, pero estoy temblando fuerte, como un arbolito en medio de un vendaval. Quiero apretar mis manos para que se detengan, pero tampoco puedo moverlas.

—¿Confías en mí?

Confío en él. Confío en él ahora. Pero no es lo que quería decir. He olvidado lo que quería decirle…

Se está quitando su manto, su camisa, sus calzas…

Manos tiran de mi manto mojado, me lo quitan. Estoy agradecida, quería quitármelo. Pesaba tanto que me costaba respirar. Me quitan mis otras ropas y unas manos me empujan a un montón de mantas. Me meten en ellas, mientras mi cabeza gira y todo está bañado por esa luz amarilla.

Kane está junto a mí y me envuelve en sus brazos. Todo es suave, como la piel de terciopelo de un becerro de bisonte. Y de pronto recuerdo. Quería decirle: *Lo siento*. Pero ahora me siento tan pesada que no puedo moverme. Dejo que mis ojos se cierren, que una nube de oscuridad me trague entera.

Mi ser del sueño se mueve por el bosque. Hojas suaves me rozan desde todas partes. Mis pies son los míos —imperfectos—, pero aunque cojeo, me muevo segura y a buen paso. El olor del humo me envuelve en calor. Encuentro un álamo y pongo la cabeza contra el tronco, cierro los ojos con fuerza y respiro el aire con olor a humo.

Estoy mirando el muslo de alguien, cubierto por sus calzas. Me froto los ojos, levanto mi cabeza aturdida y encuentro a Kane. Está sentado junto a mí, con una mano en mi frente, mirando hacia abajo. Adelanto una mano para tocar su suave antebrazo y asegurarme de que es real.

Levanto aún más la cabeza para mirar alrededor. Estoy envuelta en mantas en un rincón de una cueva. El resplandor de un fuego sin humo se refleja en las paredes lisas. Matisa y los chicos están sentados del otro lado de un fuego, hablan suavemente. Una ola de alivio me baña. Voy a quitarme las mantas de encima pero me detengo.

No traigo puesta una sola puntada de ropa.

—Buenas tardes, Em.

Mi garganta se siente llena de astillas de hielo. No me dejan hablar. Miro con asombro las mantas y luego, de nuevo, a él. Su frente se arruga.

—Te estabas congelando. Teníamos miedo de que te durmieras y ya no despertaras.

Todo vuelve de golpe: el río, el hermano Stockham arrojándome a la oscuridad helada, Matisa y Kane apareciendo. Me trajeron aquí, a esta cueva. Recuerdo que me quitaron las ropas. Pero antes de eso…

Antes de eso Kane se quitó *sus* ropas.

Mi cara se pone roja como el fuego.

Kane se frota la mandíbula y mira para otro lado.

Debe haber visto mi pie, quizá lo sintió contra su... Cierro fuertemente los ojos, siento una lluvia de vergüenza. Pero la verdad de sus palabras me golpea y una ola de gratitud me conmueve. Me salvó la vida.

Estoy aquí, con él, y mi pie malo no es nada.

Me siento. Hago una mueca con el esfuerzo. Al envolverme con las mantas, noto un largo moretón púrpura a lo largo de mi brazo izquierdo. Soy demasiado tímida para mirar con Kane tan cerca, pero se siente como si llegara muy lejos sobre mi cuerpo. Mi cabello es una masa revuelta y húmeda, pero la cueva es tan cálida como la cocina de *sœur* Manon, alumbrada por el fuego y por una lámpara en el suelo, gimiendo levemente. Hay grandes paquetes en los otros rincones de la cueva.

Matisa y Nishwa están secando ropas sobre el fuego. Isi mira para acá y me mide con sus duros ojos, pero hay una pequeña sonrisa en sus labios, como si estuviera aliviado de que yo esté bien.

Kane tiende una mano y toca mi cara, llevando su mano hasta mi hombro golpeado. Y entonces lo recuerdo de pie en el patio, antes de que me encerraran.

Mi voz es áspera, como si no hubiera hablado en semanas.

—¿Cómo...?

Él pone su mano en mi frente y alisa mi cabello,

—Me imaginé que algo andaba mal cuando Stockham me dijo que no te siguiera al río. Dijo que no "necesitaba" que te siguiera vigilando. Entonces te vi con los concejales. Fui directo a la cabaña por el libro —hace un gesto con la cabeza hacia Matisa y los chicos—. Y encontré bastante más de lo que esperaba. Hubo un poco de pelea antes de que viera que no querían hacerme daño.

Recuerdo lo asustada que estaba yo cuando los encontré, cuando me encontraron... Miro a Kane. Tiene una mancha oscura bajo uno de los ojos. No lo había notado antes. Y su labio inferior está lastimado. Pero no se ve asustado o confundido. Se ve como él mismo: hermoso, valiente.

Caminamos de regreso al fuerte al amanecer. Tomó un rato organizarnos. Gracias sean dadas, ellos querían evitar a los guardianes yendo por el río. Llegamos justo a tiempo para verlo arrojarte... —la mandíbula de Kane se aprieta y él aparta la mirada, otra vez hacia el grupo— Matisa nada muy bien.

Miro a los otros tres y noto que ella está secando dos conjuntos de prendas sobre el fuego, las suyas y las mías.

—Matisa —digo—, yo no... yo... —me falla la voz—. Gracias.

Ella se encoge de hombros.

—Tu chico tiene buena puntería. Una vez que te alcancé en el agua, él me dio con la cuerda como si hubiéramos estado inmóviles.

Los chicos asienten, mirando a Kane con admiración.

Tu chico. Lo miro y él se frota la cabeza.

—Supongo que tanto practicar el lanzamiento de cuchillos sirvió de algo.

Mi mente gira.

—¿Cómo... cómo pasaste la guardia sin permiso de Stockham? Es decir, para llegar a la cabaña.

—Le dije a Jameson que había encontrado algo en el bosque cuando te vigilaba. Algo que le interesaría.

Levanto las cejas.

—No preguntó qué. Creo que tú y el hermano Stockham lo perturban mucho.

El horror de esos momentos en el río regresa. El hermano Stockham lo llamaba amor, pero no es verdad. Él no me ama. Miro a Kane sentado, tan calmo.

—Tú —trago saliva— saliste al anochecer. Después de un rapto.

Él se encoge de hombros.

—Si el *malmaci* me llevaba, me llevaba. No quedaba mucho para mí en la aldea si tú acababas en la Encrucijada.

Cierro los ojos para evitar que salgan las lágrimas. Él lo hizo por mí. Después de que me alejé de él. Tengo tal nudo en la garganta que me cuesta trabajo hablar.

—Kane, lo siento. Debí creerte...

Él me interrumpe.

—Y yo debí decirte —vuelve a acariciar mi pelo—. Y ya no importa.

De pronto me siento muy cansada. Me recuesto otra vez. Kane frunce el ceño.

—Deberías descansar —se mueve para cobijarme con las mantas, pero yo lo tomo del brazo.

—¿Te quedas conmigo?

—Claro —va a levantar otra vez las mantas pero aprieto su brazo y lo detengo.

—No, Kane... *Quédate* conmigo —señalo las mantas. Puedo imaginar mi pie debajo de ellas, pero ya no me da vergüenza. Lo miro.

Los ojos oscuros de Kane se agrandan. Se frota la nuca, deja escapar el aire y mira alrededor.

Matisa y los chicos miran a cualquier lado salvo hacia nosotros.

Su voz es tan leve que me esfuerzo para escucharlo.

—Claro.

Se acuesta a mi lado y se cubre con las mantas. Cuando pone sus brazos a mi alrededor puedo sentir qué rápido late su corazón. Su cuerpo tiembla un poquito y está ardiendo: me quema la piel a través de sus ropas. Aprieto mi cara contra su cuello, respiro su calor con olor a humo. Luego retiro un poco la cabeza.

—¿Me cuentas la historia del flautista?

Sus ojos se llenan de mí, alumbrando mis hombros desnudos con una luz cálida y perfecta. Sonríe.

—Claro, Em.

30

—Te estará buscando —digo.

Estamos reunidos alrededor del fuego sin humo mirando a Nishwa servirnos caldo caliente en tazas de metal.

—Primero come —dice Matisa, como si tuviéramos todo el tiempo del mundo.

Puedo ver que es de las que nunca está ansiosa de que las cosas pasen, igual que su hermano, Nishwa. Isi es otra historia: camina con rápidas zancadas mientras Nishwa se mueve despacio, distribuyendo el caldo como si fuera la cosa más importante en la verde tierra del Altísimo. Y el caldo *puede* ser la cosa más importante. Tienen suministros, pero no suficientes para alimentar a cinco por mucho tiempo. Es claro que tienen que escapar.

Kane se sienta a mi lado, con los brazos en sus rodillas dobladas. Se mantiene cerca, como si no quisiera tenerme lejos de su vista nunca más.

Dormí horas —todo el día y parte de la noche— envuelta en su calor. Cuando despertamos, el viento silbaba suavemente afuera de la cueva y una delgada capa de nieve cubría el suelo. Las ropas que Matisa me dio estaban secas y tibias, pero quería estar bajo las mantas, con Kane, para siempre.

Él insistió en que Matisa me acompañara cuando salí a hacer mis necesidades en el bosque, aunque ya le había contado sobre la mentira de los raptos antes de dormirme.

Salí a tropezones de la cueva a la noche estrellada y me recibió un suave golpe de aliento, como el que escuché en la cabaña el otro día. Me habían traído a la cueva a lomo de caballo, y las bestias caminaban quietas cerca de la cueva cuando llegué a los árboles. Me detuve para verlos moverse, tan calmados. Su aliento se convertía en vapor en el aire frío. Imaginaba cómo serían al ver los libros de *sœur* Manon, pero son mucho más hermosos de lo que había pensado.

Nunca antes había salido a los bosques en plena oscuridad. En vez de sentirse intimidantes se sentía como si las sombras me abrazaran. *Les trembles* se movían y suspiraban, como si hubieran estado conteniendo el aliento por años, esperando a darme la bienvenida. Ramas esqueléticas hacían bailar sombras en las laderas.

Matisa me seguía y les hablaba suavemente a los caballos. Me refugié tras un árbol, con la piel sonrojada, sintiéndome totalmente viva. La luna era una delgada rebanada de luz, pero las estrellas eran tan brillantes que el cielo entero me llamaba. Pensé en *sœur* Manon hablando de ser una niña y mirar aquel cielo nocturno, y entendí.

Cuando regresé, Kane esperaba con su sonrisa rara. Y aunque todo estaba de cabeza, y aún lo está, nunca me había sentido tan entera, tan plena.

Tomo el caldo de Nishwa y lo devoro rápido. No puedo evitar hacer un sonido de placer cuando he terminado. Isi me mira desde el otro lado del fuego.

—Él vendrá por ti, Matisa —intento de nuevo—. Tal vez ha dicho al Concejo que vio al *malmaci*. Dispararán primero, así son.

Sus ojos están serenos. Se limpia la boca con un trapo y habla.

—Siempre supimos que corríamos un riesgo.

—Pero deberían irse… salir de aquí antes de que él los encuentre, antes de que ellos… —no termino. Cuando les conté de los huesos en el sótano, de sus exploradores, los ojos de Isi se pusieron muy oscuros, se paró de un salto y salió de la cueva, pero Matisa y Nishwa simplemente se quedaron sentados, en silencio, en calma, pensando. Cuando Isi regresó, su cara estaba en blanco y él empezó a caminar de un extremo a otro de la cueva, una y otra vez. Aún lo está haciendo.

—Lo siento —nunca lo diré lo suficiente—. Todo esto es mi culpa. Deben irse.

Matisa frunce el ceño.

—Mis sueños me dijeron que no me fuera sin ti. ¿Puedes dejar a tu gente?

Miro los carbones encendidos. ¿Para qué me quedaría? Si me fuera con estos nuevos amigos, huiría de una aldea que nunca me quiso, y del hermano Stockham, que me quiso por todas las razones equivocadas.

Y regresar a la aldea es cortejar nuestra muerte. Sin duda el hermano Stockham habrá dicho a todos que fui enviada a la Encrucijada, y se preguntará dónde está Kane y cuánto sabe realmente. Todo el mundo está ya medio embrutecido con la idea de que el *malmaci* parece estar acercándose cada vez más. Si salimos del bosque como fantasmas —Gente Perdida a nuestro alrededor o no— no hay garantía de que no nos disparen al vernos. El Altísimo sabe que el hermano Stockham daría la orden él mismo; tal vez ya está buscando el paradero de Kane. Y con la primera luz, el Concejo saldrá a cazar a Matisa y a los chicos, si es que no lo están haciendo ya.

El hermano Stockham sabe que me llevé ese bendito diario; lo buscará. Y Tom sabe que está en el saco de trampas de papá. ¿Qué pasa si Tom va con él a ver a Stockham?

¿Qué le haría a papá?

¿Y a Tom?

Mi corazón se contrae.

Isi hace un gesto hacia el viento que sopla afuera.

—Viene la *muerte de invierno*.

Me toma un minuto darme cuenta de que se refiere a *La Prise*. Es una extraña forma de nombrarla, pero también es precisa. La Afirmación ya empezó y la aldea se está cerrando hasta el Descongelamiento. Pensar que *La Prise* —la *muerte de invierno*— se acerca a nosotros lanza una flecha de miedo a mi corazón.

Miro los ojos calmos de Matisa. Se ha arriesgado mucho. ¿Pero para qué?

—¿Por qué vinieron? —pregunto.

Isi detiene su caminar por un momento y mira a Matisa.

—Te dije que la respuesta era larga —dice Matisa.

—No tenemos mucho tiempo —agrega Isi.

—Entonces tendrán que hablar rápido —digo.

Isi cruza los brazos, su frente como un trueno, pero Matisa lo calma con un gesto de su mano.

—Emmeline tiene derecho de preguntar —me mira—. La respuesta corta es ésta: la muerte viene otra vez por nuestra gente. Nuestros ancianos la han visto, tal como la vieron hace años.

—¿Qué clase de muerte?

—Una guerra. El Dominio viene.

El Dominio: la gente del este.

—¿Y vienen a pelear?

—Algunos de ellos, sí.

—¿Por qué?

—Tenemos cosas que necesitan.

—¿Qué cosas?

—Matisa —la voz de Isi suena desde un rincón—, apúrate.

—Lo importante es que la guerra va a ser sangrienta. No va a terminar bien —traga saliva y mira sus manos. Otra vez me pregunto por su casa, su familia. Ella dice que su pueblo solía guerrear con tribus cercanas por comida y gente, pero se aliaron con ellos hace años debido a la amenaza de recién llegados... gente como nosotros. Con los años aprendieron las lenguas del Dominio para entender mejor a quiénes se enfrentaban—. Por años hemos sabido esto, pero por años nuestros ancianos han estado contando una vieja historia de nuestro pueblo. Es sobre dos soñadoras de diferentes tiempos que tienen la respuesta para mantener a raya a la muerte.

Frunzo el ceño. Diferentes tiempos.

—¿Crees que tú y yo somos esas soñadoras?

Ella asiente.

—¿Pero cuál es la respuesta?

Ella se encoge de hombros.

—Se llegará a ver claramente si hacemos caso de nuestros sueños.

La miro. Veo por primera vez que detrás de sus ojos gentiles y su conducta amable hay un peso, como si cargara algo que no debería. Es el tipo de peso que trae el saber demasiado. El tener que tomar decisiones que no son fáciles.

Como dejar la propia casa.

Miro a Kane. Él me sostiene la mirada, en silencio. Me pongo de pie.

—Necesito salir a pensar.

—¡Em! —dice Kane cuando estoy saliendo de la cueva. El viento recoge su voz y la dispersa entre los árboles.

Me refugio bajo un abeto frondoso. Las ramas forman techo y muros a mi alrededor y dejan fuera el viento helado y la luz de la luna.

Kane mete su cabeza en el interior.

—¿No puedes pensar en la cueva?

Le dedico media sonrisa.

—No estoy acostumbrada a que tanta gente me mire mientras lo hago —me dejo caer en el suelo cubierto de agujas de árbol y acerco las rodillas a mi pecho.

Él se queda mirándome por un momento.

—Necesitas pensar sola.

Contengo las lágrimas y asiento.

—¿Está bien?

—Claro. Esperaré afuera de la cueva —sus ojos son amables—. ¿Em? Te seguiré a donde vayas. Pase lo que pase— me dedica una sonrisa que quiere ser reconfortante y desaparece.

Y entonces llegan las lágrimas. No son lágrimas desesperadas, dolorosas; son lágrimas mezcladas. De tristeza y de rabia y de culpa, de agradecimiento y de alivio. Las dejo caer por mis mejillas y me siento, en silencio, a escuchar al viento en lo alto del abeto. Es una voz grande y suave que me calma, que me dice que todo está bien.

Pero no sé qué hacer.

Matisa confió en sí misma, confió en que dejar a su familia era el camino correcto. Y su gente fue aprisionada aquí, muerta de hambre o el Altísimo sabrá qué más, porque nuestro líder tuvo miedo. Y, sin embargo, ella me dice que no se irá sin mí.

Limpio las lágrimas con mi manga.

Deberíamos irnos ya, antes de que *La Prise* llegue aullando hasta nosotros. Dejar esas paredes opresivas, esas miradas sospechosas, la gente que jamás me entendió, a la que nunca le importé...

Excepto que no es tan fácil.

Le estaría pidiendo a Kane dejar a su familia: a su mamá, que le enseñó a leer, que lo crió para ser bueno y valiente.

Peor, estaría dejando a papá a merced del hermano Stockham. Tom no se dará cuenta de su error hasta que sea demasiado tarde.

Me duele el pecho. Tom siempre trataba de hacerme creer que mi mácula no importaba, de hacerme dejar de temer tanto lo que la gente pensara. Y ahora su propio miedo será su ruina...

Mi pensamiento se detiene.

Tom siempre trataba de hacerme creer...

Mi mácula me importa a mí más que a cualquier otro.

Papá. Todo este tiempo pensé que estaba decepcionado de mí. Pensé que estaba cansado de que yo fuera una carga. Pero cada vez que me miraba de aquel modo esperanzado, cada vez que me rogaba que entendiera lo que quería decir, no era a Stockham a quien quería que yo aceptara...

Tomo aire profundamente, sacudiéndome, y abrazo mis rodillas. Imágenes flotan en mi mente: los ojos azules de Edith mientras escuchaba atenta mis palabras, Andre mostrándome aquella flecha, *sœur* Manon remendando mi vestido, el rostro de comprensión de la hermana Ann...

He tenido tanto miedo de cómo me ven los demás que nunca pude advertir una verdad que estaba frente a mí. Hay gente en la aldea que me ve con menos bondad, sí, pero está asustada. Y si el miedo me ha cegado a mí, ¿puedo condenar a la gente a mi alrededor por lo mismo?

No puedo simplemente marcharme.

Aprieto mis ojos húmedos con las palmas de mis manos y trato de pensar.

Mañana en la tarde, el segundo día de la Afirmación estará en plena celebración. ¿Qué pasaría si tratáramos de volver a la aldea? La Guardia tendrá órdenes de disparar a cualquiera que no sea del Concejo, pero...

Pero tal vez pueda encontrar a Andre. Como la noche que fui a la Encrucijada; sé por dónde patrulla. Y si puedo llegar a Andre, puedo entrar, y entonces...

¿Entonces qué?

¿Ir por papá? ¿Contarle a la aldea del hermano Stockham?

¿Querrá alguien escuchar lo que tengo que decir? ¿Le pedirán al Concejo que escuche mi Descubrimiento, que acepten a la Gente Perdida que he encontrado?

No sé. Todo lo que sé es que no me puedo ir y no tengo mucho tiempo. Andre me ayudará a entrar. Después de eso... después tendremos que ver qué pasa.

Mi sueño regresa. La Guardia en aquella colina, entre la cabaña y yo, disparándole a Matisa.

Tiemblo.

Pienso en Kane, de pie afuera de la cueva en medio del aullido del viento, esperándome. ¿Qué le ha dicho Stockham a la Guardia sobre él? Probablemente que disparen al verlo; Kane sabe demasiado. Y él desafió al Concejo y fue al bosque por mí, así que no voy a dejar que vuelva a arriesgar su vida. No. Tengo que hacer esto yo misma. Es sólo...

No hay modo de que me deje volver sola.

Cierro mis ojos otra vez, pensando.

Honestidad, Valentía, Descubrimiento.

Quiero ser Honestidad. Pero debo mentir una vez más.

Largos minutos después me pongo de pie, salgo de entre las ramas de abeto, tomo la mano de Kane, que me espera, y lo conduzco de vuelta al interior de la cueva.

Alrededor del fuego, miro los carbones de modo que no tenga que mirar a nadie.

—Tengo que regresar —digo—. Papá está en peligro y no puedo dejarlo.

Cuatro pares de ojos me miran.

—Tengo un plan —mantengo la voz calmada para fingir que soy sincera—. Hice que alguien abriera la compuerta del desagüe ayer. Hoy que la guardia cambie turnos puedo entrar.

La voz de Kane suena perpleja.

—Pensé que dijiste que Tom te había abandonado.

—No es Tom —digo deprisa—, es un guardián —me resisto al calor en mi nuca. Continúo—: Tendremos que pasar a los concejales en el bosque, pero puedo llegar hasta la zanja sin que me vean.

—¿Es lo que debes hacer? —pregunta Matisa. Asiento.

—Tengo que hacerlo —miro los carbones y espero, conteniendo el aliento. Puedo sentir a los cuatro desplazarse, mirarse unos a otros.

—Déjanos a los concejales —dice Isi.

Me lleno de alivio y gratitud.

—¿Tienen pistolas?

Él y Nishwa intercambian miradas.

—No exactamente.

—¿Qué significa eso?

Matisa sonríe.

—Significa que todo lo que Isi pudo robar de nuestro *moshum* fue algunas máscaras antigás. Él tiene las armas bajo llave, pero decidimos que no notaría algunas máscaras. Los chicos estaban preocupados por gas venenoso... el Dominio lo ha estado usando.

¿Gas venenoso? Kane y yo nos miramos el uno al otro, confundidos. Pero entendemos la primera parte de la respuesta de Matisa. *Máscaras.* La semilla de una idea surge y me da valor.

—No importa —dice Matisa—. Tenemos el 22 de Nishwa... un rifle. Pero es sobre todo para espantar lobos.

Los miro.

—No quiero que salgan lastimados.

—No necesitamos armas, Emmeline —dice Isi. Matisa asiente.

—De acuerdo —digo.

Kane tiende la mano y aprieta mi brazo.

—Voy contigo.

Me fuerzo a sonreír.

Eso es lo que tú crees, hermoso Kane.

31

—¿Estás seguro de que es una buena idea avanzar derecho hacia ellos? —le pregunta Kane a Nishwa en un susurro.

Isi le echa una mirada.

Vemos la cabaña desde la cima de la colina norte. Hay un concejal parado afuera de ella con un rifle. Se ve inquieto. Me pregunto qué explicación dio Stockham. ¿Es una creación del *malmaci*? ¿Fue construida por gente que conspira para hacernos daño? Otro concejal recorre la cresta de la colina en el lado lejano. Ninguno parece muy cauto, pero no es que los concejales estén entrenados para rastrear y cazar. Hasta ahora sólo han tenido que amarrar gente para llevarla a la Encrucijada. Mi estómago se revuelve.

—Necesitamos atraerlos tan lejos de la aldea como podamos —dice Nishwa.

—Lo sé. Es sólo que parece un poco… peligroso —Kane frota su cabeza rasurada y se cubre con su capucha.

—Isi revisó el bosque de aquí al sur hasta el fuerte. Los concejales están aquí o más lejos —dice Matisa.

—¿Y si encuentran los caballos? —pregunto. Las bestias están atadas a unos álamos a media milla de distancia.

—Esperamos que lo hagan —dice Isi.

Yo me quedo intrigada.

—Es parte del plan —explica Matisa—. Dejamos a los caballos en un sitio perfecto para emboscar a tu Concejo.

No sé exactamente de qué está hablando, pero decido que no quiero saber. Dijeron que no matarían a los concejales, que sólo los inmovilizarían. Pero ¿qué harán para lograrlo...?

—Debes irte —dice Isi. Me ha estado mirando de otro modo desde que hicimos el plan para regresar al fuerte. Puedo sentir un rubor en las mejillas. Me aclaro la garganta y asiento.

Matisa aprieta su frente contra las de Nishwa e Isi, uno después del otro. Entonces se vuelve a Kane y a mí.

—Vamos.

—Espera. ¿Vienes?

—Sí —dice Matisa.

Una aguja de miedo me punza.

—¿Por qué?

—No está bien. Tuve un sueño...

—Yo tuve uno también. Y me dijo que fuera contigo —me mira, no enojada, sino impaciente.

—Matisa...

—Voy a ir —comienza a caminar delante de nosotros, pero se detiene y se vuelve—. ¿Ustedes?

Trago saliva. Puedo ver en sus ojos que no podremos disuadirla. Pienso rápido. No es como lo planeé, pero tal vez sea algo bueno que venga. Al menos, si las cosas salen mal puede traer de nuevo a Kane aquí con seguridad. Me vuelvo a ver a Isi y Nishwa.

—Los concejales tienen pistolas.

Nishwa asiente.

—No nos verán para dispararnos.

No sé cómo agradecerles, así que pongo una mano en mi pecho en la señal de la paz. Kane estrecha las manos de cada uno. Luego empezamos a bajar la colina tras Matisa.

Cuando nos acercamos al fondo, escucho ese silbido tembloroso. Son los chicos, que se hablan uno con otro mientras se acercan a sus posiciones. Rezo deprisa al Altísimo para que los cuide. Llegamos al fondo, pasamos la hondonada y caminamos al suroeste a través de las filas de álamos deshojados. Empieza a nevar, copos diminutos danzan en el viento helado. Matisa y Kane llegan a un paso regular al cruzar el barranco. Son mucho más silenciosos que yo. Sé que Matisa lo sería incluso si yo pudiera caminar normalmente. Cuando nos acercamos a la arboleda, empiezo a apoyarme más en mi pie malo y me atraso varios pasos. Los dos están saliendo por el otro lado antes de que yo entre.

Kane se vuelve y me observa por un momento.

—¿Estás bien?

—Sí —digo, y luego finjo contener un grito de dolor.

—Tu pie te está molestando.

—Nadar en el río no me ayudó, pero estaré bien —digo.

Matisa frunce el ceño pero no dice nada.

Continuamos hasta llegar a la extensión de hojas caídas. Aquí la nieve cubre lo alto de los matorrales con un polvo fino y el viento es más silencioso. Tomo la delantera, pero voy, a propósito, terriblemente despacio, empujo ramas secas con cuidado y hago muecas cada dos pasos. Me dirijo al este, hacia el río. Por fin alcanzamos los sauces al sur de las Aguas Purificadoras. Me tiendo panza abajo en el frío suelo del bosque. Matisa y Kane se agachan a mi lado, mirando mi pierna.

—Si vamos derecho al este por estos sauces llegaremos a una parte de la ribera que está oculta de la Atalaya. Acerquémonos al borde y mantengámonos pegados a la ribera hasta que podamos ver el fuerte. Esperaremos a que la Guardia cambie de turno. Cuando lo hagan, corremos hacia la compuerta de desechos. Tendremos que movernos rápido.

Kane se muerde el labio. Sus ojos están preocupados.

—Emmeline, odio decirlo, pero puedes ser demasiado lenta. Por tu pie y todo eso.

Mi sangre golpetea en mis oídos y me muerdo el labio mientras finjo pensar intensamente.

—¿Qué tal que tú esperas aquí en los sauces? Haremos exactamente lo que dices: pegados al borde, por la ribera, y hacia la compuerta de desechos cuando empiece el cambio de turno. Una vez que entremos, volveremos por ti —sus ojos son tan sinceros que casi me derrumbo.

Miro a Matisa. Ella asiente.

—Es un buen plan.

Siento una oleada de alivio cuando ella no se ofrece a quedarse conmigo. Finjo pensarlo un poco más.

—Está bien.

Kane y Matisa se apoyan en sus codos para echar un vistazo al fuerte. Luego se vuelven a pegar al suelo. Él señala hacia delante con la cabeza. Ella se arrastra hacia los sauces.

—Kane —digo de pronto. Él se vuelve con una expresión intrigada. Siento que vienen lágrimas a mis ojos y los limpio deprisa; espero que crea que es sólo el viento—. Te amo.

Me arrastro hacia él y entierro mi cara en el espacio entre su cuello y su hombro. Aspiro su aroma una vez más. Humo y calor.

Él pone una mano en mi nuca y me da un beso en la frente.

—Y yo te amo, Em.

Se va, se pierde entre los sauces, arrastrándose sobre su estómago, y me quedo sola, escuchando el silbido del viento. Ruedo hasta quedar de espalda y miro el techo del cielo, que llora pequeños copos de nieve.

Pero había una niña con una pierna mala que no podía caminar tan rápido como los otros.

La nieve cae y toca mi cara: plumas suaves que insinúan el frío mordiente que viene con el viento.

Ese cuento habla de pagar las deudas, eso es claro, pero siempre pensé que también de cómo las maldiciones pueden ser bendiciones secretas.

Me trago la culpa que amenaza con ahogarme en este momento. No quería mentir, pero necesito pagar mi deuda y mi bendición secreta me lo permitirá. Tal vez ése fue siempre su propósito.

Me digo que no tengo miedo. Mis manos tiemblan, así que las guardo bajo mis brazos cruzados. La nieve desciende y murmura sobre mi cara.

Cuento mentalmente unos segundos. Kane y Matisa ya deben estar en el borde de los sauces. En unos momentos estarán en la ribera, esperando que la Guardia cambie de turno. Ruedo otra vez, me arrastro hacia los árboles y me paro. Escucho el bosque un momento.

Silencio.

Abro mi manto y llevo una mano a mi *ceinture* para sentir el bulto de la máscara de *hombre elefante* que guardo. Si este plan fracasa, si me detienen una vez que entre al fuerte, al menos tendré la máscara: la gente empezará a hacerse preguntas. Andre, sin duda. Y si Tom no ha entregado a papá todavía, podrá conseguir ayuda para leer el libro.

Y si me disparan al verme... bueno, entonces dará lo mismo.

Mi garganta se estrecha. Sin importar qué pase, tendrán que abrir el fuerte para salir por mí. Habrá un tumulto y Kane podrá escapar. Ir con Matisa y los demás, tal vez volver cuando sea seguro...

Detengo aquí mis pensamientos. Esto es sólo si todo sale mal. Y no será así. Ya entré una vez en el fuerte. Lo haré de nuevo.

Cojeo tan rápido como puedo, avanzando hacia los matorrales y en dirección al lado oeste del fuerte. Para cuando llego a la zona segura la nieve está cayendo más pesada, plumas de ganso que bajan hasta mis pestañas. Parpadeo. El sol está escondido tras la gran sábana del cielo gris y ya estoy demasiado dentro de los árboles para ver el fuerte, pero sé que me acerco a la esquina que patrulla Andre.

Le dije a Kane y Matisa que había un cambio de turno por la tarde. Dije que *frère* Andre me lo había dicho: que era el mejor momento para entrar por la compuerta de desechos. Pero estarán esperando para siempre que llegue el cambio de turno, porque no lo habrá.

El viento silba en mis oídos, el aire se enfría; *La Prise* está mostrando su mano. Y si no logro entrar ahora, nunca más tendré que buscar refugio.

Me agacho al borde del bosque, dentro de la primera línea de árboles.

Hay dos guardianes de este lado del fuerte. Uno de ellos podría ser Andre, pero no estoy segura. Veo el brillo de un catalejo y me aprieto otra vez contra los árboles.

El miedo me llena el pecho.

Cierro los ojos, escucho el latido enloquecido de mi corazón, el viento silba entre los árboles desnudos. Oigo otro sonido. Débil. Un *pom, pom, pom* que viene de adentro del fuerte. Parte de la ceremonia de las virtudes.

Debo moverme.

Me pongo de pie y avanzo hacia la zona segura empujando arbustos a un lado y otro. Me detengo cuando ya estoy oculta por la última barrera de hojas caídas. El segundo guardián ha terminado una vuelta y el primero —Andre, ahora estoy segura— ha sacado de nuevo el catalejo. Mi oportunidad.

Me empujo hacia arriba con mi pie bueno para salir de entre los arbustos, pero me detengo. Una mano fuerte tira de mí de vuelta al matorral. Aterrizo en mis rodillas y me vuelvo deprisa.

Un guardián está sobre mí.

Me encojo. Mis ojos lo recorren y llegan a la larga cicatriz que le cruza una mejilla. Es el guardián que siempre está con Andre por la armería.

—*Je ne peux pas y croire! Il a dit que tu étais ici!* —empieza a hablar en francés tan rápido que no lo entiendo. Respira pesadamente y sus ojos están enloquecidos—. *Viens!* —se impulsa hacia delante y me toma de la muñeca. Trato de hacerme hacia atrás pero su mano es una trampa de acero.

—¡Espera! —digo—. Hay gente. *Les Perdus.* ¡Están aquí!

No me escucha: avanza por el matorral y tira de mí mientras intento ponerme de pie.

—*Viens!* —repite.

—*S'il vous plait...* ¡Por favor!

Se detiene por un instante y sujeta mis dos muñecas con su mano enorme. Luego continúa, tirando de mí como alguien poseído por el propio Altísimo.

Me está arrastrando de vuelta a la zona segura. Hacia el Concejo.

Recuerdo mi sueño. Todos esos guardianes de pie sobre el muro justo cuando encuentro a Matisa... *Altísimo.*

Intento retroceder pero me tiene bien sometida. Trato de calmarme para poder recordar algo de francés... para detenerlo, explicarle. Pero emergemos de la línea de los matorrales hacia la zona segura y el fuerte queda a la vista.

Ahí están, en posición de firmes. Y ahora que mi sueño está enorme y brillante en mi mente, me doy cuenta de algo que hace temblar mis rodillas.

Ese instante, en mi sueño, no es Matisa a la que miran cuando sacan sus armas.

Soy yo.

El viento se vuelve más cortante. Suena como una canción que mi madre solía cantar. Mi mente va a hacerse pedazos por el miedo y todo lo que puedo oír es esa melodía.

Duerme, pequeña, con tu corazón secreto,

Salimos de la zona. Sólo nosotros y la nieve y el viento.

Vuela en la noche como la golondrina.

Dos guardianes se han quedado muy quietos en el muro.

Cuando la mañana traiga lo que canta tu corazón secreto,
Dirígete al mismo sendero y camina.

El guardián me está arrastrando ahora. Mis piernas están paralizadas por el terror. Es demasiado tarde. No consigo hablar y no puedo escapar. La máscara del *hombre elefante* me quema el costado, bajo mi *ceinture*. Pienso brevemente en las manos cálidas de Kane...

Tres guardianes están quietos.

Pom, pom, pom. Los tambores de la ceremonia suenan más fuerte. En mi cabeza, en mi corazón. Cuatro, cinco, seis. Todos nos miran.

Estamos cerca ahora. Puedo ver sus caras. Ninguno es Andre. Uno de ellos pone su mano en el hombro opuesto. Va a tomar su arma. Los otros hacen lo mismo: las manos hacia sus hombros. Como en mi sueño.

Nos detenemos. El guardián suelta mis manos y se hace a un lado.

Podría correr, pero no lograría escapar. Estamos muy adentro de la zona segura y soy demasiado lenta. Mi mente se vacía y mi cuerpo se vuelve melaza... lento, lento. Bajo la mirada a la hierba cubierta de nieve de la planicie y espero los disparos. Espero la bala que hará pedazos mi corazón.

Pom, pom, pom.

Silencio.

Miro hacia arriba y parpadeo para apartar la nieve. Los seis guardianes están en posición de firmes en lo alto del muro, mirándome. Pero no me apuntan con sus rifles. Tienen las manos sobre el pecho en el gesto de la paz.

Mi corazón tiembla.

Y entonces las puertas del muro oeste se abren y *frère* Andre está de pie allí, con los ojos muy abiertos. Nos miramos a través de la nieve que cae. Él sostiene el diario entre sus manos.

32

—¡V*ite!* —grita, y me hace señas para que entre.

Yo obligo a mis piernas a moverse. ¿Qué...?

Me hace apresurarme a través de las puertas. Cuando se cierran con un golpe, quedo rodeada por una docena de guardianes. Se miran, me miran a mí, vuelven a mirarse entre ellos. Algunos murmuran y se santiguan. Los otros muros no tienen centinelas; todos salvo los guardianes del lado oeste han dejado sus puestos.

Andre se adelanta y da una palmada en el hombro de mi captor.

—*Bien* —dice.

El guardián asiente, mirándolo. Mis piernas están débiles. Miro a la multitud alrededor y luego a Andre. Mis ojos están tan abiertos que el viento los está secando.

—Creí verte en el bosque —dice Andre. Se ve complacido—. Y mandé a Luc por el muro para hallarte.

Luc respira hondo y sonríe. Me sonríe.

Lo miro. Parpadeo y señalo el diario en manos de Andre.

—¿Dónde... dónde conseguiste eso?

—Tu amigo del este... *Le blond.*

Tom.

—Lo guardé para él hoy. Ayer me encuentra y me dice que si regresas del bosque te deje entrar. Que traes un regalo del Altísimo. Le digo a los compañeros —frunce el ceño—. Pero esta mañana nos dice *frère* Stockham que ya te fuiste. A la Encrucijada.

—¿Entonces por qué...? —miro a los guardianes a mi alrededor. Con el miedo que tiene ahora la aldea, ¿cómo es posible que al menos uno de ellos no me haya disparado?

—*Ta mémère. Elle est une gentille dame* —me toma un minuto darme cuenta de que él dice que mi abuela fue una mujer buena—. Creo que el Altísimo no permite la misma muerte dos veces —apunta al llavero en su *ceinture*—. Tengo las armas bajo llave —hace un gesto de la cabeza hacia los guardianes—. *Parce qu'ils sont effrayés...* están asustados. Los concejales van a *le bois*, pero nadie sabe por qué.

Mis rodillas se relajan con el alivio y caigo al suelo. Tomo aire profundamente. Tom vino y se llevó el diario después de que me llevaran a mí. Incluso aunque no era seguro que yo volviera, lo hizo.

—¿Saben qué está escrito allí? —señalo el diario.

Andre niega con la cabeza.

—*Non. Mais* —se acerca— según Tom, dice que tu familia es inocente. Y la gente habla de *les Perdus*.

La Gente Perdida. Entonces Tom lo compartió. Compartió mi hallazgo con alguien. Ha empezado a propagar la verdad. Quiero reír y gritar de felicidad. Pero un miedo corta mi alegría. ¿Y si el Concejo ha oído hablar a la gente? ¿No harían todo lo posible por retener el control? ¿Escarmentar a alguien, usar la fuerza para dar un ejemplo y evitar una rebelión... como hicieron con Jacob? Gracias al Altísimo las armas están guardadas; nadie puede hacer nada terrible con ellas.

Sólo ruego que Isi y Nishwa logren desarmar a los concejales en el bosque.

—¡Emmeline! —un grito atraviesa el patio. Me pongo de pie mientras los guardias giran a ver— ¡Emmeline! —es la voz de Kane.

Me abro paso entre la gente y encuentro a Kane y Matisa corriendo por el patio. ¿Cómo entraron?

Siento a los guardianes a mi alrededor, tensos, alertas. Murmuran en francés unos con otros. Doy un vistazo y noto que miran a *frère* Andre.

Él sostiene su llave con los ojos fijos en Matisa. Asiente. Los guardianes me hacen a un lado y van hacia Kane y Matisa.

—¡No le hagan daño! —alcanzo a decir mientras cojeo tras ellos—. *Ne la blessez-pas!*

Kane pone a Matisa tras él y se mantiene firme, con una mano al frente, pidiéndoles que no se acerquen. Los guardianes se lanzan hacia ellos, formando un círculo, pero no avanzan hacia Matisa. Llego al anillo de guardianes y me abro paso.

—*Le don de Dieu* —murmura *frère* Andre, caminando al interior del círculo. Entonces se santigua. El resto de los guardianes hace lo mismo y se arrodilla.

Tropezando, llego al centro del círculo y Kane me jala hacia él y me aprieta contra su pecho. Yo aprieto mi cara sobre su cuello, casi llorando de alivio. Él pasa una mano por mi cabello y acaricia mi trenza.

—¿Cómo entraste? —me aparto un poco.

—Como dijiste. Cambió el turno y la compuerta estaba abierta.

Tom. Debe haberlo hecho de todas formas, antes de escuchar que me mandaban a la Encrucijada en la mañana. La

Guardia no cambió, sin embargo, vinieron a ver a quién dejaba entrar Andre. Mi mentira se convirtió en verdad.

—¿Por qué estás aquí? —su cara está perpleja y aliviada. Le debo la verdad, pero no tengo tiempo de explicarle.

—Tom me ayudó después de todo —apunto a *frère* Andre—. Y Andre.

Los guardianes están de rodillas, mirando a Matisa como si fuera el Deshielo.

—Emmeline —dice *frère* Andre, con la mirada fija en Matisa—, tú nos trajiste este regalo. De los bosques. Es una señal de cosas buenas —lo repite en francés y los guardianes murmuran su asentimiento.

Miro al círculo de rostros: estos hombres y mujeres valientes que han protegido nuestra aldea de un enemigo invisible noche tras noche, y veo que no están asustados en absoluto. Están llenos de decisión y de esperanza.

Tú sabrás en quién confiar.

Pensé que buscaba a una persona pero estaba equivocada. Hablo para que el grupo me escuche.

—Debemos compartir nuestro regalo.

Suenan los tambores cuando entramos en el salón ceremonial. La cabeza del hermano Stockham está inclinada ante el púlpito mientras prepara los ritos de la Afirmación. El hermano Jameson está a su lado, sosteniendo el manto. Casi toda la aldea, vestida en sus mejores ropas ceremoniales, está amontonada en el interior, de modo que debemos abrirnos paso a empujones a través de las últimas filas de gente. *Frère* Andre va primero, flanqueado por dos guardianes. Yo los sigo de cerca, cubierta por mi manto; la capucha me oculta de la multitud. El resto de los guardianes nos sigue. Kane y Matisa esperan a un costado del salón; no entrarán hasta que verifiquemos que es seguro.

Somos nuestra propia procesión solemne. Mi mirada se queda en los pies que se apartan ante nosotros. Tengo el corazón en la garganta y golpea tan fuerte como los tambores. Soy una mezcolanza de nervios y de entusiasmo.

Por un instante me pregunto si he actuado con demasiada prisa, si sorprender a Stockham es el modo de hacer esto. Quería que la aldea viera la verdad en mi rostro, pero ahora me pregunto si él no encontrará una manera de retorcer mis palabras, de poner a la gente en mi contra antes de tener una oportunidad de explicarme. Entonces recuerdo las reacciones de los guardianes ante Matisa. No. La gente ha sido mantenida con miedo durante largo tiempo, pero no lo preferirán por encima de la esperanza. Escogerán la promesa de algo mejor.

Quiero dar un rápido vistazo alrededor y encontrar a Tom y a papá, pero mantengo mis ojos en las tablas del suelo. Para cuando llegamos al frente de la multitud, el salón está zumbando con murmullos ahogados. Los tambores se detienen.

La voz del hermano Stockham resuena:

—*Frère* Andre, *que fais tu?* ¿Qué es esto?

Frère Andre y los guardianes se apartan y yo avanzo al frente, me quito la capucha y levanto la cabeza.

La multitud hace un ruido de sorpresa. Oigo que murmuran mi nombre. El hermano Stockham se congela y la sangre se fuga de su rostro apuesto.

Me obligo a hablar alto y claro.

—Traje un regalo a la aldea.

Él me mira. El hermano Jameson está de pie a su lado y su cara es la misma máscara de incredulidad.

—Traje lo desconocido —digo.

El aire se aquieta. Sostengo la mirada de Stockham, pero puedo sentir a la multitud a mi alrededor agitarse, confundida, y mirarlo a él en busca de una respuesta.

—Eso hiciste —su voz es serena pero cae como una piedra en el salón.

—Eso hice.

Él espera.

Respiro hondo. La presencia de los guardianes me da fuerza,

Honestidad, Valentía, Descubrimiento.

—He probado el Descubrimiento de una forma nueva. Por mi cuenta —mi voz gana volumen a medida que hablo—. Y tú ya no puedes ser nuestro líder —estoy tan serena como una pradera sin viento. No hay furia en mis palabras, sólo fría determinación.

Hay algunas voces de asombro. Aparto la mirada de Stockham y miro alrededor. Un puñado de concejales está en los lados del salón, boquiabiertos, viéndose tan azorados como el resto.

—Encontré a los Primeros que una vez vivieron en esta tierra. Encontré a la Gente Perdida.

Un murmullo empieza entre la gente. Hacen gestos hacia mí, murmuran detrás de sus manos levantadas y sacuden la cabeza. Veo a papá. Me mira como si fuera un fantasma.

—Y puedo mostrarles —digo, sosteniendo su mirada.

Frère Andre repite mis palabras en francés y le pide a la gente que no tenga miedo. Miro alrededor y encuentro a Tom entre la multitud. Sus ojos están muy abiertos y tiene las manos en los costados. Por primera vez en toda la eternidad esos ojos azul pradera no están llenos de miedo. Están brillando de alivio.

Se alzan voces, cada vez más exaltadas.

—¡No estamos solos! —grito, sintiéndome valiente—. Y no debemos temer —miro a una mujer que parece dudar, confundida. Pero poco a poco... sonríe. Por mis palabras, por mi Descubrimiento.

El hermano Stockham se aleja del púlpito. Y parece que mis ojos me engañan, porque su cara ha cambiado: del estupor a la maravilla. Inclina a un lado su cabeza, midiéndome. Y entonces...

Entonces parece decidirse. Va hacia la caja laqueada que está en la mesa lateral.

Adentro está nuestro compromiso con la vida o con la muerte.

Mete la mano en la caja y saca una escopeta de cañón recortado.

Mi aliento se detiene.

La multitud queda inmóvil.

—Tienes toda la razón, Emmeline —su voz es clara en el silencio. Mansa y mortífera. Otra vez mete la mano en la caja. Sus ojos se han suavizado, como si un gran peso se hubiera quitado de su espalda—. Ya no puedo ser líder —su mano derecha carga el arma. Una bala. Dos.

Estoy congelada. Lo miro mientras pasa el arma de una mano a la otra, sus ojos observan por encima de los dos cortos cañones. Entonces echa atrás el percutor. Cambia su peso de un pie al otro y sostiene fuertemente la escopeta con la mano derecha.

—Y no puedo tenerte...

Pensamientos congelados. Lengua congelada.

—¡Déjala en paz! —papá se abre paso entre la gente.

—¡Papá!

Papá levanta una mano para mantenerme tras él. También levanta los hombros.

—Tú déjala en paz.

Los ojos de Stockham se agrandan. Mueve la cabeza, midiendo algo.

Mi padre me enseñó muchas lecciones.

Hay un estrépito dentro de mi cabeza: el rugido del río, los murmullos de *les trembles*, el suave caer del hilo de pescar de Tom en el agua, el corazón de Kane.

Stockham sostiene en alto la escopeta, nos mira a papá y a mí. Luego sonríe. Una sonrisa verdadera. Como... si estuviera aliviado.

—Me has quitado la carga—dice.

Entonces da vuelta a la escopeta y mete el cañón en su boca.

Cierro los ojos con fuerza. Un trueno ensordecedor rompe el aire.

Alguien grita.

Y entonces hay un silencio de muerte.

Sin murmullos, sin río, sin latidos de corazón.

La salvación y la supervivencia pueden estar en conflicto.

Cuando abro los ojos el hermano Stockham ha caído y el hermano Jameson está gritando.

—¡Blasfema! ¡Demonio! —mira a su alrededor, trata de mover a la gente—. ¡Volvió de entre los muertos! ¡Trae la muerte! ¡Agárrenla!

Pero nadie se mueve hacia mí. Comienzan a retirarse, hacia atrás, a las puertas, como si no quisieran tener nada que ver con Jameson, con el horror en el púlpito. Hay un tumulto en la parte de atrás del salón. Mi corazón está apretado, siento una pesada piedra en mi pecho. Esa mirada en los ojos de Stockham...

Pero entonces papá se vuelve hacia mí y olvido mi desesperación. Su cabello enredado y sus ojos arrugados... está confundido, pero por debajo de eso hay alivio. Amor. Su boca se mueve en silencio. *Mi niña,* dice. Sonríe con esa sonrisa que recuerdo de hace años. Quiero quedarme en ella para siempre, pero me distrae un movimiento.

Jameson. Desaparece tras el púlpito y vuelve a salir con la escopeta.

Papá se queda congelado al ver la expresión de mi cara. Da vuelta. Y mientras Jameson tira del percutor y apunta hacia mí por sobre el púlpito, papá se echa hacia delante.

—¡No! —corre a las escaleras y su cuerpo consumido es un borrón en el aire.

Un segundo trueno hace eco en el salón.

Y el cuerpo de papá cae hacia atrás, ante mis ojos.

Mi mente regresa el carrete de ese momento apenas una fracción de segundo. Luego lo deja correr. Luego lo regresa otra vez. Todo está mudo. Todo se mueve despacio. Y entonces papá está cayendo, cayendo, desplomándose en el suelo como una hoja de álamo. Sus manos temblorosas arañan el aire, su cabeza golpea el suelo.

Un estruendo sordo en mi mente ahora, mil abejas furiosas en su panal. La multitud grita, se empuja, huye. Manos tiran de mi manto. Me suelto. Estoy nadando por el río otra vez, profundo y espeso, empujando tan fuerte como puedo para llegar al otro lado. Con papá.

Mis rodillas golpean el suelo. Su pecho es una herida abierta, reventada como un árbol hueco y marchito. Las tablas bajo él están cubiertas de flores rojas, pegajosas. Tomo su cabeza en mis manos y busco un atisbo de vida en sus ojos vidriosos. Algún atisbo de esa mirada que he visto durante semanas, pero que no entendí sino hasta ahora.

Tú eres digna, mi niña.

Esa mirada ya no está. Sus ojos son tan oscuros como el río más helado. Cuando miro hacia arriba, Jameson está rebuscando en la caja, en busca de más balas. Sus manos tiemblan mientras toma una y la carga, y luego intenta tirar del percutor con su pulgar.

Estoy justo en su mira.

Cubro el cuerpo de papá con el mío y miro hacia otro lado, a la gente que sigue corriendo en todas direcciones. Madres que cargan a sus hijos, hombres que gritan y empujan. Se alejan de Jameson, desesperados por llegar a la parte de atrás del salón, a las puertas que ahora están abiertas.

Veo a Kane.

Está empujando gente, esforzándose por llegar al frente. La gente se agacha y se tropieza a su alrededor y puedo ver que hay un cuchillo que brilla en su mano. La mirada de sus ojos es a la vez desesperada y segura como la muerte. Aparta a la mujer delante de él y se abre paso de golpe. Salta y levanta el codo.

Baja su brazo como un látigo y lanza el cuchillo.

Y Jameson aprieta el gatillo una última vez.

33

La Prise.

Sus vientos suenan como un animal: a veces como el chillido de un águila y otras como el balido de una oveja extraviada. Pero siempre está ahí. Siempre golpeando las paredes de nuestros edificios, siempre golpeando dentro de mi cabeza. Sopla, aúlla. Siempre ahí, hasta que no puedo diferenciar el viento del silencio, en la vigilia, en mis sueños.

Algunos días salgo y me paro bajo los vientos helados, los dejo golpear mis mejillas y robarme el aliento. Me aferro con fuerza a la cuerda que corre de la puerta de nuestra cocina a la leñera. Con esta nieve cegadora, soltarme significaría perder el camino y congelarme hasta morir.

Me sostengo a la cuerda con los dedos tiesos bajo mis guantes, sintiendo que el frío me quema la piel.

Trato de recordar qué es lo que estoy esperando en esta asfixiante oscuridad.

Porque llega un punto durante la tormenta de invierno en el que no puedes recordar que haya existido otra cosa. No puedes imaginar algo distinto.

No puedes recordar que alguna vez has sentido en la piel la cálida brisa de los días soleados. No puedes evocar las veces que tu corazón se ha hinchado de dicha por el sonido de las aves y la presencia de los árboles a tu alrededor. No puedes imaginar que alguna vez sentiste unas manos tibias en las tuyas. Y no puedes seguir en tu mente la cuerda que guía esos recuerdos, porque está todo muy lejos y los días son muy cortos y la oscuridad demasiado larga. La desesperación es demasiado profunda.

Siempre ahí. Sopla, aúlla.

La pérdida es como una enfermedad. Te rodea, jala de tu piel, enturbia tus pensamientos. Te hace desear renunciar a todo, soltar la cuerda, internarte en los vientos de muerte.

Entregarte a *La Prise* de una vez y para siempre.

Sin embargo...

Los abismos más oscuros de esa enfermedad, el fondo más lejano de ese agujero, tienen algo que decirte. El vacío significa que alguna vez hubo plenitud; la ausencia sofocante indica que hubo una presencia alguna vez. Y si te permites escuchar y pensar en ello, recuerdas que sí fue distinto alguna vez. Te percatas de que sí es posible que haya algo distinto. Sí *es* posible.

Y en ese silencio, puedes escucharlo: tu corazón secreto late.

Aguanta. Aguanta.

Así que en vez de perder el camino, en vez de dejar que la tormenta de invierno te gobierne, te aferras a esa cuerda. Te obligas a avanzar paso a paso hacia la calidez.

Esperas a que la oscuridad termine.

Esperas el Deshielo.

—¡Emmeline!

Me giro despacio desde mi posición elevada en la ribera, pero mis ojos no quieren separarse de las golondrinas que se zambullen entre los juncos. El sol me ciega por un instante y ella es sólo una silueta que avanza por las verdes praderas en su modo calmado.

Me levanto con torpeza antes de recordar que ya no necesito tantas precauciones con mi pie malo. Matisa y *sœur* Manon han creado una infusión que me ayuda con el dolor.

Matisa conoce muchísimas cosas que son de gran ayuda: formas de hacer que la comida dure más, curas para ciertos males. Muchos de sus remedios se encuentran en estas tierras, y algunos de los suministros que su gente trajo también han ayudado a curar enfermedades y heridas.

Claro, hay heridas que están más allá de una posible cura.

Ella me alcanza y se detiene.

—Has estado aquí afuera toda la mañana —me dice.

—Lo sé —observo los bosques más allá de la pradera—. No me canso de mirar cómo todo reverdece.

Miramos los árboles que están retoñando, los pequeños parches de nieve que se derriten despacio entre las ramas y las zonas que el sol no alcanza.

—Las pláticas serán en una hora.

—¿Otra vez? —digo con un suspiro.

—Hablar es bueno —dice con una sonrisa.

—Sólo cuando lleva a alguna parte.

—Estamos cerca, estoy segura —se encoge de hombros.

Nos quedamos en silencio. Las golondrinas siguen revoloteando y sumergiéndose.

Ladea la cabeza hacia el río.

—Estar ahí afuera, ¿te trae calma?

Trago saliva para tratar de deshacer el nudo en mi garganta.

—Supongo...

Nos quedamos de pie un momento. Escuchamos el canto de las aves, sentimos el viento suave. Matisa se da la vuelta para irse.

—Te necesitaremos en las pláticas —dice por encima del hombro y comienza a caminar.

—Ahí estaré —murmuro, mirando al río—. ¿Matisa? ¿Has vuelto a tener ese sueño?

Ella vuelve a mirarme y asiente con seriedad. Veo cómo vuelve a darme la espalda y camina hacia la fortificación. Tendremos que hablar de ese sueño en las pláticas.

Ahora que ha llegado el Deshielo, debemos tomar algunas decisiones. Fue un invierno difícil, incluso con la ayuda de Matisa; perdimos tres personas y apenas tenemos víveres para sobrevivir. No puedo imaginar cómo le habrá ido a la familia de Jameson después de haber sido desterrada, dudo que siga con vida.

Y Matisa ha estado soñando con una guerra. Una gran batalla que se extiende hasta el horizonte y prende el río en llamas. Ella dice que hay armas más grandes allá afuera, más mortíferas que los rifles y los arcos y flechas. Que hay armas que pueden convertir a la gente en ceniza, venenos que pueden destruir las entrañas y confundir los cerebros. Ella ha tenido este sueño durante toda *La Prise* e Isi le ha estado insistiendo que los tres deben irse ya a su hogar.

Paseo la mirada por las aguas y la ribera, mientras imagino cómo se verán las praderas cuando reverdezcan del todo. Matisa dice que la tierra es vasta, mucho más grande de lo que podríamos imaginar. Podría haber otros lugares para descubrir. Sé que Matisa tiene la esperanza de que yo vaya con ella y le ayude a descifrar nuestros sueños.

Pero hay gente sin la cual no me iré.

Miro de vuelta hacia la fortificación. Dos siluetas están de pie en lo alto de la muralla norte. El rubio cabello de Tom brilla al sol cuando se inclina a mirar lo que *frère* Andre le señala.

Ellos están ahí cada tarde, mirando hacia los bosques y a las colinas.

Tom ha vuelto a ser el de antes, pero mejor. Esa chispa de curiosidad que había en sus ojos ha vuelto y brilla cuando hablo de viajar lejos de la aldea. Él también siente que los cambios se aproximan. Y los espera ansioso, con la cabeza en alto.

Cierro los ojos y respiro profundamente. El recuerdo de *La Prise* aún flota en la brisa, pero también está el olor de los retoños de sauce y el viento suave que viene con el Deshielo.

Camino de regreso.

Cuando llego a las puertas del este, lo encuentro recargado en la pared, con los brazos cruzados. Me espera.

—¿Encontraste alguna cosa nueva por allá? —pregunta Kane con su sonrisa característica.

Asiento con la cabeza.

—Todo.

Me toma de las muñecas y me jala hacia él.

—Cuidado —digo cuando me hace rodear su espalda con mis brazos—. La hermana Ann nos ha estado mirando. Quiere arreglar una unión para nosotros.

—Nadie puede retenerte. ¿No se ha dado cuenta?

Quiero dedicarle una sonrisa: sé que está ahí, en lo profundo de mí, pero no la encuentro.

Sus ojos examinan mi rostro.

—¿Em?

Me aclaro la garganta.

—Ella dice... dice que papá habría deseado que nos uniéramos.

Han pasado meses, pero hablar de él aún me duele.

Kane me mira, reflexivo.

—¿Crees que es cierto?

Me muerdo el labio. Pienso en papá contándome cómo eligió a mamá sin importarle lo que los demás dijeran. Me acuerdo de la sensación de estar aferrada a la cuerda en medio del frío asesino. Recuerdo la sensación de volver a la calidez del interior. Y el rostro de papá, la última vez que me miró.

—Yo creo... —miro a Kane a los ojos— yo creo que papá quería que yo fuera feliz.

Kane sonríe. Y me siento flotar cuando se inclina a besarme.

Cuando se retira, paso un dedo por la cicatriz de su sien, donde el disparo le rozó. Él toma mi mano y la lleva a su boca mientras me hundo en sus ojos negros. Nos quedamos ahí, abrazados bajo el brillante y cálido sol de la tarde.

La Gente Perdida se ha ido, pero el viento jala hebras del cabello de mi trenza, arrastra suaves dedos por mi cuello, susurra en mi oído.

Y suena como una esperanza.

Le fin

Agradecimientos

Agradezco sinceramente a mi inimitable agente, Michael Bourret, por luchar por mi libro y encontrarle el mejor de los hogares. Gracias por aconsejarme seguir mi instinto. Estoy muy feliz de haberlo hecho: me puso a trabajar en equipo con el agente más amable, más inteligente y más *rockstar* que hubiera podido imaginar.

Agradezco profundamente a mis increíbles editoras, Maggie Lehrman, en Amulet, y Alice Swan y Rebecca Lee, en Faber & Faber, por hacerme las preguntas que transformaron este manuscrito y por guiar mis elecciones tan gentilmente. Me siento muy afortunada de haber contado con su consejo y experiencia.

Gracias a todo el equipo de Abrams/Amulet, incluida la editora Nancy Elgin y la lectora de pruebas Kat Kopit, quienes revisaron mi libro con una meticulosidad exhaustiva, y al equipo de mercadotecnia, entre quienes están Nicole Russo, Jason Wells y la diseñadora de portada, Maria Middleton. Gracias al equipo completo de Faber, incluida la editora de adquisiciones Leah Thaxton y la diseñadora de portadas Emma Eldridge, por su entusiasmo y apoyo.

Muchas gracias a Lauren Abramo y al departamento de derechos extranjeros en DGLM por compartir mi libro con lectores alrededor del mundo, para asegurar el *atractivo internacional*. Gracias también a Caspian Dennis y Kate McLennan, en la Agencia Abner Stein, por asegurar mi estancia en Faber.

Le debo una enorme gratitud a mi compañera crítica, la talentosa Dana Alison Levy, quien lee mi trabajo, me ayuda a verlo con nuevos ojos y siempre está al alcance de una llamada telefónica para compadecerme, celebrar o *rumiar*. Gracias por tus abrazos de brazos pequeños y ayuda gigante.

Gracias a mis maravillosos primeros lectores: Bethany Griffin (quien me aconsejó seguir su instinto; aparentemente, lo compartimos), Sarah Harian (quien amó este libro en un momento crítico), Angela Sparks, Rachael Allen, Jennifer Walkup, Lindsey Culli y Debra Driza (que me ofrecieron maravillosa crítica y apoyo). ¡Increíbles escritoras y mujeres, todas ellas!

Un agradecimiento especial a mi mejor amiga, Amanda Marshall, por su lectura temprana y las porras en general (también por no suponer lo peor aquel día en el centro comercial cuando le anuncié que *podría dedicarme a escribir ficción para ganarme la vida*).

Muchísimas gracias a Jaki Campeau por cuidar de mis niños siempre que hizo falta, por sus ánimos y apoyo. ¡Tengo mucha suerte!

Gracias, Josie C., por haberme regalado la historia del sueño de la mantita cuando estábamos en la escuela.

Gracias a la doctora Rosalind Kerr por enseñarme a ser cuidadosa con las palabras.

El premio por apoyo moral va para Kim Iampen, quien sostuvo mi mano, a mis amigas de Edmonton y a las chicas de

Rimbey. Mi gratitud gigante a Pamela Anthony (fotógrafa de safari y "ubicadora" de realidades) y Joel Higham (diseñador de todas las cosas bonitas y geniales).

Merci beaucoup á Marc Piquette pour votre patience avec la conjugaison et la traduction. Merci á Thérèse Romanick pour répondre á mes appels aléatoires. Vous êtes très gentilles! (Muchas gracias a Marc Piquette por su paciencia con la conjugación y la traducción del francés. Gracias a Thérèse Romanick por responder mis preguntas aleatorias. ¡Ambos son muy amables!) Gracias a Becky Pickard por *les trembles.*

Gracias a mis amigos de escritura en línea, en particular las *lit-bitches*, que me proveyeron de una pista de aterrizaje para todas las cosas maniacas e hilarantes, las relacionadas con la escritura y las ajenas a ella. Sin ustedes yo sería una solitaria escritorcita.

Gracias a toda mi familia por su amor y apoyo. Estoy particularmente agradecida con mamá y papá, por infundirme el amor por la lectura y por animarme a seguir mis imaginerías fantásticas (también por adorar y entretener a mis hijos cuando las fechas de entrega se ponían difíciles).

Mi hermano menor, Tim, merece un agradecimiento especial por poner mis pies en este camino y animarme a seguirlo. Gracias por estar dispuesto a hablar acerca de todas esas cosas sobre la construcción de mundos cada vez que lo necesité. Agradezco también a mi hermano Jeff por escuchar mis retahílas de quejas.

Estoy llena de gratitud hacia mi esposo, Marcel, quien siempre creyó que yo podría hacerlo, y me proveyó del tiempo y el apoyo para que siguiera escribiendo. Te amo.

A Matias Alex y Dylan Asha, quienes hacen que cada día sea gozoso y nuevo: gracias por ser las maravillosas criaturitas extrañas que son. Ustedes son más aún que lo mejor que pude haber imaginado.

Finalmente, gracias a mi hermano mayor, John. Mi pena podría llenar un océano, pero mi gratitud por la fuerza que mostraste es igualmente profunda. Fuiste auténtica Valentía. Te extraño.

Esta obra se imprimió y encuadernó
en el mes de julio de 2015,
en los talleres de Black Print C.P.I.,
que se localizan en la calle Torre Bovera, nº19,
08740, Sant Andreu de la Barca (España)